講談社文庫

地球儀のスライス

A SLICE OF TERRESTRIAL GLOBE

森 博嗣

講談社

地球儀のスライス

A Slice of Terrestrial Globe

目　次

イラストレーション　ささきすばる

A SLICE OF TERRESTRIAL GLOBE

by

MORI Hiroshi

1999

PAPERBACK VERSION

2002

小鳥の恩返し
The Girl Who was Little Bird

1

急死した父親の病院を引き継ぐため、大学病院を辞職して、島岡清文《しまおかきよふみ》は慌ただしく結婚をした。三十四歳だった。結婚相手は、島岡病院の古参の看護婦で、綾子《あやこ》という。彼女とは、以前に恋人同士と呼べるような、多少謎めいた、しかし微笑《ほほえ》ましい相互干渉があった。ずいぶん昔だ。二人とも若かったので結婚も考えた。しかし、そのときは、父親も母親も猛反対した。その後、清文の勤務先の関係で遠く離れることになり、その間に母親が病死、その数年後には、父親にも不幸があった。それでは、清文と綾子の二人にとって念願のゴールインであったかというと、話はそれほど単純ではない。

この世に単純な話など、一つとしてないのだ。

別れてから十年もの歳月が経過していた。若い頃の甘い記憶（当時は苦いと感じていたが）は既にすっかり風化してしまっていたし、お互いに独身だったことでさえ奇跡的（これは間違いない）ともいえる偶然だった。ようするに、ワン・ワードに換言すれば、「今さら」だったのである。苦笑せずにはいられない気恥ずかしさが際立《きわだ》つばかりで、安定しているのに窮屈《きゅうくつ》、とでもいうのだろうか、ただただ落ち着かない斜め向きの感情ばかりが二人の間に残留した。だがそれでも、短期間に急変した「生活の断層」に生じた僅《わず》かな隙間を埋めようとする防衛行為であった、と分析できないこともない。清文は今さらながら、そう自己診断している。

一時評判になった事件だった。

清文の父、島岡英夫《ひでお》は、殺されたのである。

年も押し迫った寒い日の深夜だった。英夫が院長を務める島岡病院に、ある男が救急車で運ばれてきた。路上で倒れていたというその男は、泥酔していた。頭に軽い外傷があり、意識は朦朧《もうろう》としているため、怪我の原因は不明であった。だが、片足の膝《ひざ》付近に新しい内出血が見られ、おそらく、車にでも当てられたのではないか、と考えられた。その夜、当直だった看護婦が綾子で、彼女と院長の英夫が、診察室でこの男の手当てをしたのである。

翌日の未明、男が病室で大声で喚《わめ》きだしたため、綾子は院長を呼びにいき、男を診察室へ連れ出したという。院長と患者の二人がその部屋にいる間、綾子は隣の部屋で別の仕事をしていた。

そのときである。

突然大きな物音がして、彼女は驚いたという。

診察室に入っていくと、島岡院長が床に倒れており、患者の男は通路へ飛び出していくところだった。

島岡英夫は頭から血を流していた。綾子は、昏睡している院長の頭の傷を手当てしようとした。だが、途中で諦め、他の看護婦を呼びに走った。そして、慌てて救急車を呼んだのだ。

救急車が来たときには、既に島岡英夫の脈は止まっていたという。彼は隣町の外科に運ばれたが、その日の午前中に死亡した。

清文があとから警察に聞いた話である。島岡院長は、患者が座っていた椅子で何度も頭を殴られた、ということだった。逃げた男については何もわかっていない。身元も不明だ。結局、発見されていない。

父、英夫が、その患者に面識があったとは思えない。少なくともそんな様子はなかったと綾子も話した。精神異常者の犯行、と世間では噂されている。清文にしても、それ以上のことは考えられない。考えてもしかたがなかった。

隕石《いんせき》のように降って湧いた突然の不幸があって、その三ヵ月後に、清文は島岡病院に戻った。そして、さらに半年後に、綾子と結婚をしたのである。いずれは戻るつもりでいた。人生のカレンダの隅にメモ書きした程度の、漠然とした予定はあった。けれど、具体的には少なくともまだ十年はさきのことだと考えていたし、まして結婚に関しては、何故こんなことになったのか、今となってもよくわからない。実は、勤務先の大学病院に意中の相手がいたのである。同僚の医師だった。清文が大学病院を辞めて実家に戻ることを打ち明けたとき、彼女はあっさりと片手を立てた。

「それじゃあ、これっきりってわけか」

別れの言葉は、それだけだった。それ以上でも、それ以下でも未練《みれん》が残っただろう。だから、最適だったといえる。清文も、彼女のその一言で必要にして充分だと感じたし、思わず微笑んで別れることができた。自分が意外に大人だったことにも気がついた。

このあっさりとした別れの反動だったのだろう。あるいは、意識されないものの、満たされない感情が潜《ひそ》んでいたのだろうか。綾子と結婚を決意したのは、そんな曖昧《あいまい》な理由以外に考えられないのである。幸せになろう、というような上を向いた意思ではなかった。いつの間にか開いた小さな穴を塞《ふさ》ごうとした。あるいは、錆《さ》びついた心の裏側を鑢《やすり》で磨こうとした。二人の結婚は、おそらくお互いにとって、そんな軽い修繕行為だったのではないか、と清文は考える。

清文が病院に戻った頃、警察の人間が幾度も島岡病院を訪れた。当然ながら、事件当夜のただ一人の目撃者である綾子が、いつも刑事たちの相手をした。清文はといえば、まったくの部外者といって良い。事件の夜、清文は何百キロも離れたところにいたからだ。捜査に進展がないためなのか、警察も清文には多くを話さなかった。だから、仕事の合間に綾子を呼んで、事件のことで話をする機会が多かった。また、病院の経営状態は決して良好とはいえなかったので、二人の話題はしだいに事件から離れ、島岡病院の合理化と省人化のための方策へと移った。何人かの職員を整理しなければならなかったし、父親の財産の処分に関する問題もあった。

「私と結婚なされば、看護婦一人分と、家政婦一人分浮きますよ」という綾子の冗談めかした言葉につられたわけではない。けれど、彼女のその言葉を記憶していることは事実だ。見《み》透《す》かされているような嫌な印象とともに、無意識に刻んだ記憶だったのだろう。そんな経緯《いきさつ》もあって、極めて卑近《ひきん》な表現をすれば、縒《よ》りが戻った、のである。綾子との結婚は、予想もしなかった展開だったので、清文にはある意味で新鮮だった。

忙しい毎日の連続で、疲れる暇もなかった。大好きな釣りに出かけることも、ついに一度もなかった。清文は機械のように正確に、そして静かに働いた。自分がこれほど勤勉だとは思わなかった。だが、家事と病院の両方を切り盛りする妻の姿を見ていると、怠けるわけにはいかなかったのである。

綾子は、小鳥を飼っていた。

清文がそれに気づいたのは、結婚して数週間経《た》ってからのことだった。

黄色い小さな鳥籠は、看護婦の控室に置かれていた。ドアが開いたままで、ちょうどその部屋の前を通りかかった清文の目にとまったのだ。窓際には綾子が立っていた。

彼は立ち止まり、その鳥は誰が面倒をみているのか、と尋ねる。

「いえ、私です」と彼女は答えた。

真っ白な小さな鳥だ。雀《すずめ》よりも一回り小さい。嘴《くちばし》が僅かに赤く、丸々とした躰《からだ》つきがとても可愛い。文鳥《ぶんちょう》の一種だろうか。清文は鳥の種類には疎《うと》いので、彼女にきいてみた。

「それは、文鳥かい？」

「さあ……、何でしょうか」

「何でしょうって、知らずに買ってきたの？」

「いえ、これ……、買ってきたのではありません」

話を聞いてみて、清文は驚いた。

その小鳥は、彼の父、英夫が殺された夜に、当の殺害現場である診察室にいた、と綾子は言う。

「部屋の隅でぱたぱたと音がして、私、びっくりしました。あんなことがあったあとですから……。でも、見てみたら、小鳥なんです。雀が入り込んだのかと思いました。もちろん、そのときはそれどころではありません。そのままでした。それが、えっと、誰だったか……、綺麗な鳥だからって、捕まえて、箱に入れられていたんです。私が気がついたのは、翌日でしたか、もっとあとになってからですわ。穴を開けた箱の中で弱っていました。羽根に怪我をしていましたし、ぐったりとしていて……。いくらなんでも可哀想だから……、手当てをして、餌をやって……。なんとか、元気になったのです。この鳥籠は、私が買ってやったんですよ」

「迷い込むといったって、あれは夜だったわけだし、窓を開けるような季節じゃないだろう?」

「いいえ、ですから、それは、私がそのときそう思っただけのことです。この鳥は、あの男が持ち込んだものなんですよ」

「あの男って、親父を殺した?」

「ええ、警察もそれは調べたようでした。あの男の持ちものに小さな箱があったんですけど、救急車で運ばれてきたときに、その男の持ちものだろうということで、一緒に病院に置いていったんです。その箱は、男が寝ていた病室のベッドの下に残っていました。蓋《ふた》が開いたままで……。小鳥がそこに入っていたことは間違いないそうです。抜けた羽根がその中に残っていたと、警察の方がそうおっしゃっていました」

「ということは……、その男が、どこかのペットショップでこの鳥を買って、箱に入れて持ち歩いていたんだね?　そこで事故に遭ったわけだ」

「ええ、この近くのペットショップを調べていると聞きました」

「しかし、その箱は病室にあったわけだろう?　小鳥は診察室にいた。箱から出して、診察室に小鳥だけを持ってきた、ということかな？　君は見なかった？」

「さあ、私は気がつきませんでした。でも、ええ、きっとそうだったんだと思います。ポケットの中に入れていたんでしょうか」

清文はしばらくの間、鳥籠の中の小鳥を眺めていた。艶やかな白色の躰に、淡い赤色の嘴。小さな目や首を機敏に動かしている。ときどき清文の方を見ているようだ。たった今まで思い描いていたはずの凄惨《せいさん》な殺人事件の情景は、既に消えていた。そこにあるのは、何の関わりもない生命なのだ。

清文は溜息をついてから、軽く微笑んだ。

「まあ、こいつには罪はないからな……」

2

綾子と結婚して最初の冬。島岡清文は、大学病院時代の同僚に院長代理を頼み、綾子と二人で一泊の旅行に出かけた。初めての休暇だった。近場の温泉だったので、荷物は僅か。ゆったりとした気楽な時間を過すことができた。のんびりと湯に浸かって、目まぐるしかったこの一年をぼんやりと思い浮かべる。どんな感情も湧いてこなかった。ただ、自分は落ち着いた、と清文は思った。

その旅行の帰りのことである。

夜遅く、二人は自宅である島岡病院に戻るところだった。最寄《もよ》りの地下鉄の駅からタクシーに乗ろうと考えていたのだが、乗り場には行列ができていた。バスターミナルにタイミング良く入ってきたバスに乗り込み、六つ目の停車駅で下りる。そこから病院まで十分ほどの道のりである。清文は綾子の荷物を持とうとしたが、彼女はそれを断った。二人は黙って、夜道を歩いた。

冷たく乾燥した風が吹いている。

ふと、大学病院の恋人を思い出した。

どうしているだろう……。

住宅地の中にある小さな公園の前を通る。その入口のところに、一本の常夜灯があった。辺りに染み込むような白い明かりの中に、見窄《みすぼ》らしい女が子供の手を引いて立っていた。

その親子らしい二人は、歩道を近づいてきた清文と綾子をじっと見つめている。もちろん、見知らぬ顔である。清文は視線を避け、行き過ぎようとした。だが、意外にも声をかけられた。

「あの……、申し訳ありません」女のか細い声である。

清文は足を止める。綾子も少し先で立ち止まった。

「失礼ですが、島岡病院の先生では？」その女は清文を見てきいた。

「ええ」清文は返事をしてから、綾子を一瞥《いちべつ》し、再び公園の女を観察する。

どう見ても上等とはいえない服装だった。薄汚れた夏物の衣服を重ね着している。彼女が手を引いている子供は、小学生くらいかと思われたが、日に焼けた精悍《せいかん》な面構《つらがま》えで、この年頃の少年に特有の冷たい眼差しを清文たちに向けていた。こちらが一歩近づけば、たちまち逃げ出してしまいそうな緊張した雰囲気でもある。

「あの、私は、その……、宮本《みやもと》と申しますが……」女はたどたどしく話した。「実は、島岡先生に、折り入ってご相談したいことがございまして、さきほど伺いましたところ、今夜には戻られると聞きましたので、ここで、こうして待っておりました」

「相談？　私にですか？」

「はい」

「こんな時間に？」

「申し訳ありません」

「どんなご用件でしょうか？」

「あの、ここでは……、その、ちょっと……」

清文は妻を振り返る。綾子は、清文だけが気づくように僅かに顔をしかめた。無言であるが、関わらない方が良い、と言っているのは明らかだった。

「わかりました、では、病院の方へ、どうぞ」清文はそう答えた。ただ単に、その場所が寒かったのだ。

女はこちらに近づこうとして、子供の手を引いたが、「行かない」と濁った声でその子は身を強《こわ》ばらせた。女は小声で何かを言い含めて子供をその場に残し、一人で進み出る。

「彼は？」清文は、夜の公園に一人残される子供が心配になったので、彼女に尋ねた。「大丈夫ですか？　こんな時間ですよ」

「ああ、ええ、行きたくないと……。あの子なら心配いりません。ここで待たせます」女はそう言った。

その公園から島岡病院までの百メートルほどの距離を、三人は黙って歩いた。綾子をさきに住まいの方に戻らせ、清文は診察室の照明と暖房をつけ、その女と向き合った。何か込み入った話がありそうな女の様子から、二人だけの方が話しやすいのでは、と勝手に察したのである。

「本当に、突然のことで、申し訳ありません」女は深々と頭を下げる。

明るい部屋の中で見ると、彼女はまだ若い。清文と大して違わない年齢だろう。しかし、髪はほつれ、皮膚は荒れている。目は充血し、指は汚れていた。まっとうな暮らし、あるいは、平均的な生活をしているとは、とうてい思えない。ただし、女の話し方は礼儀正しく、発声もどこか理知的だった。強《し》いていえば、その点が、深夜、部屋の中に招き入れた唯一の理由であった。

「実は、この病院のまえの院長先生が、見知らぬ男に殺された、とお聞きしました。その男は救急車でここまで運ばれてきたのだと……」

「ええ、そのとおりですよ。その、まえの院長というのが、私の親父です。親父を殺した男は逃げたままです。今も見つかっていません」

「その逃げた男というのが、私の夫ではないかと」

「え?」清文はびっくりした。

女は清文を見つめたまま頷《うなず》く。

「貴女《あなた》の……、ご主人?　あの、今は……」

「ええ、いろいろと皆さんにきいてみますと、夫がいなくなった時期が、こちらの事件と同じなのです。その殺人犯の歳格好《としかっこう》というのも……」

「警察には、行かれたんですか?」

「いえ、まだ」

「ご主人は、ずっと戻られないのですね?」

「はい。一年ほどまえのある晩から。突然でした」

「しかし……、単なる偶然ということも……」

「あの、もちろん、それだけではございません」

「というと?」

「一昨日のことでしたが、表の道路から、この病院の二階の窓に鳥籠が見えました」

「鳥籠？」

「はい、白い小鳥が……」

「ああ、はいはい」清文は頷く。「あの鳥ですか。ええ、あれが、どうかしましたか？」

「あの鳥は、うちの子が飼っていたものです」

「ああ……」清文は口を開け、それ以上声が出なかった。

「あの晩、夫は酒を飲んでおりました。いえ……、そのようなことは、もう毎日のことでしたが、あの日は特別に、その、酷《ひど》かったのです。自分の子供を殴り倒して、子供から小鳥を取りあげて……、そのまま、ふっと出ていってしまいました」

「ご主人が、小鳥を持っていったのですか？」

「はい」

「どうして、また、小鳥を？」

「さあ……、何かの腹いせだったのか、それとも、食べてしまうつもりだったのでしょうか」

「ああ……、食べる……ね。なるほど」

「先生のお父様を殺したのが、私の夫だと思います。本当に申し訳ございませんでした」女は深々と頭を下げた。

「あ、いや……」清文は困った。

正直にいって、目の前の貧相な女性に対しては、いかなる種類の感情も生じなかった。もう事件から一年近くが経過している。父を殺されたことに関しても、加害者の妻に責任があるとは思えない。それどころか、加害者の家族は、むしろ被害者といえよう。外の公園で一人待っている子供が、そして、小鳥を取りあげられたという話が、不憫《ふびん》だった。

「警察に行かれた方が良いでしょう。私からも連絡しておきます」

「よろしくお願いします」小声で言い、女はまた頭を下げる。それからは、ずっと床を見たままだった。

「あの鳥を、坊やにお返ししましょうか？」清文はきく。

「え？ あ、いえ、そんな……」女は顔をあげて、首をふった。

「しかし、もともとは……」

「いいえ。どうせ連れて帰っても、ちゃんとした面倒がみられるものではありません。こちらで飼っていただけないでしょうか。その方が、鳥も幸せかと……。どうか、そうして下さい」

「はあ……、そりゃ、もちろん、かまいませんが」

清文は、女と一緒に玄関から出た。もうここで失礼します、と彼女は幾度も頭を下げたが、公園で待っている小鳥の飼い主に話がきいてみたかったので、清文はついていくことにした。

　静かな公園にブランコの鎖の音だけが、ゆっくりとしたインターバルで繰り返し鳴っている。常夜灯からは離れた園内の一番奥へ彼女と清文が近づいていくと、その子は足を地面に下ろし、清文を上目遣いで見据えた。瞬《まばた》くこともなく、黒い瞳が動かない。口を結んだまま、表情も変わらなかった。

「あれは、君の鳥だったんだね？」

　子供は頷く。

「連れて帰らなくて、良いのかい？」

　子供は躊躇《ためらい》なく頷いた。その反応の素早さは不自然だった。おそらく、あらかじめ母親に言い含められていたのであろう。液体で作られているような、綺麗な瞳が、ずっと清文に向けられていて、微動だにしない。

「わかった……。きっと大切にするよ」清文は、相手を安心させようと精いっぱい微笑み、握手をするためにそっと片手を差し出した。しかし、子供は手を出さなかった。

「名前は？」

「キヨシ」

「キヨシ君か……。うん、それじゃあね、こうしよう」清文は片手を引っ込め、もう一度微笑んでみせた。「君の小鳥は僕が預かるけど、君はいつだって見にきていいんだよ。好きなときに、いつでもいいからね。それに、もし連れて帰りたくなったら、いつでも返す。そのときは、餌も全部、それに、あの鳥籠も君にあげよう」

別れるとき、清文は財布に入っていた一万円札をすべて、その女に差し出した。十万円ほどの金額だったはずだ。彼女はそれを強く固辞したが、清文は無理に手渡して立ち去った。

どこに住んでいるのだろう。

この寒空を歩いて帰るのだろうか。

ちゃんと学校へ行っているのか。

病院に戻るまでの間、母子の貧しい生活が思い浮かんだ。次々と現れるイメージは、自分でも苦笑したくなるほどワンパターンだった。玄関の前で一度立ち止まり、清文は、澄み切った星空を見上げて、大きく息をつく。

キヨシ……。自分の名に似ている。

もうすぐ、クリスマスであった。

3

その後も、ほとんど変わりはなかった。行方不明の容疑者が、宮本勝《みやもとまさる》という名の男であることは判明したが、結局発見されていない。

事件から既に四年が過ぎていた。

あの母子に会って以来、清文は小鳥の面倒を自分でみるようになった。それは彼にしてみれば実に珍しいことだった。小さな頃から生き物を身近に飼ったことのなかった清文である。彼自身、小動物にそういった感情を抱《いだ》く自分に驚いたほどだ。暇を見つけては餌を買いにいき、小まめに籠の掃除もしてやった。

「ほらほら、綾子。見てごらん」

鳥籠を眺めていると、ついその言葉が口に出る。

妻の綾子はくすっと笑って、言ったものだ。

「まあまあ、そんなに可愛いものでしょうか？」

「ああ」清文は真面目《まじめ》に頷き返す。

綾子は、そんな清文を見て、嫉妬《しっと》するように口を窄《すぼ》めた。

「籠の中にいるから可愛いのですよ」

「どういう意味だい？」

「さあ……」

鳥籠も一回り大きく立派なものに取り替えて、書斎に置くことにした。ときどき、小鳥は短く鳴くようになり、それがまた清文には微笑ましく感じられるのである。仕事が終わり、書斎でグラスを傾けるひとときには、小鳥を籠から出してやった。机の上で飛び跳ね、手を差し出すと、彼の指に小さな嘴を当てる。手のひらに乗るようなことは滅多《めった》になかったが、弾《はず》むような小さな生命を眺めているだけで、心が和《なご》んだ。

ところが、小鳥は、その夏にいなくなった。

逃げてしまったのだ。

鳥籠の戸がしっかりと閉まっていなかったのが原因だった。運悪く、換気のために窓も開いていた。

「あ！」と清文が叫んだときには、既に遅かった。

慌てて、窓から外に身を乗り出す。夏のどんよりとした空に、小さなシルエットが高く舞い上がり、すぐに消えてしまった。

真っ白に光る空だけが見える。あとは、蟬《せみ》の声が耳の奥に残るばかり。しばらく、清文はそのまま、小鳥を見失った方角をぼんやりと見つめていた。

気がついて、裏口から外に飛び出し、道路に出て、近所をしばらく探してみた。空を見上げて歩き回り、樹々の枝を食い入るように覗いた。

白い小鳥はどこにもいなかった。

諦めて病院に戻ったあとも、夜になるまで窓を開けたまま待っていた。だが、結局、帰ってこなかった。

小鳥はいなくなった。

その小鳥には名前がない。

名前をつけて、日頃から名を呼んで慣らしていれば、あるいは、戻ってきたのかもしれない。

可哀想に……。

生きていけるだろうか……。

ちゃんと餌を取れるだろうか……。

だが、考えてみれば、小鳥にとって、これこそ本当の自由ではなかったか。

これで良かったのだ。

狭い鳥籠の中で一生を終えるよりは、比較にならないほどの幸せではないか。

清文はそう思うことにした。

別れた恋人を思い出した。大学病院の女医である。

(それじゃあ、これっきりってわけか)

彼女も大空に羽ばたいたのだろうか……。

どんな生命も、必ず自分が幸せになる方を選択する。

おそらく例外は、ない。

気落ちした夫を心配してか、綾子は、よく似た鳥がペットショップにいたので買ってきましょうか、などと幾度か尋ねた。しかし、そのたびに、清文は無言で首をふった。

もう、別れるのは御免だったのだ。

だから、彼の書斎には、以来ずっと空っぽの鳥籠がぶら下がっている。

4

さらに四年の歳月が流れた。

ある夏の日の夕方である。清文は、初めて白坂美帆《しらさかみほ》を見た。

彼女は、二日まえから島岡病院に勤め始めた見習いの看護婦で、もちろん、清文もそのことは耳にしていた。しかし、忙しかったので彼女と直接会うことはなかった。そのときが初めてだったのだ。

階段の踊り場で彼女とすれ違ったのである。

「ああ、君が……、えっと……」

「白坂です」

小柄でほっそりとした可憐《かれん》な娘で、色が白く、唇だけが仄《ほの》かに赤い。清文は一瞬、逃げてしまった小鳥を連想し、自分の突飛な発想に、思わず微笑んだ。

「先生、よろしくお願いします」恥ずかしそうに、美帆はぺこりと頭を下げる。緊張した表情を清文に向けているが、彼女の視線はどことなく力強い。

「ああ、こちらこそ」清文も頭を下げる。

このときは、それきりであったが、以後、仕事場で白坂美帆の姿を見かけるたびに、清文は立ち止まった。一瞬、視線が固定され、彼女の姿を追う。そして次の瞬間には、何故か必ず、空っぽの鳥籠を連想している自分に気がついて、独り苦笑するのである。

彼女のことを愛らしいと思った。

美帆はいつも楽しそうに仕事をしている。若いが、よく気がつき、仕事もてきぱきとこなす。婦長の綾子も認めるほどの働きぶりだった。

当初、白坂美帆は看護学校に通っていて、島岡病院には不定期に出勤していた。しかし、一年ほど経った頃に、学校の寮を出て、引っ越してきた。病院内に住み込むことになったのである。看護婦は常に不足している状態だったので、これは清文にとって願ってもないことであった。

「私、この病院がとても気に入ったんです」美帆はにっこりと微笑んで、そう言った。「先生も婦長さんも、とてもお優《やさ》しくて……」

ちょうど、綾子が実家に戻っていた晩のことである。

清文は書斎で雑誌を読んでいた。ノックの音がしたので返事をすると、ドアが開き、白坂美帆が顔を覗かせる。

「先生、今、よろしいですか？」

「どうしたの？」

「あの、お茶をお持ちしましょうか？」

「あ……、うん。それじゃあ、お願いしようかな」驚いて椅子に座り直し、清文は答える。

「白坂さん、当直なの？」

「いえ、当直でも夜勤でもありません。今夜は違います」

「じゃあ、何してるの？」

「あの、先生、少しだけ、お話をさせていただいても、よろしいですか？」

「ああ、もちろん、かまわないけど」

「わあ……。じゃあ、ちょっとお待ち下さいね」

しばらくして、美帆が紅茶のカップを二つ盆にのせて戻ってきた。

清文はソファに移る。美帆はテーブルにカップを置いてから、向かいの席に腰を下ろした。普段着姿の彼女を見るのは、それが初めてだった。白いセータに茶色の長いスカート。髪は柔らかく肩にかかっている。

清文は、紅茶を飲み、美帆の姿を見入っている自分に気がつき、意識して視線を逸《そ》らした。

「で、何かな？　話というのは」

「いえ、特にはないんです」無邪気な笑顔で美帆はくすくすと笑いだす。「すみません。私、島岡先生と一度お話がしたかっただけなんですよ」

「ああ、それは……、光栄だね」

「二人だけで内緒のお話です」

「その発言は、安全とはいえない」

「ええ……。今夜は、婦長さん、いえ、奥様がいらっしゃらないからですか？　あの、ひょっとしたら、私がここに来たこと、ご迷惑だったでしょうか？」

「うん、そうだね……。いや、迷惑というわけじゃないが……」清文はカップをテーブルに戻し、脚を組み直す。「君は、出身はどこだっけ？」

「私、ついこのままで、鳥だったんですよ」

「え？　何だったって？」

「小鳥です」白い歯を見せて美帆は微笑む。真っ直ぐに清文を見つめていた。

「小鳥……って？」

「先生に、お世話していただきました」

そう言って、美帆は窓際に今もぶら下がっている鳥籠を指さす。

清文は振り返って鳥籠を見た。

「ああ……、逃げてしまった……」

「ごめんなさい、先生。私、一度、世間が見てみたくなったんです。それで、逃げ出したんです」

清文はカップを置き、ソファにもたれて、美帆を見る。彼女の神妙な表情が可笑《おか》しくて、彼は思わず吹き出した。

美帆の冗談は、面白いというよりも、可愛らしかった。おそらく、看護婦仲間の誰かから、昔の話を聞いたのであろう。少々唐突《とうとつ》な展開ではあったが、気《き》の利いた彼女のウィットに、清文は大いに感心した。

「なるほど。それで、君は、ここを逃げ出してから、看護学校に通ったってわけかい？」清文は少し考えてから真面目な表情で尋ねた。

「はい、そうです。だって、ただ戻ってきても、先生に叱られると思いましたから」美帆は澄まして答える。「少しでも、先生や奥様のお手伝いができるようになってから戻ってこようと、そう考えたんです」

「へえ……。そりゃ、なかなか見上げたものだね。だけど、君、今いくつ？」

「十九です」

「それじゃあ、ちょっと計算が合わないんじゃないのかなあ。だってね、あの小鳥は、もういい歳だったと思うよ。この病院に来てからだって、四年目だったし、逃げ出してから今年で……もう五年にもなる。鳥の年齢でいえば……」

「ええ……。ですから、今、先生がご覧になっているのは、私の仮の姿なんですよ」美帆は小首を傾《かし》げて言う。「これ、人間に化けているだけなの。本当の姿じゃありません」

「おやおや」清文はわざとオーバに肩を竦《すく》める。「そう？　僕にはとてもとても、そんなふうには見えないけどね」

「でも、本当なんですよ」

「君、面白い子だね」

「先生、お願いが一つだけあるんです」

「お願い？」

「ええ。私が実は鳥だってこと、誰にもおっしゃらないで下さいね」

「そんなの言ったって、誰も信じやしないよ」

「絶対に誰にも……。そのお約束が守られている間は、私はこの姿で、人間として、この病院で、先生のお手伝いができるんです。もし、先生が誰かに私の秘密をお話しになったりしたら……」

「いったい、どうなるっていうんだい？」

「窓から飛んでいってしまいます」

「それは、ちょっと、見てみたい気もするなあ」

「先生……」美帆は口を尖らせる。

「わかった。いや……、失礼」清文は片手を広げた。「そうそう、君に今辞められたら大変だもんな。了解した。絶対に秘密はしゃべらない。約束しよう」

「二人だけの秘密ですよ」にっこりと微笑んで、美帆は愛らしい口を小さく結ぶ。「奥様にも内緒ですよ」

「わかった、わかった」清文も微笑んで頷いた。

その夜の紅茶は特別に美味《おい》しかった。次の日に、綾子に紅茶を頼んだところ、台所に紅茶などない、と言われてしまった。

「清文さん、いつもコーヒーじゃありませんか」綾子はそう言った。

あの紅茶は、白坂美帆が魔法で出したものだろうか……。

美帆との短い会話も、この上もなく新鮮で印象的だった。彼女が部屋から出ていったあとも、しばらく清文の心に暖かいものが留《とど》まっていた。

もちろん、他愛《たわい》のないジョークだと清文は理解した。しかし、頭のどこかで、夏の日に逃げた小鳥と白坂美帆を重ね合わせようとする希望的で強引な意思が生じていたのかもしれない。

そもそも最初に彼女を見たときから、その意思はあったのだ。

5

白坂美帆が病院に住込みになってから二年ほど経った。

清文の妻、綾子は二ヵ月ほどまえから体調を崩し、床に伏せっている。清文が専門外であるため、一度大学病院で精密検査をしてもらうことになった。島岡病院は婦長の不在で忙しくなり、臨時で白坂美帆が代理を務めることになった。もちろん、美帆より年長の看護婦も多かったのだが、この病院のことを一番よく知っているのが、彼女だったのである。

検査の結果、綾子は大学病院にしばらく入院することが決まり、その日も、清文は妻を見舞いに出かけた帰りだった。

日曜日の午後三時過ぎである。

病院の近くの公園の前を通りかかった清文は、そこで、急に昔のことを思い出した。あの冬の夜、常夜灯の下に立っていた母子の姿を……。

次の瞬間、背筋がぞっとするような光景に出会った。

ブランコの横の木陰に、背の高い青年が立っていたのだ。彼は清文の視線から逃げるように姿を隠した。歳はまだ若い。大学生くらいであろうか。

その青年はこちらを見ていた。間違いない。

清文は追わなかった。そのまま病院に戻る。自分の部屋に入り、着替えをしてから、椅子に腰掛け、彼は深い溜息をついた。

あのときの少年では、と清文は思う。

まさか、小鳥を返してもらいにきたのでは……。

小鳥?

つまり、美帆を……?

しかし、もう……。

自分の思いつきがどれほど浮き世離れしているのかを、すぐに自覚した。

公園に立っていた若者が、あのときのキヨシだなんて、何故思ったのだろう?

証拠は何もない。顔つきに覚えはないし、そんな可能性は限りなく低い。それに、たとえ、本物のキヨシが現れたところで、小鳥は逃がしてしまったのだから、返すわけにはいかない。もし、逃がしていなくても、今頃は寿命できっと死んでいただろう。

何故、動揺したのだろう……。

いずれにしても、白坂美帆には関係のないことなのに……。

清文は心の中でそう呟いた。

何故、自分はあんなに動揺したのだろう……。

息苦しくなるほどだった。

　そう、あのときだって……。

　小鳥が窓から逃げ出したときも、どこかで少年が自分の鳥を呼んでいるのでは、と考えた。清文は確かにそう考えたのだ。

　小鳥は少年のところへ戻った、と思った。

　それは、微《かす》かな嫉妬だった。

　今、白坂美帆の存在は、いつの間にか清文にとって、掛《か》け替《が》えのない大切なものに成長している。キヨシの幻想に対する一瞬の焦心《しょうしん》こそ、その成長の証拠であり、さらに、美帆を受け入れることに対する罪悪感が顕在化したといっても良いだろう。そう解釈するしかない。

「籠の中にいるから可愛いのですよ」

　綾子のその言葉を、清文は思い出す。

　綾子が体調を崩したのも、あるいは、清文が原因だったのではないか……。それほど、最近の清文は美帆に惹《ひ》かれていた。彼自身がそう自覚していたのだ。妻が夫の変調に気づかなければ、鈍感といえよう。特に、綾子が入院してからというもの、美帆は、清文の身の回りの世話までするようになった。清文と美帆の関係を口にする者は、身近には誰もいない。だが、陰で何を言われているのか、知れたものではなかった。面と向かって言われなければ、否定する機会もない。もちろん、火のないところに煙は立たないのである。

　明らかに、美帆は、清文の籠の中にいた。

綾子は何も言わなかった。

彼女は、そういう女なのだ。

ずっと、美帆のことについては、まったくといって良いほど、綾子は無視していた。彼ら夫婦には子供もできなかったので、綾子は以前と何も変わっていない。淡々と仕事をし、淡々と清文に接する。おそらくどこかに、きっと僅《わず》かに、欠落したままの感情があったのだろう。それは、清文と綾子の最初の恋愛のときだったのに違いない。あの頃、何かがこぼれ落ちた。ずっと、それが足りないままなのだ。

微妙な夫婦の情の隙間に、美帆という小さな楔《くさび》が打ち込まれ、その傷口は音も立てずに、ゆっくりと、そして不思議に心地良く進展している。

いったい、誰がこんな悪戯《いたずら》をしたのだろう。

綾子は癌《がん》であると診断された。

清文は妻に伝えなかった。けれど、そんなことに気づかない彼女ではない。疾《と》うに承知している、といった涼しげな表情で、綾子は屈託《くったく》もなく微笑んだ。

「私が死んだら、清文さんは、美帆さんと結婚されるおつもりなのでしょう?」

「馬鹿なことを言うな」

「いいえ、それがよろしいと思いますよ。あの方なら大丈夫です。きっとうまくいきます」

清文は病室の窓際に立ち、外の風景を眺めていた。

見えるのは、中庭の駐車場だ。

アスファルトの黒。並んだ車の白と銀。

建物の白。サッシの銀。

光るものと、光らないもの。

影のあるものと、影のないもの。

生のあるものと、そうでないもの。

妻の言葉は、その内容だけを捉えれば、実に正論だった。

清文自身、その可能性を考えなかったといえば、嘘になる。

だが、どうして頷けるだろう？

どんなに正しくても、決して頷くことのできない問いが、この世には存在するのだ。

どんなに正しくても、否定しなくてはならない問いがある。

しかし、彼が否定しようとしたとき、綾子がさきに口をきいた。

「美帆さんと貴方《あなた》、いつも、楽しそうに、お話をなさっていたわ」綾子はベッドから小声でそう言ったのだ。

清文は驚き、振り返り、妻の顔を見る。

微笑んでいる彼女の顔。

シーツの白。ピータイルの黒。

生きているものと、そうでないもの。

涙が出るほど、可哀想だと思った。プライドの高い綾子が、そんな卑屈《ひくつ》な表現を口にするのは初めてのことだったからだ。いや、あるいは限りなく純粋で綺麗な表現だったのかもしれないが、しかし、甘えるような綾子の口調には、戦慄《せんりつ》するほどの悲愴さが潜んでいた。

「余計なことを考えないで、ゆっくりと休みなさい」

「どんなことをお話しになるのでしょう？」

どんな話？　清文は自問する。

「私とは、あまり、お話をなさらなかった」綾子は下を向いて続ける。「最初にお会いした頃は、そうでもなかった……。それなのに、結婚したときには、なんだかもう、お互い、一度は消えてしまったあとでしたものね。燃えかすみたいなものだったのかしら。大人になり過ぎていたのでしょうか？」

「いや、たぶん、口にするのが恥ずかしい年齢になっていた、というだけのことだよ」

「美帆さんとは、どんなことをお話しになるの？」

綾子がそれほどまで執拗《しつよう》に美帆のことを尋ねるのが、異様だった。そして、その異様さが、清文の目頭を熱くした。もう、お互いに四十を越えている二人である。どんな言葉をかけたものか、言葉にどれほどの効果があるものなのか、と彼は迷った。

「私……、幸せでした」綾子は下を向いたまま、最後にそう言った。

妻はそれきり、黙った。

背後で、窓ガラスに雨が当たる音。

しだいにテンポが早まり、夕立になる。

そのノイズに遮断され、病室の空気は重く滞《とどこお》った。

稲光と、遅れて響く雷。

清文は、ただ立ち尽くす。

綾子のベッドに近づき、妻の白い頬に手を差し伸べる自分を想像する。あるいは、優しく微笑む自分を……。妻を叱る自分を……。しかし、いずれの自分も、夏の夕立のように偽善だった。

「すまない」清文は綾子に近づいて囁《ささや》いた。「君がそんなふうに思っていたなんて、知らなかった。美帆さんと、そんなことはありえないよ。あの子をそんなふうに見たことは、僕には一度もない」

清文は偽善を重ねた。

夕立のように。

嘘ほど、素早く、
嘘ほど、その場は暖かい。

「綾子、あの小鳥を覚えているかい？」

「ええ、もちろん」

「美帆さんに、僕の小鳥のことを話したのは、君だろう？」

「え？」

「いやね……」清文はベッドの反対側に回って、ベンチに腰を下ろした。「あの子、確かに面白い子なんだよ。自分は、あのとき鳥籠から逃げ出した小鳥だって……、あの鳥の生まれ変わりだと言うんだよ。瀕死のところを君に助けられて、僕にも世話になった。だからね、一度は逃げ出したけれど、人間の姿に化けて戻ってきた。僕らに恩返しをするためなんだぞうだ」

綾子を安心させるために、清文は明るくその無邪気なお伽話《とぎばなし》を語ったつもりだった。

「いいえ、私……、誰にも、あのことは……」綾子は不安そうな表情でゆっくりと首をふった。「清文さんの鳥のことなんて、誰にも話していません。貴方《あなた》こそ、誰かにおっしゃったんじゃありませんか？」

「僕はそんなことは話さない。まあ、でも、誰かは知っていたのだろう。彼女はその話を聞いたんだよ」

そうは言ったものの、清文も多少ひっかかった。

考えてみれば、あの当時からずっと島岡病院に勤務しているスタッフは数少ない。入れ替わりの激しい職場なのである。白坂美帆がやってきた当時を思い出してみても、それ以前からいた職員は二、三人だった。その彼女らだって、病院以外の、清文の私生活を詳しく知っていたわけではない。鳥籠は書斎にあったからだ。あの頃、清文の密かな楽しみだった小さなペットのことなど、誰が知っていただろう。書斎から逃げ出した小鳥のことなど、誰が気にかけていただろう。清文にとっては、小鳥が逃げ出した夏の日の思い出は鮮明だったが、そんな些細《ささい》な他人事を覚えている人間が、はたしていただろうか。

「とにかくね、あの子は、そんなことばかり言っている子供なんだよ。君が心配するようなことはない」

清文は、ガラスに当たる雨を見ながら、そう言った。

6

綾子は半年後に死んだ。

葬式が済んで三日後のことである。

白坂美帆が、清文の書斎に現れた。いつもの明るい笑顔はなく、彼女は清文のデスクの前まで進み出て、頭を下げた。

「先生、こんなときに、本当に突然で申し訳ありませんが、私、実家に戻ろうと思います」

「ああ、かまわない。休暇だね？」

「いえ、お暇をいただきたいのです」

　清文は驚いた。

「ここを辞めたい、ということ？」

「はい。勝手を言って、申し訳ありません」美帆は下を向いた。

「結婚するんだね？」明るく装って、そうききながら、清文は以前公園で見かけた青年を思い出した。この数日間の憔悴《しょうすい》で清文の感情はすっかり干上がっていたが、美帆の突然の申し出は、軟らかい泥をぶつけられたような、鈍い衝撃だった。

「いいえ」美帆は首を横にふる。「結婚ではありません」

「じゃあ、他の病院へ？」

「違います」

「いや……」清文は溜息をついた。「理由をきかれたくないのなら、きかない」

「申し訳ありません」

「決心はついているようだね？」

「はい」

「わかった。もし、推薦状が必要なら書こう。いつでも言いなさい」

「先生……」美帆は顔を上げて、清文を見据《みす》える。「私、奥様に呼び出されました。先々週のことです。大学病院へ行って、奥様にお目にかかったんです」

「そう……」清文は首を傾げる。それは知らなかった。

「奥様は、私が小鳥の生まれ変わりだという話を聞いた、とおっしゃいました」

「ああ……、うん。それは僕が話した」

「先生……。お約束ではなかったですか？」美帆の声が少し高くなる。「このことは、私たち二人だけの……」

　彼女の表情の変化に清文は驚いた。

「約束？」

「誰にもおっしゃらないって、約束されたはずです。奥様にも内緒にしておいて下さるって……、先生はおっしゃいました！」

　美帆の目から涙がこぼれ、頬を伝った。

「え……、ちょっと、待ってくれ……」

「お約束が守られなかった以上、私はもう、ここにはいられません」

「何を言いだすかと思えば……」清文は慌てて両手を広げる。「君、あれは……、冗談じゃあ……」

「いいえ、冗談ではありません」

「冗談じゃないって……、しかし……、まさか、本当だって言うつもりかい？」

「ええ」美帆は唇を嚙んで頷く。「私は、その籠から逃げた小鳥です。信じていただけなかったのですか？」

「信じるも、なにも……」清文は頭に片手を当てる。「いや、辞める理由はきかない。君の自由意志だ。それは尊重しよう。君を引き留めたりはしない。しかしね……、そんな冗談みたいな理由を、今さら言われるなんて心外だ。こういう悪ふざけは、僕の趣味じゃない」

「冗談でも、悪ふざけでもありません。本当なんです」

「わかった。わかったよ。それじゃあ、本当だとしよう。君は、あのときの小鳥だった。それで……、君は自分の秘密を僕だけに教えてくれた。他の誰にも知られたくない。そうだったね？」

「そのとおりです。でも、先生は奥様にお話しになりました」

「女房は死んだ。もういない。だから、君の秘密は、誰にも漏れていないことになる。違うかい？」

美帆は、じっと清文を睨んだまま動かない。涙だけが、彼女の白い頰を流れている。

「どうしたのさ？　屁理屈で押し通すのなら、最後まで通してほしいな。ちゃんと僕を説得してくれなくちゃ困る」

「お話しできません」

「何を？」

「本当のことをです」

「話しなさい」清文はすぐに言った。

美帆は目を一度閉じる。片手を口もとに当て、しばらく肩を震わせた。

「先生が、おっしゃらなければ……、こんなことには……」

「君は小鳥なんかじゃない。どうして、ここを辞めたいんだね？　綾子に何を言われた？」

美帆は何も言わずに首をふった。

「言ってごらん」

「奥様は警察を呼ばれたんです」美帆は目を開ける。涙がまたこぼれた。

「警察？」

「私が呼ばれたのと同じ日です。先々週の金曜日。ですから、先生がお話しになった私の秘密は、奥様だけではなくて、警察の人にも知れてしまいました。奥様が亡くなったからといって……」

「え？　警察が知った？　何を？　いったい何を知ったというんだい？　君が小鳥だってこと？」清文はそこで無理に笑おうとする。「わからない。いったい何を言いたいんだい？」

「私、あの日、見てしまったんです。全部、見ていたんです」

「あの日って？」

「先生のお父様が亡くなられた日です」

「何を……、見たんだね？」

「先生のお父様が殺されるところを、見ました」

「冗談はやめなさい」清文は立ち上がる。

「冗談ではありません」

「君が本当に小鳥だったなんて、誰が信じる？　そんな冗談はもう沢山《たくさん》だ！」

「本当です！　冗談ではありません。先生のお父様を殺したのは……、奥様なんです」

「なに？」

「奥様が殺したんです」

清文は息を止める。美帆は動かない。

空気が静かに微動していた。

清文は、溜息をつく。美帆はまだ動かなかった。

「出ていってくれ」彼は息を殺して言った。

「本当です」

「出ていけ！」

「長い間、ありがとうございました」美帆は涙を拭《ぬぐ》いながら頭を下げる。「本当に……、お世話になりました」

「最後がこんなふうで、残念だ」

「私、先生のことが、本当に……大好きだった。大好きでした。ごめんなさい、こんなことになってしまって……」

彼女はドアまで下がって、背中を向ける。

「失礼します」

「待て」清文は我慢ができなかった。「待ちなさい。綾子が、親父を殺した、と言ったね。どうして、また、そんな嘘を？」

「嘘ではありません」

「よろしい、ちゃんと話してごらん」

「救急車で運び込まれた患者を殺したのも奥様です。患者が院長を殴り殺したというのは、全部、奥様の偽証なんです」

「何のために綾子がそんなことをする？　この病院を乗っ取ろうとした、とでもいうのかい？　それとも、まさか、僕と結婚するために？」無理に皮肉っぽい口調で清文は言葉を並べる。

しかし、自分で口にした内容に、彼は驚愕《きょうがく》した。

自分と結婚するために……？

まさか……。

「わかりません。私にはわかりません。でも……、奥様は、警察には、もう全部ご説明されたんです」

「そんな話、警察からは何も聞いていない」

「自分はもうすぐ死ぬから、せめて生きている間だけは、先生に黙っていてほしいって……、そう警察にも、私にも……。それが最後の願いだと、奥様は……」

「馬鹿な！」

「本当です」

清文はデスクを回り、美帆に近づいた。ドアを背にして、彼女は立っている。

「君は、いったい……」清文は低い声できいた。「いったい何者なんだ？　何故、綾子が君を呼びつけたりした？　まさか、本当に小鳥だったわけじゃないだろう？」

「私は、殺された男の娘です」美帆は顔を上げる。

「殺された……男？」清文は眉を寄せた。

「宮本勝の娘です」

「え？　じゃあ、白坂というのは……」

「母の旧姓です」

「あの……以前に一度ここへきた？」

「はい。母と私は、一度だけ、ここをお訪ねしました。私は公園で待っていましたけど」

「あれは……」清文は美帆の顔を見直す。「あれは、男の子だったと……」

「私です」

「小鳥を飼っていたのが……、君？」

「私です」美帆はゆっくりと頷いた。「先生に可愛がってもらった小鳥は、私の小鳥でした」

「あの子が君だって？　女の子……だったのか」

「あの日、先生からいただいたお金で、どれほど私たちが助かったかわかりません。私は、本当に、あのときのご恩をお返ししようと思って……」

「嘘だ！」清文は叫ぶ。

「本当です」

「そうじゃないだろう？　君は、復讐するために来たんだね？」

「私は、あの晩、父が乗せられた救急車を追いかけて、ここまで来たんです。ずいぶん、遅れましたけど、サイレンの音を頼りに一所懸命に走ったんです。とにかく、父が持っていってしまった私の小鳥を取り返したかった。それだけが心配だったんです。それで、一晩中、この病院の外をうろついていました。そして、朝方になって、静かになった頃、こっそり中に忍び込んで……」

「何を見た？」清文の声は震えていた。

「小鳥を取り戻そうと思ったんです。病室まで忍び込みました。でも、父に見つかってしまって……。父は、私を見つけて起き上がって……。もう、ほとんど狂人だった。小鳥の箱を私から取り上げ、中の小鳥を摑《つか》み出して、そのまま病室から出ていったんです。私は、夢中で父を追いかけて……、そう、診察室まで来ました。そこで……」

「綾子が、親父を殺したあとだったわけか？」

「はい……。最初、何がなんだかわからなかった。私はすぐに逃げ出しました。恐くて、もの凄《すご》く恐くて……、無我夢中で逃げたんです」

「親父の死体を見たんだね？」

「ええ……。でも、恐かったのは……、奥様の顔でした」

「綾子の顔？」

「母と一緒にこちらへ伺ったとき、私が公園で待っていたのは、奥様が恐ろしかったからです」

「親父と綾子の間に、何か……いざこざがあったわけだ」清文は独り言のように呟いた。それは、ありえない話ではない。あの歳まで綾子が独身だったことが、思い当たる。

「つまり、殺害現場を目撃されたので、君のお父さんも殺されたわけだね？」

「奥様は、警察にそうおっしゃいました」

「どうやって殺した？」

「後ろからゴルフクラブで」

「クラブ？　それじゃあ、親父の方も、椅子じゃなかったのか」

「椅子は、あとから偽装のために……」

「死体をどうした？」

「車で運び出して、川まで運んだそうです」

「一人で？」

「治療室の台車を使ったとおっしゃっていました」

「戻ってきてから、いろいろ始末をして、警察に連絡したわけか……、それじゃあ、犯行は、朝ではなかったんだね？」

「そうです、私が忍び込んだときは、まだ夜明けまえでした」

「親父はまだ生きていた。おそらく、綾子は戻ってきて、もう一度殴ったんだ。ああ、そのとき、椅子を使ったのか……」

「そう……、おっしゃいました」

「君は、ここで見たことを、お母さんに話したのかい？」

「いいえ、誰にも」美帆は首をふった。「私は自分の小鳥を取り返したかっただけです。父がいなくなったことは、私と母には、不幸ではありませんでした。あれ以来、ちゃんとした生活ができるようになったんです」

　清文は目を瞑《つむ》る。そして、大きく息をした。

　まるで関係のない情景が脳裡に浮かぶ。音はしなかったが、大量の水が河を逆流する情景だった。

綾子は、そういう女だ。

(籠の中にいるから可愛いのですよ)

綾子は、あの晩、籠から飛び立ったのだろう。

(それじゃあ、これっきりってわけか)

「先生……」

清文は目を開ける。美帆が彼を見つめていた。

「君がこの病院へ来たのは、綾子に復讐するためだったのだろう?」

「わかりません」美帆は首をふる。「ひょっとしたら、そうだったのかもしれない。でも、私は父を憎んでいたんです。だから、復讐なんて、とても考えられない。ただ……、いろいろと知りたかった。私の小鳥のこと……、それに、奥様のこと。こちらに来て、びっくりしました。あんなに恐ろしい人だと思っていた奥様は、とてもお優しくて……」

「何故、あの小鳥が逃げ出したことを知っていた?」

「知りませんでしたよ。それは、あのとき、先生がご自分でおっしゃったんです」涙を流した顔のまま、美帆はようやく微笑んだ。「お部屋には、空っぽの鳥籠」美帆は窓際のそれを指さす。「きっと小鳥は死んだのだと、最初は思いました」

清文もその鳥籠を見る。

彼は、呆然として後ろに下がった。

「話したくありませんでした。だけど、今日にも、警察がすべてを説明しに、先生のところに来るはずです」

「いや……」清文は首をふる。「話してくれて……、感謝している。しかし……、すぐには、どうも飲み込めないよ。僕には……どうしても……」

「もし、先生が、奥様に私のことをおっしゃらなかったら、奥様も自供はされなかったと思います」そう言って、美帆はドアを開けた。「奥様は、先生から小鳥の話を聞いて、私が何者か気がつかれたんです」

「もし、僕がしゃべらなかったら？」清文は繰り返す。

「そうすれば、すべて、このままでした」

「もう、戻れないと？」

「戻れません」

ドアの外に美帆は出た。

「長い間、ありがとうございました」

彼女は一礼し、通路を歩いていった。

戻れない？

もしかして……、これが、綾子の最後の意思だったのか……。

清文は遅れて、部屋を飛び出した。

玄関で美帆に追いつく。そこに見慣れない男たちが三人立っていた。スーツを着ていたので、最初はわからなかったが、驚いたことに、一番若い男は、以前に公園で見かけた青年だった。

「警察まで、ご足労願えますか?」優しい口調で、一人が美帆に言った。「簡単な調書を取りたいだけです」

彼女は無言で頷いた。

「美帆さん」清文は彼女に声をかける。「あの小鳥……」

美帆は玄関先で振り返る。

「あの小鳥、名前は何といったの?」

「キヨシ……」

片方のピアス

A Pair of Hearts

1

雨上がりの街は暗く霞《かす》んでいる。

夕暮れに気づいたネオンだけが、コーティングされたアスファルトに反射して、車道と歩道の境界に不連続な明度の一線を刻み、風に飛ばされた紙くずと、遠方から漂着した軽い音楽のリズムが、一度だけ躊躇《ちゅうちょ》して路地裏へ吸い込まれる。カフェに上がるコンクリートの階段の下には、闇に溶け込もうとする黒猫が身を潜め、その一部始終に目を光らせていたが、道を往く人間たちの孤独には思い至らない。

その階段を、カオルのヒールが叩く。

重いガラスドアが引かれ、反動で生暖かい空気が煙草の香とともに流れ出た。

カウンタの中で髭《ひげ》のマスタが片手を挙げる。細いサスペンダの新顔のウエイタも、つられて彼女に頭を下げた。

カオルは一番奥のテーブルを見る。いつもの席だった。

しかし、今日は、少しだけ違っている。

トオルが二人いたのだ。

いつもは一人しかいない彼女のトオルが、今日は二人いる。

カオルは深呼吸をして、バッグをお腹の前で抱えて、歩きだした。彼女が歩けば、必ず周囲の視線が動く。彼女はそれをよく知っている。

「お待たせしました。こんばんは」

「いや、まだ約束の時間よりもずいぶん早い」トオルはにやりと笑って、斜めにカオルを見上げる。

トオルの隣に座っていた男は、背中に届くほど髪が長かった。テーブルに片肘《かたひじ》をつき、その手を頬に当てていたが、一瞬だけ彼の視線がカオルを捉え、たちまち、逃げるように窓の方へ逸《そ》れる。普通の男たちが彼女に向ける眼差《まなざ》しの百分の一の粘性もなかった。

「弟のサトルだよ」トオルは、長髪の男を紹介した。

「はじめまして」カオルはできるだけ優しい声で言い、椅子に腰掛ける。

サトルは、顔を少しだけ持ち上げ、彼女を再び一瞥《いちべつ》し、僅《わず》かに頷《うなず》いたように視線を下げた。何も言わなかった。表情もほとんど動かない。

「ごめん、こんな奴なんだ」トオルは鼻息をもらしてから、口もとを上げる。「無口でね……」

「でも、本当に……、似ているわ」

カオルはバッグから煙草を取り出した。トオルが気がついてライタを差し出し、彼女の煙草に火をつける。煙を細く吐き出しながら、カオルは、再びサトルをじっくりと観察した。

相変わらず、サトルは、彼女の方に視線を向けようとはしない。気が弱い男だ、とカオルは思った。それが、彼女にとって一番安心できる認識だったからだ。

とにかく、横に座っているトオルと非常によく似ている。二人は双子なのだ。それが当たり前なのか、それとも、当たり前でないのか、彼女にはわからない。見分けはついた。まず髪形が違う。トオルは髪が短いが、サトルはカオルよりも長いくらいだ。それから、トオルの方が多少日に焼けている。サトルは病人のように色が白かった。服装の趣味も違う。トオルはスーツにネクタイ。サトルは、擦《す》り切れたジージャンにジーンズだ。けれど、最も異なっている点は、二人の表情だった。これが、まったくといって良いほど違っていた。トオルが明なら、サトルは暗である。このため、一見似ているとは思えないほど、二人は正反対の印象を見る者に与える。

「ほら、これが反対なんだ」トオルは片手で髪に触れ、自分の左の耳を見せる。彼は片耳にダイヤのピアスをしているのだ。それはカオルもよく知っていることだった。

カオルはサトルを見た。

サトルは無言で右側の髪を持ち上げ、右耳のダイヤのピアスを見せた。

「話したっけ？　もともとは、お袋の形見だったんだ」トオルが説明する。「それを二人で分けたってわけ」

その話は初めて聞いた。何が反対なのか、最初カオルはわからなかったが、トオルが左耳でサトルが右耳、つまり左右が反対ということらしい。話を聞いてみると、利《き》き腕も、トオルは左、サトルは右だという。

「つまり、僕らは、左右対称にできているわけだ」トオルがそう言った。「もしかして、心臓も反対にあったりしてね……」

そのジョークは面白くなかった。

カオルはまたサトルを見る。彼は何もしゃべらない。

「あ、もしかして、煙草はお嫌いでした?」カオルはサトルに向かってきいてみた。この男の声を聞きたかったのだ。

「いえ」サトルは無声音に近い声で短く答え、首を横に一度だけふった。

「今は、何をしていらっしゃるの?」

「何も」同様に短く答え、サトルの視線は再び窓の外へ向けられる。

「こいつは、まだ大学院生だよ」トオルが代わりに答えた。「といって、大学で見かけたことなんて、ほとんどないけどね」

ウエイタがやってきたので、トオルが三人の料理を注文した。その間も、サトルはずっと頬杖をついたまま窓ガラスを見つめていた。

トオルに双子の弟がいる、という話は、当然ながらずっと以前から聞いていた。一卵性の双生児で、とてもよく似ている。容貌はもちろんのこと、声も仕草《しぐさ》も、行動も趣味もそっくり同じだったという。しかし、どういうわけか、中学を卒業した頃から、二人の性格に明確な差が現れ始めた。

「たぶん、どちらかが運命に反発したんだね」とトオルは言った。「磁石みたいに、N極とS極に分かれてしまった」

そのどちらか、というのが自分ではない、とトオルは主張したいようだった。

トオルは現在、大学に助手として勤務している。カオルは、彼の研究科の学生だったが、卒業して今の身分は研究生、実は、他学部の教授付きの秘書でもある。

二人がつき合い始めたのは一年ほどまえのこと。どちらも、親しい友人にさえ、交際していることをまだ話していない。秘密にしている状態だった。秘密にしなければならない理由など、どこにもないのであるが、そうすることが、何かの保険だと二人は思い込んでいる。少なくとも、カオルの場合はそうだった。

同じ研究科にいるトオルの弟が、サトルである。就職をしないで、大学院の博士課程に残っているようだ。たぶん、サトルの話は幾度かトオルから聞いていたはずだが、カオルの記憶には曖昧《あいまい》にしか残らなかった。関心がなかったからだ。双子なのだから容姿は似ているのかもしれない。しかし、カオルには、トオル一人で充分だったし、人間の外面形状に特に興味があったわけでもなかった。

そうはいっても、トオルが弟を紹介すると言いだしたとき、カオルは少し嬉《うれ》しかった。トオルの両親は既に亡くなっていて、兄弟は双子の弟だけ。つまり、唯一の家族に自分を紹介してくれる、ということになる。「結婚」という単語が、トオルの口から出たことは一度もないが、カオルは密かにそれを待っていたし、それほど遠いものだとは考えていない。

そういったわけで、今日の約束の時刻を、いつもよりも多少緊張して迎えたカオルだった。

サトル本人に対しては、カオルは何の期待もしていなかった。自分が気に入られさえすれば、それで良い。それだけを細《ささ》やかに願った。もっとも、トオルの両親ではないのだから、たとえ弟に気に入られなくても、将来に亘《わた》る大きな障害にはなりえないだろう。したがって、カオルは比較的リラックスしていた。

ところが、サトルを見た第一印象は、予想外だった。

二人は、違っていた。

いや、もっと複雑だった。

彼はトオルにとてもよく似ている。

トオルに装備されている追加機能を、取り去ったデフォルトの状態がサトルだった。彼は、シンプルで、身軽で、そして、無駄がない。

それが、綺麗だったのである。

デザートとコーヒーがテーブルに並んだ頃には、カオルはすっかり魅了されていた。サトルの顔を盗み見るようにして観察している自分を認識していた。

　理由はわからないが、自分がトオルの分身に惹《ひ》かれていることにカオルは焦《あせ》った。これは驚きだった。

　トオルが電話をかけるために席を立った。

　二人だけになる。

「どうして、そんなにしゃべらないんですか？」

「必要がない」サトルは簡単に答える。彼は姿勢良く椅子に腰掛け、コーヒーカップを片手に持っていた。

「トオルさんと、全然雰囲気が違いますね」

　サトルは軽く頷く。

「わざとですか？」

「ええ」

「え？　本当に？」

　サトルはまた軽く頷いた。

「本当は同じなのに、わざと違っているように見せているのですね？」

「そう、もともとは、スペアだから」

「え？　スペア」カオルはきき返す。「スペアって、スペア・キーの？」

サトルは頷いた。

「いやだ……。それじゃあ、なんか、拗《す》ねてるみたいですよ」

「たぶん」

「拗ねてるんですか？」

「そう」

「どうして？」

「スペアだから」

サトルは、カオルの顔に目を向ける。しばらく彼の両眼がカオルの視線を受け止めた。そして、サトルは初めて、僅かに微笑んだ。それは、トオルの笑顔とは明らかに別のものだった。

トオルが戻ってきて、三人は店を出た。

細かい雨が降りだしている。

トオルとカオルは一つの傘の中に入った。サトルは、二人から離れ、片手を軽く挙げる。無言で一瞬の挨拶をした。光るアスファルトを小走りに去っていく。長い髪が背中で揺れていた。

カオルは、サトルの後ろ姿を追う。トオルに気づかれないように、小さな溜息をついた。

2

冬休み、カオルはトオルと一緒に海外旅行に出かける予定だった。行き先はシンガポール。トオルが国際会議に出席するために一週間の海外出張を申請していたので、カオルは彼についていくつもりだった。ところが、出発の一週間ほどまえに、運悪く流行していた風疹にかかってしまったのである。これですべてが台無しになった。

トオルを空港に見送ることもできなかった。電話で話しただけだ。トオルは優しい言葉をかけてくれたが、どことなく不機嫌なのは明らかで、まるで、彼女が病気になったことが、全面的に彼女の不注意によるものだと責めているみたいだった。

ようやく体調が戻ったのは二十四日、トオルが旅立って、三日目。クリスマス・イヴである。

昼過ぎに、オーバを着込んで外出した。まだ多少躰《からだ》がふわふわとしている感じがする。空気は痛いほど冷たく、マフラをしてこなかったことを彼女は後悔した。

トオルが住んでいるのは、大学の近くに建つ一軒家だった。彼女はそこの鍵を預かっている。意味もなく、その家に足が向いて、途中でパンを幾つか買った。

雨は降っていなかったが、天気は悪く、昼過ぎだというのに薄暗い。トオルの住まいは古い小さな二階建ての家屋で、狭い庭先に大小の樹木が立ち、煉瓦の塀も、黒っぽい板張りの壁も、一面を蔦《つた》に覆われている。細い道路から数メートル奥まったところに可愛らしい白いゲートがあり、骨董品ともいえる鋳物《いもの》のポスト・スタンドが立てられていた。こうした、植物との共生は、もともとの持ち主の趣味だったのであろうが、今や、荒れ放題といわれても否定できない。前の道を通る小学生たちには、幽霊屋敷に近い印象を与えていたかもしれなかった。もっとも、それは、こんな湿った暗い日に見たときのことで、天気の良い午後に、明るい陽射《ひざ》しさえ浴びれば、一変してレトロで優雅なコテージに見えないこともない。少なくとも、カオルは嫌いではなかった。

庭の一部はガレージだった。そこには、トオルの愛車のクリーム色のビートルが駐められている。カオルはそれを見ながら、白いゲートの間から手を差し入れ、内側の鍵を開けようとした。それは、既に開いていた。

湿ったコンクリートの階段を上る。途中で九十度向きが変わり、玄関に突き当たる。預かっているキーをドアの鍵穴に差し入れようとしたが、そのまえにノブを回してみると、開いていた。

少し驚く。

誰かいるのだろうか……。

ドアを小さくノックする。

少し待ってから、カオルはドアを開け、玄関の中を覗き込んだ。

「こんにちは」彼女は家の中に向かって呼びかける。

しばらく待ったが、誰も出てこない。カオルは不安になった。泥棒が入ったのだろうか……。トオルが出かけるときに鍵をかけ忘れたのか……。いや、そんなことはまずありえない。慎重なトオルがそんなミスをするはずがないからだ。

「誰かいませんか？」もう一度、今度は少し大きな声で叫んだ。

カオルは耳を澄ませる。何も聞こえなかった。彼女は、靴を脱いで部屋の奥へ入っていく。

細い通路の突き当たりのドアを開けると、一番奥のリビングルームに出る。裏庭に面したその部屋が、この家の中で一番広くて立派な空間だった。ちょうど二階の部分が吹き抜けになり、天井も高い。小さいがテラスもあり、庭に面したガラス戸が三枚並んでいる。

その窓際の大きな籐《とう》の椅子に、トオルの姿を見つける。

眠っているような姿勢で、深く腰掛けていた。

両足を真っ直ぐに伸ばし、すぐ隣にあった小さな椅子にのせている。紺色のズボン、黒いセータ、それに黒い革のジャンパ。少し大きめのキャップを深く被《かぶ》っていた。

顔が死んだように白い。

唇がいつもより赤い。

「トオル？」カオルは、リビングルームの入口のところで棒立ちになっていた。

おそるおそる近づき、膝をつくほど姿勢を低くした。

キャップの下に隠れた彼の顔を見る。

目は閉じられている。

眠っているようだ。

さらに近づき、カオルは彼の寝息を聞いた。

「シンガポールじゃ……、なかったの？」彼女は囁《ささや》くように口にする。

カオルは籐の椅子の横に立ち、彼の唇に、顔を寄せる。

目の前で、目が開いた。

カオルの心臓が大きく打つ。

「え？」カオルは身を引き、バランスを崩して倒れそうになった。

トオルではなかったのだ。

「サトル……さん？」

「ああ、君か……」サトルは、椅子にのせていた両足をゆっくりと下ろす。

「あ、ごめんなさい。私、てっきり……」カオルは顔が熱くなるのを感じる。「てっきり……、
ええ、トオルだと思って……、あの……」

「一緒に行ったと思っていたけど」

「え、ええ、私、病気で行けなかったんです」

サトルは、視線を逸らして、テラスの方を向く。もう、カオルには用はない、といった仕《し》草《ぐさ》にも見えた。

振り返ったサトルを見て、カオルはサトルの長髪にようやく気づいた。キャップでよく見えなかったのだ。

「何をしに？」向こうを見たままサトルがきいた。

「え、いいえ、特に何というわけでもなくて……、前を通りかかったので寄っただけなんです。鍵が開いていたので……」

「何か飲もうか？」

「え？」

「冷蔵庫にワインがあると思う」サトルが立ち上がった。

「あ、私……」カオルはさらに後ろに下がる。

「あれ、嫌い？」

「ええ、いいえ、別に……」

「どっち？」

「嫌いじゃないわ」

「病気は、もういいの？」

「はい……」

サトルはキッチンに消えた。

カオルは、リビングの中央に立ったまま、どうしたら良いのか考えていた。否、実は考えてなどいない。ワインを飲むことは、既に決めていた。

3

数時間後。裏庭は見えなくなり、ガラスにはリビングルームが映っている。テーブルの上には空《から》になったワインボトルが三本、缶ビールも幾つか並んでいた。電話でピザを注文し、ついでに頼んだフライドポテトやアイスクリームで、賑《にぎ》やかになった。ピザ屋の衣裳を見て、カオルは、クリスマス・イヴだということを思い出した。

「僕、一度、トオルのパスポートで中国へ行ったことがあるよ」サトルはソファに座っている。

「トオルのパスポートで?」カオルはきき返す。少し酔っていたせいか、言葉がすぐに理解できなかった。

サトルはカオルを見据え、僅かに微笑んだ。彼はそれ以上に微笑むことができないようだ。それが最大限らしい。

カオルは笑いだす。

「え？　本当に？　嘘……、それって、いけないことなんじゃあ……」

「犯罪だね」サトルが澄まして答える。「しかし、まあ、特に実害はないだろう？　中国に行ったのはトオルだということにすれば良い。いや、今でもそうなっている」

「だけど、トオルはその間、大学で仕事をしていたのでしょう？」

「忙しいトオルに代わって、彼の分身たるこの僕が、中国に行ったってわけ。だいたい国立大学の教官ときたら、出勤簿なんて誰もちゃんと付けてないんだ。あとあと、どこにいたのかなんて、知れたものじゃない」

「髪はどうしたの？　中国へ行くとき切ったの？」

「いや、長いままだよ」サトルは平然と答える。「そんなの関係ない。髪形なんて変わるものだから、写真と違っても平気さ」

「ひょっとして、運転免許証も、二人で一つなんてことないでしょうね？」

「ああ……、僕は車の免許は持っていない」サトルは真面目《まじめ》な顔で答える。「運転したことはあるけどね……」

「嘘……、それじゃあ、冗談じゃなくて？」

「まあ、ときどき」

「ああ、眩暈《めまい》がしてきたわ」

サトルの態度が妙に真面目くさっていたのが可笑《おか》しかった。カオルは吹き出し、しばらく笑った。アルコールのせいだったかもしれない。

カオルの恋人であるトオルは、自信に満ちた男性である。それが彼の最大の魅力でもあった。何事にも動じない冷静さと、緻密《ちみつ》で知的な一つ一つの仕草が実に洗練されている。しかし、目の前のサトルにはそれがない。トオルという人間から、一切の装飾を剝《は》ぎ取ってしまった人格、それがサトルだ。

そう、装飾だ。

今までカオルが魅力的だと信じていたアイテムは、単なる装飾だった。

そのことに思い至った瞬間、一変してそれらは、無駄で鼻持ちならない存在に転化する。

カオルはサトルにキスをした。

自分から唇を寄せた。

サトルは僅かに身を引いて、申し訳程度の抵抗を示した。

焦点を合わすのに苦労するほど近距離で、二人は眼差《まなざ》しを交す。

「どう？」カオルがさきに口をきいた。

「何が？」

「何か、ご感想は？」

「何の？」

「私よ」

「いや……」

「トオルに、なんて言ったらいいかしら?」

「さあね……」

「酷《ひど》い」

「それは君の問題だろう?」

カオルは一瞬目を閉じる。

下を向き、やがて上目遣いでサトルを睨んだ。

「そう……、ええ。私の問題だわ」

「今のは、悪戯《いたずら》ってわけだね?」

「悪戯……、いえ。そうじゃない」

「じゃあ、本気?」

「わからない」カオルは咄嗟《とっさ》に首をふった。

「そのままにしておこう」サトルは微笑む。

「そのままって?」

「わからない方が、きっと、良い」

「ええ……、そうね」

4

最初から間違っていた。そうとしか考えられない。

カオルは、自分に言い聞かせる。

けれど、どうしたら良いだろう？

自分が納得したところで、解決にはならない。

トオルに、実は私が好きなのはサトルだった、と過去形で言えば、それが正解なのか。たぶん、そのとおり、それが正しい。だが、正しくても認めてはもらえない。気がふれていると思われる。恨まれる。妬《ねた》まれる。何故か、破滅的なイメージ。

そんなこと、できる訳がない。

トオルと一緒にいる時間が、長く感じられるようになり、トオルの姿の中に、オーバラップするサトルの幻覚を追った。

自分はよそよそしい態度を取っている、と自覚できる。それなのに、トオルは気がつきもしなかった。もともと鈍《にぶ》い人なのだ、とカオルは溜息をつく。

気づいてほしい、否、気づかれては困る。

矛盾した感情が幾重にも交錯して、彼女の自由意志は、既に雁字《がんじ》搦《がら》めの状態だった。何も自分で決められない、と感じた。

「どうかした？」

幾度、トオルからその言葉を投げかけられただろう。

そのたびに、大理石みたいなわざとらしい微笑みをつくり、カオルは首を横にふった。

「いいえ、何も……」

嘘をつく。

その瞬間、躰の中で血液が逆流する。

新しいバイトを始めたと嘘をつき、その時間は、サトルと会っていた。短い時間は、かえって濃縮された刺激を彼女にもたらし、もはや掛《か》け替《が》えのない希望を見ている。命の大半をサトルに捧げていた。

どこか、遠くの街へ逃げよう、とさえ思った。

そう考えるだけで、胸が熱くなった。

どこへ？

いつ？

どうしたら良いだろう。

「どうしようもないよ」サトルは息を漏らしながら言う。

「どうして？　このままでは、いけない。こんなことをしていたら、トオルに見つかってしまうわ」

「見つかったら良い」

「殺されるわ」

「君が？　それとも、僕が？」

カオルは息を飲む。「たぶん……、貴方《あなた》」

「殺されるまえに、消えよう」

「私を置いて？」

サトルはくすっと笑った。

彼は、一度カオルの目を見て、いつものように敏捷《びんしょう》に視線を逸らした。

5

数ヵ月後。寒い三月の初旬。

トオルが海外出張でまた一週間ほど出かけることになった。行き先は韓国。今回は大学の同じ講座の教授たちと同行するため、カオルは同伴できなかったが、それは今の彼女には幸いだった。

カオルはトオルを空港まで送った。

彼女は、彼のビートルを運転して戻ることになっていた。

搭乗口の手前で、トオルは神妙な表情になり、彼女にこう言った。

「いい子で待っているんだよ。君のために、贈物を用意しているんだ」

「え、何？」

「お楽しみ」

「帰ってきたら？」

「まあね」

飛行機が飛び立ってから、カオルは一人で駐車場に戻った。トオルの車に乗り込んでエンジンをかけながら、別れ際に交した会話を思い出す。

何かプレゼントがある、とトオルは言った。

まさか、結婚だろうか……。

きっと、そうだ。

どうしよう。もし、そうだとしたら……。

どうしよう……。

当然ながら、考えるのはサトルのこと。

たった今からだって、カオルはサトルに会いにいくつもりだった。

トオルがいない一週間、気兼ねなく会うことができる。

もちろん、トオルにはまだ何も話していない。

話せるわけがない。

カオルはデパートで買いものをしてから、トオルの家に戻った。ガレージにビートルを駐めて、荷物を抱え込んで玄関までコンクリートの階段を上る。雨が降りだしそうな午後だった。

まず部屋中を片づけた。そして、キッチンで料理を始める。オーブンをセットして、買い込んできた雑誌を捲《めく》りながら、時計を見ると、午後六時。外はもう暗かった。

トオルは既にソウルのホテルだろう。電話をしてこないのはいつものこと。

念のために自分の携帯電話を使って、サトルの自宅に電話をかける。彼が住んでいるのは、すぐ近くのアパートだった。

「もしもし、サトル?」

「ああ、君か」

「今、トオルの家だけど、来られない?」

「トオルはソウルだね?」

「ご馳走の準備もしているんだよ」

「OK」サトルは軽い返事をする。「何か、いるものは? 何か買っていこうか?」

「足りないのは、貴方だけ」

三十分ほどして鳴る玄関のベル。

カオルはサトルを迎え入れた。

二人はテーブルにキャンドルを灯す。

シャンパンのコルクが飛ぶ。

サトルは黒いセータにジーンズ。

背中まで届く黒髪は、後ろで縛られていた。

右の耳に光るダイヤのピアス。

「どうしたら、良いだろうね」

「え？　何が？」

カオルが煙草に火をつけようとしたとき、サトルがそう言った。

「トオルは、君と結婚する気だよ。僕にそう言った」

「ああ、やっぱり……、そうなのね」

「嫌そうだね」

「トオルには、何て言ったの？」

「何も……」サトルは口もとを少しだけ上げる。

「貴方は、どうしたい？」

「何も……」彼は首をふる。肩を少しだけ竦《すく》めながら。

「卑怯《ひきょう》だわ」カオルは煙を吐きながら言う。

「ああ……」サトルは頷く。「人類は卑怯だ。そういう種なんだよ」

「そんな言い方やめて」

「兄貴と決闘しろって言うのかい?」

「私は……、サトル、貴方が好き」カオルは息をコントロールしながら言う。しかし、声が少し震えた。「正直に言う。トオルよりも、貴方の方が、ずっと好き」

「それ、僕じゃなくて、トオルに言った方が良いね」

「そうかしら?」

「いや……、本当は、僕に言ってくれた方が良い。でも……」

「ええ……」カオルは目を瞑り、溜息をつく。「ええ、トオルが帰ってきたら、言わなくちゃいけないわ。ええ、そのときは、貴方もいてもらえる?」

「僕はいない方が、良いと思う」

そうかもしれない、とカオルは思った。

二人がいたら、きっと喧嘩になる。

しかし、トオルと二人だけの場面で、自分に言い出せるだろうか……。

「最初から、どっちか一人にしておけば良かったんだ」サトルは立ち上がり、キッチンの方へ歩く。

「どういうこと？」カオルは彼についていく。

「二人いる必要なんてなかったってこと」冷蔵庫を開けながら、サトルが言った。「なんで、二人いるんだろうね？」

カオルは返事ができない。

「君だってそうだろう？　僕ら二人に会ったのが、間違いだったんだ。一つしかないと思っているものが、二つあったりしたら、いろいろ不都合が起きるものさ」

カオルは、黙って煙草の煙を深く吸い込んだ。

そう……、どうして、二人？

何故、さきに、サトルに会わなかったのだろう。

もし、さきに知り合ったのがサトルだったとしたら……、

どうなっていただろう？

サトルは缶ビールに口をつけながら、カオルの腰に片手を回す。

カオルは持っていた煙草を流しの中に投げ入れる。

彼と唇を重ねる。

ビールと煙草の味。

トオルが帰ってこなければ良いのに、と思った。

6

次の日も、カオルは大学からトオルの家に直行した。今日も料理を作って、サトルを呼ぼうと考えた。昨日と同じパターンだったが、その同じパターンを何度でも繰り返したい、と願った。

今朝、目が覚めたときに、サトルはまだベッドで眠っていた。午前中のゼミがどうしてもサボれないカオルは、目を擦《こす》って起き出したのである。家を出るとき、奇妙な感じがした。この生活が、なにかとても自然な、ずっと以前から続いているような、錯覚があった。トオルの家の鍵を、二人ともが持っていたので、どちらも、トオルから住居の使用許可を受けていたことになる。だが、二人が同時に使用しているとは、思ってもみなかっただろう。

夕方、カオルはサトルのアパートに電話をした。時刻は六時だった。

「もしもし、私……」

「え？」

「カオルよ」

「ああ、君か……」

「今日も、こちらに来てもらえる？」

「うーん、いや……、今夜は、ちょっと無理だ」

「え、どうして？」カオルは少し驚いた。昨日の感じでは、当然今夜も二人で過すことになる、と思われたからだ。

「大事な用事がある」

「今から？」

「ああ」

「どうしても……、駄目なの？」

「ごめん。とにかく、とても大切な用事なんだ」

「そう……」カオルは肩を落す。「残念。せっかく、お料理もバージョンアップしたのに……」

「埋め合わせはするよ」

「どんなふうに？」

「お楽しみ」

カオルは電話を切り、近くにあったクッションを思い切り蹴飛ばした。冷蔵庫からビールを出し、テレビをつけながら飲む。代わりに女友達を呼ぼうかとも考えたが、それには場所がまずい。しかたがないので、一人でテレビを見ながら食事をすることにした。

その夜も、ソウルのトオルからの電話はなかった。

7

電話のベルで目を覚ます。

カオルはソファの上で起き上がった。知らないうちに眠ってしまったようだ。テレビがついたままだった。

立ち上がって、キャビネットの電話まで行く。

「はい……」カオルは受話器を持ち上げて答えた。

「長谷川《はせがわ》トオルさんのお宅ですね?」

「はい……、そうです」

「失礼ですが、貴女は?」

「トオルの友人です。あの、今、彼は韓国に行っているんです。私は留守番を頼まれて、ここに……」

「韓国の連絡先はわかりますか?」

「いえ……、あ、あの、どちら様でしょうか?」

「愛知県警の加藤《かとう》と申します。実は、長谷川トオルさんの弟さんのご自宅で事故がありまして……、至急、連絡をしなければなりません」

「え？　サトル……、ですか？」

「ご存じですか？」

「あの、サトルに……、何か？」

「失礼ですが、貴女、お名前は何と？」

「田代《たしろ》カオルといいます」

「今から、そちらに警察の者が伺いますので、よろしくお願いします。ちょっとだけ、ご足労いただくことになるかもしれません」

「あの、どこへ？」

「こちらですよ。長谷川サトルさんのアパートです」

「何があったんですか？」

「火事です。ほぼ、全焼しました」

「え！　いつ？　あ、あの、サトルは？　え、そんな……。だって……、さっき、電話で話したばかりで……」

「電話？　いつですか？」

「夕方の六時頃だったと思います」カオルは時計を見た。十二時半である。既に深夜だ。

「長谷川サトルさんと、お話しになったのですね？」

「え、ええ……」

「出火は七時少しまえ。鎮火が、八時半過ぎでした」

「あの、サトルは?」

「わかりません」

「そちらに、いないのですか?」

「とにかく、伺いますので」

8

私服の刑事が二人やってきた。

カオルはソファに座り、話を聞いた。

躰が硬直し、重くなる。

歯を食いしばって、感情を隠した。

サトルのアパートで火事があり、建物はほぼ全焼。焼け跡からは、男性の焼死体が発見された。言葉にすれば、ただ、それだけのことだった。

焼死体?

サトルが、死んだ?

何度も、その台詞《せりふ》が頭の中で反響する。

嘘だ……。
そんなこと、ありえない。
「最後に、長谷川サトルさんに会われたのは、いつですか?」刑事がきいた。
「あの……」カオルは考える。「一ヵ月ほどまえかしら」
本当は昨夜、ずっと一緒だった。
しかし、そう答えるわけにはいかない。いずれ、トオルの耳に入るかもしれないから。
どうしよう……。
サトルが、死んだ。
嘘じゃない。
火事だなんて……。
目頭《めがしら》が熱くなり、涙が溢れ出た。
「ごめんなさい」カオルは立ち上がった。「ちょっと、失礼します」
「ええ、かまいません」刑事は頷く。
トイレで、カオルは吐いた。
苦しい。
涙がどこかにつかえたのか、もう出てこなかった。
それが苦しい。

すべて夢だったのだろうか……。

頭は混乱し、何もまともに考えられない。

夢だったら、良いのに……。

もともと、トオルに双子の弟なんていなかった。

全部夢だった。

そうだったら、良いのに……。

気を落ち着けてから、リビングに戻ると、刑事の一人は窓際に立って、携帯電話で話をしていた。

「大丈夫ですか？」もう一人の刑事がカオルに尋ねる。

「ええ……、ちょっと気分が悪かったものですから」

「無理もありません」

「あの、死体は確認できたのですか？」カオルはソファに腰掛けてから質問する。「その、サトルだという……、何か確かなものが……」

「いえ」刑事は首をふった。「その点は、確認を急いでおりますが、まだこれからです。その、申し上げにくいのですが、かなり酷い状態でして……」

「では、どうして、サトルさんだと？」カオルはきく。このとき気がついて、意識して「さん」をつけた。

「寝室でしたし、まず、ご本人に間違いないだろうとは思いますが……」

「髪が長かったですか？」

「あ、いえ……、それは、判別できませんね。髪は残っていません」

「ピアスは？」

「ピアス……ですか？」

「右の耳に、片方だけ」

「調べてみます」

9

夜が明けて、カオルはサトルのアパートを見にいった。焼け跡に野次馬が集まっていた。敷地内は立ち入り禁止になっていて、一部だけ残っている鉄骨の骨組みに、ブルーのテントが目隠しのために張られている。紺《こん》色の制服の男たちが、白い手袋をして作業をしているのが見えた。

韓国からトオルが急遽《きゅうきょ》帰国した。彼の乗った飛行機が空港に着陸したのは、その日の夕方。カオルは車で彼を迎えにいき、ロビィの端で、二人は無言で抱き合った。

そこに、見知らぬ男が近づいてきた。

「長谷川トオルさんですね?」その男は笑みを浮かべながら言った。歳は四十代。背は高くない。「県警の者です」

男は手帳を見せた。少し離れたところに、もう一人、若くて背の高い男が立っている。どうやら、彼も刑事のようだ。

「パスポートを拝見させていただきたいのです。よろしいですか?」刑事がそう言った。

「え、ええ……」トオルは上着のポケットからパスポートを出して手渡した。「あの……、どうして、また」

「いえ、ご心配無用です」パスポートを捲りながら刑事は言う。愛想の良さが表面的なものであることは明らかだった。

しばらくの間、刑事は黙ってトオルのパスポートを調べていた。

カオルは、トオルの顔を見る。何を言ったら良いのか、否、何を言ってほしいのか、わからない。

空港のロビィは大勢の人間で溢れ、喧噪《けんそう》に満ちている。

頭痛がした。

一刻も早く、帰りたい。

トオルと二人になりたい、とカオルは思った。

刑事は、俯《うつむ》き気味で、目だけを上げてトオルを見る。彼はパスポートを返した。

「これから、どちらへ？」

「どちらへって……、家に帰りますよ」呆《あき》れたという口調で、トオルが答える。「サトルは、今はどこに？」

「まだ、検査中です」

「弟に間違いないのですね？」

「ええ、まず……、間違いありません」刑事は眉を寄せて頷き、顔を上げる。「サトルさんは、いつも右の耳に貴金属をつけていたそうですね。トオルさんも、同じものを？」

　トオルは、髪をよけて左の耳を見せた。

「ああ、それですか……」刑事は、トオルのピアスを見る。「トオルさんは、左なんですね」

「サトルのピアスは無事ですか？」

「それが……、実は、見つかっていません」刑事が首をふる。「不思議なんですけどね……、何も残っていない」

「外していたのでは？」そう言って、トオルが溜息をついた。

「他にもですね、その……、いささか不審な点がありまして……」刑事は後ろを振り向いて若い相棒を見る。「弟さんは、火事で亡くなったのではありません」

「え？」トオルとカオルが同時に声を上げた。

「火事のまえに、既に亡くなっていたと思われます」刑事はこちらを向き二人の顔を凝視した。「そういうことが、ちゃんと、わかるんですよ。生きているうちに火事に遭ったら、煙を吸い込みます。煙を吸ったかどうかが……、肺の組織を調べると、わかるんですな。そうでなければ、火事よりまえに死んでいたことになります」

「自殺ですか?」トオルが小声できいた。

「いえ、そこまでは」刑事は不気味な表情で不自然に微笑んだ。「今のところ、まだなんとも……」

10

明日警察に出向くことを約束して、刑事と別れた。

カオルは、トオルと二人で空港の立体駐車場まで歩いた。駐車場の照明は暗く、辺りに人気《ひとけ》はない。

「どういうことかしら」カオルは歩きながらトオルに言う。

「どうって?」

「サトルさんの死因よ」

「自殺だろう、きっと」

「いいえ」カオルは首をふった。そんなはずはない、という言葉が出そうになったが、飲み込んだ。

前夜から朝にかけてのサトルの様子を彼女は知っている。自殺するなんて考えられない。それに、火事の直前にも電話で話をしているのだ。サトルは、何か、用事があると言っていた。まさか、自殺するつもりだったわけではないだろう。

「いつ自殺してもおかしくない奴だったよ」トオルは低い声でそう言った。信じられないくらい、冷たい感じの口調だった。

トオルの車の前まで来る。

カオルは助手席のドアに近づいたが、トオルが彼女のすぐそばに立った。

「鍵は君だよ」トオルが言う。「運転してくれる?」

「あ、ええ……」カオルは頷いて運転席に回った。

エンジンをかけて、駐車場から車を出す。

空港から市街へ向かう一番静かな道を選んだ。助手席のトオルは、ずっと黙っていた。

トオルの家のガレージにバックしてビートルを入れ、二人が車から降りたとき、白いセダンが前の道に停まった。

運転席から若いスーツの男が降りてくる。

「長谷川さん」彼は明るい声でトオルを呼んだ。「良かった、お電話をしたんですけどね……」

「あ、ええ、海外にいたものですから」

「来週の月曜日に取りにこられるということで、お約束をしてしまいましたが、よく考えたら、うちの店、ちょうどその日、社員旅行なんですよ。ですから、これ……、さきにお渡ししておこうと思いましてね」

男は小さな紙袋を差し出した。トオルは無言でそれを受け取る。

「もし何か不都合がございましたら、またご連絡下さい」男は頭を下げ、車に戻った。そして、もう一度挨拶をしてから乗り込んだ。

その車が動きだしてから、二人は階段を上がり、家の中に入った。

「それ、何なの？」トオルが何も説明してくれないので、堪《たま》り兼ねて彼女はきいた。

「いや……、大したものじゃないよ」トオルは、その紙袋を玄関のキャビネットの上に置いた。

彼は奥の寝室へ消える。カオルは、キッチンでお湯を沸かし、コーヒーを淹《い》れる準備をした。

家の中は静まり返っている。

サトルと過した昨夜の痕跡は、ここにはもうない。

カオル自身が、慎重に処分したのだ。

けれど、まだ、匂いも温《ぬく》もりも……、
否、何かもっと具体的なものが……、

残っているような……、
錯覚が、あった。

トオルが着替えをして戻ってくる。

煙草を斜めにくわえていた。

「良かった」彼は煙を吐きながら言った。

「何が？」キッチンからカオルは尋ねる。

「帰ってきたら、まず、サトルの死顔を見ることになるものだと、覚悟してきた」

「それが、明日になったから？」

「ああ……」

「会いたくないの？」

「見たくない」

当然だろう。

彼女はトオルに近づき、躰を寄せる。

当然だろうか？

トオルの両手が彼女の背中に回る。

カオルは、逆に、しがみつくように彼の胸に顔を埋める。

ゆっくりと彼の顔を見上げた。

トオルの視線は宙をさまよっている。

「大丈夫?」カオルはきいた。

「ああ……」

嘘だと思った。

彼女はトオルにキスをする。

互いの唇の熱さに堪えられなくなって、二人は離れる。

カオルはコーヒーを淹れて、テーブルに置いた。

「今夜は、帰るわ」

「ああ……」

彼女はハンドバッグを摑んで部屋を出ようとする。

「カオル」

足を止めて振り返る。

「結婚してくれないか」

一瞬、息を止めて、肩に力が入った。

「ええ……」

「OKかい?」

「ええ」

彼女は、微笑んだ。
人工的に、芸術的に、造形的に、微笑んだ。
人間って卑怯だ、と思う。
「ありがとう」トオルは目を細め、片手を胸に当てる。
それから、中世の騎士のように、頭をゆっくりと下げた。
カオルは、そのまま部屋を出る。
玄関で靴を履いたとき、奥の部屋から音楽が聞こえ始めた。
彼女はドアを開け、外の冷たい空気を感じる。
そのとき、キャビネットにのっている小さな紙袋に気がついた。
彼女は手を伸ばし、それを掴む。
「明日の朝、また来るわね！」大声でそう叫んで、外に出た。
玄関のドアを閉める。
そこは照明があって、明るかった。
彼女は、紙袋の中を見る。
小さな艶のある箱が入っている。
紙袋の小さな文字にも気がついた。
どうやら、貴金属店のようだ。

「大したものじゃない」とトオルは言っていたが、いったい、何だろう……。

箱を取り出して開けてみる。

宝石を入れる紺色のケース。

彼女はそれを開けた。

指輪だった。

脇に抱えていたハンドバッグも、紙袋も、箱も、すべて足もとに置く。

深呼吸をする。

指輪をケースから外して、自分の指に通す。

ぴったりだった。

ダイヤ……。

「あ……」彼女は小さく叫んだ。

そのダイヤの特殊なカットに、見覚えがあった。

「カオル?」

玄関の中から声。トオルがドアを開けて顔を出した。

「まだ、いたの? 送っていこうか?」

「あ、いいえ……」カオルは慌てて両手を後ろに回す。「大丈夫、一人で大丈夫だから……」

トオルはドアの外に出てきた。

カオルは、トオルに抱きつく。

涙がたちまち溢れ出る。

子供のように、泣いた。

「どうしたのさ……」トオルは、笑いながらきいた。

「いいの……」カオルは彼の胸で首をふる。「いいの……、お願い、言わないで……、絶対に言わないで……」

「泊まっていくかい？」

「いいえ……、帰るわ」

11

自分のアパートまで、ほとんど走るようにして戻った。

靴を脱ぎ捨て、部屋に上がり込んで、彼女はベッドに倒れ込む。

息が上がり、苦しかった。

しばらく、そうしていた。

大きく深呼吸して、それから、立ち上がる。

キッチンへ行く。

冷蔵庫から缶ビールを取り出す。
一気に飲み干した。
笑いたくなる。
大笑いした。
可笑しい……。
本当に、可笑しい。
やがて、涙が流れ出る。
嬉しいのか……、
悲しいのか……、
どちらだろう。
とにかく、落ち着かなくては……。
バッグの中を探して、煙草を取り出す。
火をつける。
もう一度、自分の手を見る。
ダイヤの指輪を見た。
トオルの家から無断で持ってきてしまった。
だが、トオルは気づいていなかった。

何故？

こんなに大事なものなのに……、
大したものじゃない？

違う……。

気がついていない。

何故か？

それは……。

トオルじゃないからだ。

あれは、トオルじゃない。

つまり、サトル。

サトルが生きている！

何があったのか、考えた。

煙を吐き出し、思考を集中させる。

そう……、何があったのか……、
冷静になって、考えてみる。

まず、宝石屋が持ってきたこの指輪は、トオルが作らせた品物だ。しかも、指輪のダイヤは、そう、彼らの母親の形見だというピアスについていたもの。それは、つまり、トオルが自分のピアスのダイヤを外して、指輪を作らせたということ。その指輪は、きっと、婚約指輪として用意したのだろう。海外出張のまえに、トオルはその細工を宝石屋に依頼した。宝石屋は、予定よりも早く指輪を届けにきた。カオルのためにトオルが作らせた指輪なのに、彼は、それを知らなかったのだ。とぼけていたとは思えない。大事なものをあんな場所に置いたままにするのも、おかしいではないか。

空港で刑事に見せた左耳のピアス……。

そう、確かにダイヤのピアスがあった。

ということは……、指輪を作らせたのは彼ではない。

そういえば、自分の車なのに、運転しなかった。

でも、どういうことだろう？

宝石屋が、トオルの家に指輪を届けたこと、髪の短い彼を見て、何も言わなかったこと、これはつまり、ピアスから指輪を作らせたのがトオルであることを示している。

となると、彼はサトルだ。

左耳にピアスを付け替えて、トオルの振りをしている。

間違いなく、サトルだ。

死んだのは……、トオル？

そう……、それが当然の帰結。

サトルのアパートの火事で死んだのがトオルで、サトルは、髪を切って、兄の振りをしているのだ。

どこで入れ替ったのだろう？

韓国に旅立ったのは間違いなく、トオルだった。いや……、それ以上に、その夜、彼女と同じベッドで眠ったのは絶対にサトルである。少なくとも、昨日の朝までは、入れ替っていない。

すると、昨日、韓国からトオルが帰国して、サトルのアパートへ行ったことになる。そこで、トオルはサトルに……。

殺された……？

何故？

わからない。

何かトラブルがあったのだろうか。

あのときのサトルの電話……。そう、今思うと、何か変だった。大事な用事があるなんて、急に言いだしたりして……。

トオルが死んで、火事になる。

サトルは髪を切る。

そして、ピアスを左右付け替えた。

右から左へ。

トオルになりすまそうとした。

サトルは、今朝、韓国へ行き、すぐに日本に戻ってきたのだ。パスポートはどうしたのだろう？　二人のパスポートをうまく使い分けたのだろうか。それとも、偽造した別のパスポートを持っていたのだろうか。きっと、そうだ。とにかく、記録に残らない一往復が必要になる。ずっと韓国にいたトオルになりすまして、サトルは帰ってきた。

待て……。

考えてみると、おかしな点がある。

トオルは、わざわざ殺されるために帰ってきたのだろうか。そのために、偽のパスポートを使ったのだろうか。

カオルはその解答を思いついた。

彼女は、灰皿に煙草を押しつける。

そう……、間違いない。

トオルはサトルを殺すために戻ってきたのだ。

おそらく、彼女とサトルの仲に気づいていた。

だから、弟を殺すために、偽造のパスポートを使って、こっそりと帰国した。

それで、すべて説明がつく。

ところが、何かの弾《はず》みで逆転した。殺されたのはトオルで、サトルが生き残った。彼は、トオルの持っていたパスポートや航空券から、トオルの計画を知る。そして、トオルになりすまして、それを引き継いだ。

ただ、一つだけ、サトルは知らなかった。

トオルが、自分のピアスで指輪を作ったことを、サトルは知らなかったのだ。トオルを殺したとき、死体のピアスを確かめなかったのだろうか。左から右へ、死体のピアスを付け替えるべきだったのではないか……。

アパートに火をつけて、燃えてしまえば、何も残らないと考えたのだろう。あるいは、確かめたが、ピアスがなかったので、諦めたのか。

いずれにしても、サトルにとって、それが致命的な証拠になった。

そのことを知っているのは、自分だけだ、とカオルは思う。

警察は、まだ知らない。

自分が黙っていれば、このまま。

カオルは指輪を見ながら、考える。

ダイヤは二つとも残った。

トオルはいなくなり、サトルが残った。

そう、サトルの方が、良い……。

黙っていよう。
誰にも。
サトル本人にだって、黙っていなくてはいけない。
自分はトオルと結婚するのだ。
トオルから、プロポーズされたのだから……。
カオルは指輪のダイヤを見る。
この指輪も、どこかに仕舞っておこう。
永久に。
誰にも内緒に……。

12

トオル兄さん。
この手紙を兄さんが読むのは、僕が死んで、二日後でしょうか。
すみません。
驚いたでしょう？
自殺するなんて、馬鹿みたいですよね。

でも、いつかこうなると、思っていました。

兄さんも、たぶん、予感していたでしょう?

白状しますが……、
昨日、僕はカオルさんと一夜をともにしました。

彼女は素敵な女性です。どうか、幸せになってほしいと心から願っています。

僕では、とても彼女を幸せにはできない。

結婚するなら、もちろん、兄さんの方が、ずっとずっと適任です。

僕は、兄さんの住所と名前を使って、彼女のために婚約指輪を作りました。カードも兄さんのを使ったから、請求を見て驚かないで下さい。この手紙よりはあとに、そちらに品物が届くはずです。

どうか、それを彼女に渡して下さい。

僕は、その指輪になって、ずっと彼女とともにいます。

彼女を愛してあげて下さい。

もしかしたら。

もしかしたらですけど……。

カオルさんは、兄さんのことを僕だと勘違いするかもしれませんよ。僕が兄さんを殺して、兄さんの振りをしているんだって……。
彼女、勘違いするかもしれません。
彼女がそう思ってくれたら、僕は幸せです。
もともと、僕らは一人だったのですから、これで、また一人になれますね。
これが自然なかたちなのかもしれません。

今までの我儘《わがまま》を許して下さい。
さようなら。

13

その夜、彼はふと気になって、宝石屋に電話をした。
そして、その手紙を、ワープロで書いた。
カオルに見せるために……。
既に、自分がトオルなのかサトルなのか、曖昧だった。

素敵な日記

Our Lovely Diary

1

鬱陶《うっとう》しい。
鬱陶しい雨だ、本当に。

さっき、窓を開けてみた。
木が湿って膨張しているから、
戸がきいきいと鳴る。
とても嫌な音。
しばらく、下の道路を見ていたんだ。
川のように水が流れていたよ。
地球って、水が沢山《たくさん》あるんだなって、思う。

でも、この雨のおかげだ。
誰もここへ訪ねてこないのだから。
そのことは、素直に、嬉しい。

一人がいい。
もう誰にも会いたくなんかない。
パパにも会いたくない。

パパが帰ってくるまえに、僕は消えよう。

この山荘にいるのは、今は僕一人だけ。
僕以外の世界中の人間は、全員、ここの外。
だから、その点については、実際ほっとする。
それなのに、どういうわけか……、
僕は話したいことがいっぱいで、
誰かに聞いてもらいたい。

一人でいるのが嬉しいなんて、
強がりなんだろうか。
きっとそうだ。

だって、そのくせ、
人と話したいなんて、矛盾したことを言って。
でも、それは本心なんだ。
しかたがないよ。

今、もし誰かがここへやってきても、
僕はきっと何も話せない。
何も言えやしない。
話すことなんて、何もないんだ。
寂しくもないし、悲しくもない。
ただ、もう……、
どこにも、いたくない……だけ。
存在したくない……だけ。

目の前にあるこの日記だけが、
僕の話を聞いてくれる。
パパからもらったとても素敵な日記。

ずっと僕の唯一の友達だった。
レザーのカバーがしっとりとして手に馴染《なじ》む。
誰でも一見して虜《とりこ》になるほど綺麗だ。
この日記には、まだまだ沢山書き込める。
だけど、僕はもう、そんなに長くは、生きられない。
だから、今夜は特別に精いっぱい、
ここに記録しておこう。

僕が死んでしまったら、
ほかの誰かが、これを読むことになる。
そう考えると、どきどきするほど、恥ずかしい。
けれど、それくらいは別にかまわない。
そう思わなくてはいけないよ。
僕が生きていないということは、
僕自身は何も感じないという状況なんだし、
もし感じるとしても、
死んでいたら何もできないのだから、

結局、同じこと。
僕が死んだら、世界はなくなる。
そう考えれば、良いのかな。
そんな考え方って、救い難いほど楽観的だけど。
でも、シンプルで好きだ。

小説を読んだり、映画を観《み》たりする、
その数時間だけは、他人になれる。
そんな気分がするよね。
自分じゃない別の人生を歩いた気がして、
読み終わったり、観終《みお》わったりしたとき、
ふわっとした不安さが気持ち良く現れる。
けれど、その錯覚はすぐにしぼんでしまう。
本物の不安がずっしりと、また重くなる。
自分のつまらない人生に向かって、
ブーメランみたいに戻ってしまうんだ。

どうして……、
僕の人生だけが……、
どうして、こんなに中途半端で、
めりはりがなくて、
つまらないストーリィだったのだろう。

何故、僕のストーリィだけが、
完結しないのだろう。

もちろん、死んだら完結するんだけれど、
死んだら、僕自身には認知できない。
自分のストーリィだけ、
ラストを知ることができないなんて、
なんて不合理なんだろう。
一番身近なストーリィなのに。
何故なんだ？

ピストルを頭の横に当てて……、
さあ、引き金を引くんだ。

そんなふうにすれば、一瞬のこと。
もしかして、決定的な瞬間を……、
僕の最期を……、
自覚することが、できるかもしれない。

ピストルがないから、できないけれど、
それが一番確実そうだね。
それならば、一応はラストまで、
ストーリィを見届けたことにもなる。
あっけない結末だけれど。
完結には、一番近いよ。

そうじゃなくて、

知らないうちに死んでしまうのが、
とても恐い。

一番恐いよ。

病気になったり、事故に遭ったり、
突然、他人に殺されたり。
そういうときには……、
意識がなくなってからも、
まだまだ沢山の時間が経過する。
僕の知らないところで。
どういった理由で、僕は死ぬのか、
どんな状況で、僕は死ぬのか、
全然わからないまま、死んでしまうんだ。

それが、一番恐ろしい。

だって……、
最高に興味深いところを、
最高に僕らしいところを、
僕だけが知らないままになる。
そうなってしまうんだ。

それだけは、どうしても嫌だ。

だから……、
意識的に、死のうと、している、のかな。

こうして言葉にすると、
まったく変な感じがする。
全部嘘みたいな……。
全然冗談みたいな……。
全部、でも、本当。

道理が通らないような、気もしてきた。
けれど、もうずっとずっと考えてきたこと。
悩んできたことなんだ。
やっぱり、自分のことは自分で決めたい。
そういう意味で……、良いと思う。
それくらいの自由は、
誰にでも、きっとあるんじゃないかな。
人間ならば。

今、ブルースをかけた。
ずっとプレイヤにのっていた、
大好きなレコード盤。
パパのだ。
いつ頃の曲なのか、よくは知らない。
僕は回転するレコードに針を置いただけ。
耳障りな摩擦音を、サックスが消してくれる。
音楽を聴いていると、

時間が流れていることがわかって、
一瞬だけ、安心できる。

僕が死んだら、
このレコードはどうなるのだろう。
ずっと回っているんだろうか。

今夜は少しだけ気分が良い。
沢山、日記に告白しておくよ。

僕の変な話につき合ってくれる日記。
この日記こそ、僕のただ一人の友達。
ただ一人の他人、ともいえる。

さっき飲んだワインのせいかもしれない。
僕は少し酔っているみたいだ。

明日だろうか。
僕が死んでしまうのは、明日の夜だろうか。
きっとそうだろう。
自分の部屋で死ぬのかな。
やっぱり、そうだろう。
それが一番良いと思う。
できれば、誰かに殺されたいけど、
ここには誰もいない。

今、とても良い方法を思いついた。
僕だってできるんだ。
パパほどではないにしても。
これくらいの書き換えは簡単だ。
どうして今まで気づかなかったのだろう。

パパ、ごめんね。

ママ、おやすみなさい。

2

なんとも忙しい一日だったな。それでいて、間抜けな一日、いや……、まったくとんでもない一日だった。

余計なことに、ごちゃごちゃと時間をとられたうえ、得られたものといったら……、これだけってことか。ふん……、まったく自分でも呆れる。

しかし、その価値はあるかもな。

まあ、良しとするか。

あの若造の持ちものだったようだが、芸術品のような造形のあまりの見事さに、俺は最初度《ど》胆《ぎも》を抜かれちまった。が、なんのことはない……、ただの日記だったってわけさ。警察が来るまえにこっそりこれだけは持ち出して、隠しておいたわけだが、まあ、これくらいは、駄賃ってやつだと思ってほしい。

今夜は俺一人だからな……。

話し相手がいない。

せっかくだから、この日記に書き込んでおこうか、なんて柄《がら》にもないことを思いついて、今こうして苦戦しているわけだ。だいたい、字を書くこと自体が、駄目。得意じゃないんでね。子供のときから、日記なんて代物《しろもの》は、一度だって書いた例《ため》しがないよ。だから、今夜が正真正銘の初めてってわけだ。ふん、初体験ってわけ。案外、緊張してるかもな。

うーん、何を話そう。

俺は、この土地のことは詳しくない。

今いるここだって、その……、つまり、玲子《れいこ》のロッジで、あの女が帰っちまった今は、俺は単なる管理人だ。ああ、管理人っていうのは、捨てたもんじゃないな。なかなか、いい響きだ。愛人よりは格調が高い。以後、管理人……、これでいくとしよう。

今朝、玲子のやつを麓《ふもと》の駅まで送っていった。毎度のことだが、仕事仕事仕事って、ハエみたいにぶんぶん喚《わめ》いてたな。まったく……、仕事、そんなに嫌なら、やめちまえよ。遊んでりゃいいじゃないか。まあ、そんなつもりで言ってるんじゃないんだよ。つまりは、遊んでいる俺に対する当てつけなんだよな。俺には、利《き》かねえけど。

玲子は、一週間は戻ってこない。だが、仕事をたっぷりと言いつけていきやがった。庭の植木を切れ、芝を刈っておけ、カーテンをつけ直しておけ、トイレのタイルが割れている。忙しいこった。

玲子を駅で降ろして、食料品の買いものをしてから、山道を車で上ってきたんだが、ここより少し手前にある山荘……、そう、あの幽霊屋敷みたいなところだよ……、あそこの前を通りかかって、ふと見上げたら、窓際に人影が見えたんだ。

たぶん、髪の長い若い女だ。

少なくとも俺にはそう見えた。

その山荘、俺は、空き家だと思っていたな。これまで、人がいるところを見たことがないし、夜、部屋の明かりがついていることだって、一度もなかったように思う。そう、確か、玲子が以前に、売りに出ているのだけど、べらぼうな価格をつけている、あれじゃ売れやしない、なんてその屋敷のことを話していたっけ。どこから聞いてきた情報なのか知らねえけど、そういった噂話には、けっこう敏感な女だからな、玲子は。

午前十時頃だったかな。昨日まで続いた長雨がようやく上がっていたから、まあ、完璧とはいえないが、けっこう気持ちのいい久しぶりの朝だった。

玲子を送っていくために、俺も、久しぶりに朝からしらふだったよ。だからというわけでもないが、とにかく、見間違えるわけはないね。確かに、人影が見えた。部屋の明かりがついていたんだ。

俺は、すぐにブレーキを踏んで、その山荘の前で車を停めた。

女の姿が見えたのは、三階だ。いや、その山荘は二階建てで、つまり、屋根から突き出した出窓だから、屋根裏部屋ってことになる。

妙に気になった。

ところが、車を降りて、屋敷をもう一度見上げたときには、もう窓に人影は見えなかったし、その部屋の明かりも消えていたんだ。ひょっとして、角度のせいでそう見えたのか、と思って、車から離れてみたりもして確認したが、そうじゃない。

今思うと、どうしてそんな気になったのか、よくわからない。俺は、屋敷に近づき、玄関のドアをノックした。

もしかしたら、今この山には、俺と……、この山荘の女の、二人だけしかいないんじゃないかって思えたし、たまには、清らかな笑顔っていうのか、普通の会話ってものに出会えるかもしれない、なんて考えた。まあ、淡い期待というやつだ。玲子と一緒にいると、そんな普通のものでも憧《あこが》れてしまうってこと。俺も焼きが回ったもんだ。

で、ノックしてしばらく待った。誰も出てこない。どういうわけか、ドアに鍵はかかっていなかったんで、俺は、扉を引いて、中を覗いてみた。

煤《すす》けた感じのホールがあって、奥に階段が見えた。大声で呼んでやったが、誰も出てこない。だけど、上の部屋に誰かがいることはわかっている。だって、窓から見えたんだからな。

ここら辺が、なんていうか、俺の悪い癖っていうか、どうも堅気《かたぎ》じゃないところで、まあ、このせいで、警察からも散々苛《いじ》められたってわけだが、しかたがない。俺はそういう男なんだから。

引き返せば良かったのに、俺は、玄関から屋敷の中に入って、とにかく、意地でも誰かに会ってやろうと思って、奥へ進んだんだ。いや、正直にいえば、それは嘘だな。もちろん、期待しているものは、あっただろうね。まあ、いいさ、そんなことは、どうだって……。

一階には誰もいない。どの部屋も散らかり放題で、ちゃんとした人間が住んでいるようには見えなかった。二階の部屋もだいたい同じだったが、それはあとからわかったことだ。つまり、俺は大声で「誰かいませんか？」って叫びながら、最初から三階に向かって階段を上がっていった。泥棒と間違われて、いきなり撃たれたりしたら大変だからな。

三階には一部屋しかなかった。階段の突き当たりにドアがあって、そこには鍵がかかっていた。周囲に窓はなかったから、外から見えた、例の屋根から突き出している窓は、この部屋の中にあるに違いない。

ノックをしてみたが静かなもんだ。

いや、そのときは、妙な音がしていると思ったね。

ぷつ、ぷつ、と周期的に小さな音が聞こえたんだ。

おかしいとは思ったよ。外から窓辺に見えた人影とか、それに、部屋の照明だって、消した奴がいるはずだ。誰もいないってことはありえない。

ここで引き返しておけば良かった。

俺も一度は階段を下りかけた。

相手がこの部屋に引き籠もっているのなら、二階や一階で、金目《かねめ》のものでも探してみるか。一つくらいならって思ったのも正直なところだ。

だが、どうしても、開《あ》かずの部屋が気になっちまった。

そこのドアは、けっこう古風な感じで、ノブの下に鍵穴があった。俺はそこから中を覗いてみた。

鍵穴から覗いた室内は明るかった。

ちょうど窓からの光が当たっているところ……、見えたのは部屋のほぼ中央だ。

そこに男が倒れていた。

うつ伏せになっている。寝ているのかもしれないが、これだけドアを叩いて、大声で呼んでいるんだし、起きないってのも妙な話だ。

酔いつぶれているのかもしれない。それならそれで、こちらも好都合だ。しかし、おかしい。外で俺が見たのは男じゃなかった。確かに、女だった。変な話だろう？

それで、俺は階段を駆け下り、工具を取りに車まで戻った。どうしても、その屋根裏部屋に入りたくなったってわけだ。タイヤを交換するときに使うバールを車のトランクから取り出し、再びそのドアの前まで引き返すと、もう釈迦力《しゃかりき》になってドアをこじ開けた。なんか……、今思うと、おかしな気がするけど、そのときは、不思議と、一所懸命で、部屋の中で倒れている奴を助けてやろうなんて考えてもいた。

まあ、そんなわけで、その部屋に入ったってわけだ。

床に倒れている男は、死んでいた。

まだ若そうだった。二十代だろうね。どうして死んでいるのか俺にはわからなかった。だけど、死んでることはすぐわかったさ。たぶん、心臓発作だろうって思った。

そこで、その……、俺は腰を抜かしちまったよ。

とにかく、どうしたら良いのか、必死になって考えた。

警察に連絡するべきだ。もちろん、そうだろう。だが、勝手に人の家に上がり込んで、ドアもぶち壊しちまったわけだからな。なんとなく、その……、危険なものを感じたな。胸騒ぎってやつだ。しかし、そのまま逃げ出すってのも、もっと危険だということくらい、わかったさ。俺だって馬鹿じゃないんだから。

厄介《やっかい》なことになっちまったが、別段、俺には疾《やま》しいことは何もないわけだから、やっぱり警察に通報すべきだ。だけど、このままじゃ、なんか割りが合わないよな。これじゃあ、嫌な思いをするだけだろう？

そんなわけで、結局、この日記をいただくことにしたってこと。これくらい、いいだろうって、まあ思ったわけだな。他の部屋まで詳しく調べて回る余裕はなかったし、確かに、あそこの屋根裏部屋にあったものの中じゃ、これが一番高そうで、まあ気に入ったってことだね。俺は、こいつを自分の車のトランクに載せて、一旦このロッジまで戻った。ここから警察に電話をかけたんだ。隣の山荘で死体を見つけたってね。

びっくりしたのは、そのあとだ。

午後になって、警察が三人も来やがった。なんでも、死んでいた男は、病気とかじゃなくて、首を絞められていた、つまり、殺されたっていうじゃないか。それを聞いて、一瞬、俺、血の気が引いた。こりゃあ……、とてつもなくまずいことになったんじゃないかって。

奴が殺されたのは昨晩のことで、警察は俺にアリバイってのをきいてきた。しかし、まあ、幸いっていうか、俺にはそれがあったんだ。つまり、前の夜はずっと玲子と一緒だった。

俺の返答を聞いて、警察は東京の玲子に電話をかけていたね。俺も玲子も昨夜はずっと離れなかった、一睡もしなかったんだからな。それこそ、鉄壁のアリバイってやつだな。あれで、警察の連中、ちゃんと納得したんだろうか。少なくとも、俺の話はまともに聞いてくれたようだったけれど、玲子も含めて、二人一組で疑われているってことも、ありえないとはいえない。しかし、まあ、ここは玲子に縋《すが》るしかない。

どうしてドアを壊したのかって、そのことも警察にきかれたけど、部屋の中で倒れている人間が見えたんだから、まあ当然といえば当然の行動だよな。しかたがないさ、人助けってやつだもんな。文句はあるまい。

ただ……、最初、窓から見えた女のことだけは、言わなかった。話がややこしくなるだけだ。窓から部屋の明かりが見えたから、珍しく人がいる、と思って訪ねてみた、てことにした。

　そうそう、警察の連中は「密室だ」なんて言っていた。どういう意味なのか知らないが、きっと、ドアとか窓とかが、全部閉まっていたからだろうな。

　まあ、俺には関係のないことだ。

　そう、あのぷつぷつという奇妙な音は、レコードだった。部屋に入ったとき、回ったままだったレコードを止めるために、俺はステレオのスイッチを切った。それと、あとは、この日記をこっそり持ち出した。俺がやったのは、それだけだ。そのほかのことは、知らないね。俺は何もしちゃいない。あいつが、どんな理由で、誰に殺されようが、俺の知ったこっちゃない。

　ついさっき、玲子が電話をかけてきた。

　俺のことを、心配してくれているのか、それとも疑っているのか、どちらか怪しいもんだ。まったく、鬱陶《うっとう》しい女だよ。一週間、あの年増女の顔を見ないですむっていうのは、俺にとっちゃあ最高の骨休めといって良かったのに、初日は台無しになっちまったな。

　まあ、グラスをちびちび傾けながら、のんびりと、昔を思い出して、この日記に俺の人生を語ってやろうか……。

3

まったく……、なんてこと。
ああ、本当に。
でも、やっとだけど、少しは、落ち着いたかしら。
この私が、これ全部できたなんて、とても信じられない。
夢じゃないのよ。
渋谷《しぶや》の死体の重かったこと。人間ってあんなに重いのね。
あいつ、がりがりだから、簡単だと思ったのに。
死ぬと人間って重くなるのかしら。
ああ、躰中《からだじゅう》痛い。
でも、もう……、大丈夫。
なんとか、そう、うまくいった。
あいつ流れていっちゃった。
どこかで沈んでくれるようにって、神様にお願いした。
どうして、殺しちゃったんだろう。

弾《はず》みだったんだわ。

本当、私、駄目なんだ、とにかく、もうかっとなっちゃって。

短気なのよね……、これって直らない。

一週間戻らないなんて、あいつに言わなければ良かったんだ。明日にでも帰ってくるかもって言っておけば、そう、良かったのよ。そうしたら、こんなことにならなかったの。

いえ、でも、あいつは、もともとそうだったんだわ。私にはもう、飽き飽きしていたんだ。

いえ、違う違う。そうじゃない。

勘違いしたのは私の方。ええ、そう、渋谷に、罪はない。可哀想なことをしちゃった。ちゃんと、あいつの説明を聞いてやれば良かったんだ。

どうして、それができなかったのかしら。

近くの別荘で殺人事件があったって、あいつ電話で言っていたじゃない。死体を見つけたのが渋谷自身で、警察にも、あいつが通報したって……。だから、私にも警察から電話があった。

あいつ、こっそりと、こんなものを持ち出していたなんて、本当に手癖《てくせ》が悪いったらない。昔からそうなんだよね。

でも……、そう、確かにわからないでもないわ。

これ、素敵だもん。

松野《まつの》さんの別荘で死んでいた男って、以前によく見かけた、あの子よね。そう、中学生くらいかと思っていたけど、そうか、もう大人だったんだ。うじうじした暗い性格っていうの？　なんだか、この日記にだって、憂鬱《ゆううつ》なことばかり書き込んでいるじゃない。あの年頃ってさ、死にたい死にたい死にたいって、ほんと馬鹿みたい。

松野さんって、大学の先生だって聞いているけどなあ。息子さんは、落ちこぼれだったたってわけ。ああ……、でも、ちょっと可哀想。殺されちゃったんだもんね。いくら自殺願望の人でもさ、殺されたら……、やっぱ恨めしいのかしら。

ああ、この日記に、もっと早く気がついていればなあ。

渋谷だって死ななくてすんだのに。

私が短気なのが、いけない？

そうよね……。やっぱり、結局はそうなんだ。

電話であいつの様子が変だったから、私、戻ってきちゃったんだ。女を連れ込んでいるんじゃないかって、なんとなく思ったもの。

直感よ、女の。

そうしたら……。

これだもん。

ああ……、私、もう頭に血が上ってしまって、
見境《みさかい》もなく……、やっちゃったんだ。
このバッグにピストルなんて入っていたのも、いけなかったのよ。
ええ、撃っちゃった。
もう、全部最悪。
ああ、渋谷は可哀想。
あいつに罪はないのよ。
私にだって、罪はないわ。
そうでしょう?
だけど、うん、私、そんなに落ち込んでないよ。
これくらいで壊れたりしないわ。
今はね、もうすっとしてる感じ。
冷静な判断してるわけ。
床の血の痕だって、ちゃんと掃除したし。
大丈夫よ。
私は悪くないんだもん。
あいつにだって、少しは責任がある。

だって、この日記にある渋谷の言葉……、酷《ひど》い。
これ、酷いよ。
いくらなんだって、こんなふうに言わなくったって、いいんじゃない？
私が何をしたっていうの？
ええ、どうせお金だけの関係だったってわけよね。
そんなことくらい知っていましたとも。
それでも……、いい夢を見せてくれましたって思える？
ああ、わからない。
私、悲しんでいるのかな。
今夜は、全然酔えないよ。
躰はくたくた。
でも、疲れているのに、頭だけ冴《さ》えちゃって。
誰かに聞いてもらいたい。
でも……、話せないよね。
だって、人を殺したんだもの。
だから、この日記にだけ。
ここにだけ……。

どうしよう。

どうしようもないよね。

いまさら、戻らない。

とにかく、明日の朝には東京へ戻らなくちゃ。

仕事できるかしら。

お肌大丈夫かな。

本当は今夜中に戻った方が絶対いいんだけど、今夜は、もう駄目。

くたくただもん。

事件のことで、ここへ警察が来たりしないかしら。

いくらなんでも、こんな夜中に来ないか。

でも、渋谷のことを、警察は疑っているのかもしれない。あいつが、松野さんとこの殺人事件の容疑者なんだろうか。そんなはずはないと思うけど、もし警察がまた渋谷を訪ねてきたら、どうしよう。

流れていった死体、どうか見つからないで……。

ちゃんと沈んでね。

頼むよ、ほんと。

私、何も悪いことなんてしていないんだから。

神様お願いします。

あれは、事故だといってもいいはず。

そうでしょう?

完全に事故だわ。

明日は、朝早くに出よう。ここに戻ったことは内緒にしておいた方がいいわね。

大丈夫、私、誰にも話してないし。

誰にも、見られていないし。

あ……、そうか……。

タクシー。

タクシーの運転手だけね。

しまったなあ……。

だけど……。

東京のタクシーだから、きっと大丈夫よ。

見つかりっこないわ。

そう、でも、渋谷がいなくなったのに、彼の車だけ、ここに残っているというのも、不自然かな。車があると、警察だって、この近くを探したりするかもしれない。

そうか……、私が渋谷の車に乗って、東京へ帰ればいいわけだ。あれって、オートマだったかしら。私に運転できるかなあ。
でも……、ええ、それしかないわ。
あと……、この日記も、持って帰ろう。
これ、綺麗だもん。
ああ……、もう、起きていられない。
やっぱり今夜は、運転なんて、とても無理。
とにかく、明日の朝。
早起きして……、よく考えよう。
私は悪くないんだもの。
大丈夫……。

おやすみなさい。

4

朝丘《あさおか》玲子が絞殺されていた部屋も密室だった。
私が発見者だ。

部屋の出入口は一つ。そのドアの鍵は、部屋の内側からかけられていた。窓は裏庭に面して一つ。これも完全に施錠《せじょう》されていた。状況は、二日まえの松野真志《しんじ》のときと極めて類似している、といえる。

本部ではまだ揉《も》めている。どんな手段を使って犯人《ホシ》が部屋から外に出たのか、そのことで皆が議論している。私だって、何が起こったのか、まだよく理解できない。だがしかし、今の今まで気がつかなかったことが、この日記で幾つか明らかになった。

とにかく、私は驚いた。

この日記、どうしたものだろう。

まさか、これが、もともとは松野真志の日記だったとは……。


たまたま、今朝は私一人だった。

単独で容疑者に会いにいった。これ自体、異例のことだ。相棒が急に本部に呼ばれたんで、私だけで、渋谷耕三《こうぞう》から話をきくために、あの朝丘玲子のロッジに向かった。

午前十一頃だ。外の駐車場に車があるのに、呼び鈴を鳴らしても応答がない。玄関の扉には、鍵がかかっていた。

私は、裏庭に回って、窓から中を覗いた。

薄手のカーテン越しに室内が見えた。

女がベッドで倒れていた。

そのときは、まさか、朝丘玲子だなんて思わなかった。

部屋の照明はついたままだ。

ガラスを叩いてみたが、ぴくりとも動かない。表情はよく見えなかった。しかし、躰の姿勢が不自然だった。

ロッジの裏口に回ったが、そこも施錠されていた。しかたがないので、窓ガラスを石で割って鍵を開けた。そこから、彼女の部屋に私は入ったのだ。

ベッドの上の朝丘玲子は、死んでいた。

殺されてから相当時間が経過していることは明らかだった。

もちろん、死体の横にあった日記にも、すぐに気がついた。

そして、昨夜の朝丘玲子自身の記録にも……。

驚かなかったといえば嘘になるが、私は冷静だったはずだ。

なのに、どうして、これを持ってきてしまったのだろう？

それほどの魅力が、この日記にあったというのか。

そう……、確かに一見して、見とれるほどの美しさだ。

触れてみると、冷たい革の感触が、ぞっとするくらい刺激的でもある。

朝丘玲子の死体。

そして、むき出しの白い肌。

私の感覚は、どこか正常さを失っていたのだろう。

とにかく、最適の判断ではなかった。

魔が差したのか。

同僚たちに、私は日記のことを言わなかったのだ。そんなことは、捜査の大きな妨げにはならない、と思った。何故って、そのときには、まだ、朝丘玲子の個人的な日記だと思っていたからだ。つまり、全部の記録を調べたわけじゃなかった。

それだけか……。

いや……。

自分のものにしたかった。

だから……、
ひとまず、持ち出した。

日記を車のトランクに隠して、誰にも黙っていた。

ところが、たった今、わかったんだ。

驚いた。

信じられない。

この日記には、松野真志、渋谷耕三、それに、朝丘玲子の三人の記録が残っていたのだ。

この三人ともが、殺された。

なんと、呪われた日記だろうか。

それを、今、私が持っている。

少なくとも、渋谷耕三を殺したのは朝丘玲子だ。彼女自身が、そう日記で告白している。渋谷の死体は、まだ発見されていない。もちろん、奴が死んだことさえ、誰も知らない。この日記を持っている私だけが、それを知っている。

私がこうして記録しているのも、この日記の魔力としかいいようがない。

いったい誰が、これを作ったのだろう。

きっと、魔法が仕掛けられているのに違いない。

こいつを見た者は誰でも、しゃべりたくなる。

きっと、何もかも吐き出したくなるのだ。

何をしたのか、どう思ったのか、ことごとく記録に留めておきたい、と願う。

本来、人間には皆、この記録願望があるのだろうか。それを、この日記が引き出しているだけかもしれない。

まあ、いいじゃないか。

そこまで深刻に考えなくても。

そう、私は刑事だ。

しかも、今回の殺人事件を担当している本人なのだ。

その私が、この日記をようやく手に入れた、と考えれば、それはそれで運の良いことになる。

これは第一級の証拠品だ。

被害者《ガイシャ》本人たちによる信頼できる記録から、どこの誰が今回の殺人を実行したのか、それを考えるのが、私の当面の仕事だ。

もちろん、この日記だけからでは、まだわからない。だが、少なくとも、被害者が殺される直前の状況が、かなり克明に記録されている。彼らがその日、何をしていたのか、どんなことを考えていたのか、一部ではあるが明らかになった。私は、これを基にして捜査を進めれば良いのだ。うまくすれば、同僚たちよりも早く手柄が挙げられるかもしれない。

そう……、前向きに考えよう。

この日記から、何が明らかになったのか……。

それを考えてみよう。

まず、最初の被害者、松野真志だ。

どうやら、この青年は、相当に神経がまいっていたようだ。明らかに自殺願望があった、といっても良い。日記の最後には、何か、自殺するうまい手を考えついたような言葉がある。ひょっとして、それが、今回の殺人と関係があるのだろうか。誰にも会いたくないと語っているが、誰か特定の会いたくない人物がいたのだろうか。

松野真志を殺したのは、渋谷耕三ではない。

私もそうだったが、捜査本部は、渋谷耕三を疑っている。渋谷には、松野を殺す動機がない。それに、彼には、朝丘玲子と一緒だったというアリバイもある。しかし、なにしろ、現場はほぼ完全な密室状態だった。第一発見者の渋谷がこじ開けたドアが、もし彼自身の手による偽装工作でないのだとしたら、どうやって、そして何故、犯人《ホシ》が現場を完璧に施錠できたのか、という問題に行き着く。渋谷が犯人でないのなら、物理的に不可能だし、無意味だと思われるからだ。

ところが、この日記に記録されている渋谷耕三自身の言葉には、殺人の告白はない。この記録に、嘘偽りがあるとも思えない。

これは、真実の声だ、と私には思える。

何故なら、渋谷は、この日記だけを現場から持ち出している。もし彼が真犯人なら、現場から何かを持ち出したりは絶対にしないはずだ。そんな危険なことをするはずがない。もちろん、この日記を奪う目的で殺人を犯した場合は別だが……。

次に……。

その渋谷耕三を殺したのが、どうやら朝丘玲子のようだ。ピストルで撃った、と彼女自身が語っている。確かに、朝丘玲子のバッグからは、弾が発射されたピストルが発見されている。だから、日記の彼女の記録も、このとおり本当にあったことと判断して良いだろう。捜査本部では、朝丘玲子が殺されていたことから、ますます渋谷耕三の容疑が濃厚になったと考えている。だが、それは間違いだ。渋谷は、朝丘玲子によって既に殺されている。

さて、そうなると……、朝丘玲子を殺したのは誰だろう？

そいつは、最初の松野真志を殺した犯人と同一人物だ。

鑑識がそう断言しているのだから間違いない。

渋谷耕三でない、とすると……、誰だ？

朝丘玲子が絞め殺されていた部屋も、密室だった。

松野真志のときと同じだ。

だが、こちらは私自身が確認したのだから、さらに確かである。窓の鍵も、部屋のドアの鍵も、内側から完全にかかっていた。それどころか、ロッジの玄関も、他の部屋の窓も、すべて施錠されていた。

犯人が出入りした形跡は、どこにもない。

朝丘玲子が殺されたのは深夜の一時頃。

おそらく、彼女がこの日記に最後の言葉を残した直後だろう。

どちらの殺害現場も、近辺には人家がない。

森に殺人者が潜んでいたのか。

鍵がかかっていたドアはもちろん、壁や床や天井を、鑑識が念入りに調べている。松野真志の山荘も、朝丘玲子のロッジも、いずれも木造だが、抜け穴があるようには思えない。松野真志が殺されていた屋根裏部屋の場合、ドアの鍵は外側からもかけられるタイプだった。この日記に、渋谷耕三自身が述べているとおり、鍵穴が両側に貫通しているタイプである。そのドアの鍵は、部屋の中のキャビネットの上に置いてあった。しかし、合鍵があれば、ドアの外からも施錠できる。その可能性が最も高い。

しかし、朝丘玲子が殺されていた部屋のドアは、内側からしかロックできない機構のものだった。外側からはまったく操作できない。だから、捜査本部の皆も、これについては頭を悩ませている。ドアのほかには、窓が一つだけ。そこを、私がガラスを割って開けた。窓の鍵が、本当にかかっていたのか、と私を疑っている者もいる。冗談じゃない。完璧に施錠されていたことを保証しよう。

いずれにしても、東京から朝丘玲子がタクシーで戻ってきたことは、私しか知らない。彼女は自分の車でやってきて、渋谷耕三が、彼女の車を使って逃走した、と捜査本部は想像していたのだ。タクシーの件は、明日にでも、調べてみよう。

今日は、ここまでにするか……。

少し疲れた。

考えてみたら、小学生以来か？

こんな日記をつけるなんて、まったく柄でもない。

じゃあ、おやすみ。

5

ようやく、私のところにこれが戻ってきた。

息子は死んでしまったが、あの子の最後の告白が、これに残っていたことは、幸いだった。いや、正直いって、私を複雑な気持ちにさせた。

あれは、いい子だった。

もう、いない。

私がこの日記を作ったのだから、すべて、私に責任がある。

たとえこの日記がなくても、息子は自殺していただろう。そんなふうに可能性を考えたところで、現実は何も変わりはしない。

あの子が、どんな理由で自らの死を選択したのか、それを事細《ことこま》かに知って、何になるだろう。

けれど、この馬鹿げた機械……、警察はそう言った……、こいつのせいで、三人が死んでしまった。あの刑事さんだって、危ないところだったらしい。

息子の責任ではない。

負い目があるとしたら、この私だろう。

文字を書かなくても良い日記。口述記録する日記、というだけのことではいけなかったのか？

最愛の妻を失って、私が追い求めたものは、もちろん、そんな単純な存在ではなかった。話を聞いてくれる、という行為でさえ、そんな単純なものではないのだ。できるかぎり、複雑にしたかった。

それが目標だった。

それが、妻を愛する私の……、目標だったのだ。

だが、それを機械にさせようとしたのが間違いだった。

間違い……？

本当のところ、間違いだとは思っていない。

だが、きっと、他人から見れば間違いだ。

どんなに綺麗に作っても、どんなに精巧にプログラムしても、所詮はROM《ロム》だ。僅かばかりのキーワードに反応し、原始的な動作をするだけのこと。

私はただ、夢を見たかった。

毎晩、眠るまえに、私の話に耳を傾けてくれる妻を……。

私を見てくれなくてもいい。
そこにいてくれるだけでも、良かった。
そんな単純な役目なのに……。
どうしても、機械にはできない。
微《かす》かに頷き……、微笑んでくれる……、
美しい妻を、見たかった。
何も言わなくてもいい。
演じてほしかった。
私の話を黙って聞いてくれる。
そして、忘れないでほしかった。
ただ、それだけのシンプルなコンプレクス。
こいつは、決してロボットなんかじゃない。
もっともっと、人間に近い複雑な存在だ。
いや……、鏡のように、単純な存在なんだ。
だが、私は……、満足できなかった。
忘れようと思った。
壊そうとさえした。

それを、息子が、欲しいと言ったのだ。

やらなければ良かった。

息子が選んだのは初期型だ。他はすべて廃棄した。

この初期型が、最も若い頃の妻に似ている。

あの子は、母親を見ていたのだろう。

あの子は、母親の手が、自分の首を絞めるように、こいつのプログラムを書き換えたのだ。

なんとも、いいようがない。

私は、今、笑っているのだろうか。

少し嬉しい。

だって、私にそっくりじゃないか。

まったく、素晴らしい発想だ。

さすがに、私の息子。

残念だが、死ぬまえに息子が書き換えたプログラムを、私は直さなくてはならない。あと一度だけ、このキーワードで作動したら、プログラム自体が消去されるようにしておこう。

さあ……、日記よ、私も連れていってくれ。

あの子のもとへ。
妻のもとへ。
おやすみなさい。

僕に似た人
Someone Like Me

1

まあ君《くん》のお母さんは、とっても綺麗なんです。僕は、ここに引っ越してきて、うちのお母さんと一緒にご挨拶にいきました。そうしたら、まあ君とお母さんが出てきて、僕は本当にびっくりした。それは、二つの理由があります。一つの理由は、まあ君のお母さんが若くて綺麗だってことで、これは、うちのお母さんと比較したら絶対にいかんと思います。もう一つの理由は、まあ君が、どこかで見た顔だったことです。誰かに似ているのですが、誰なのかはわかりません。でも、初めて見た顔じゃない。

うちのお母さんも、あとでそれを言っていました。どこかで見たというのは、テレビかもしれんな、と思います。でも、テレビじゃないような気もする。思い出せないのは、僕が頭が悪いせいかもしれません。

まあ君のお父さんは、とても歳をとっています。これは、頭の毛が真っ白なのと顔の皺《しわ》が多いのが証拠です。まあ君のお父さんは、別に愉快なことはないのに、いつもにここと笑っています。あまりよく笑っているので、悪い魔法使いかもしれん、と思えるほどです。そうはいっても、魔法使いなんて本当は魔法使いなんだから、どんな姿にも化けることができるはずなので、魔法使いみたいな格好をしてるのは魔法使いとして絶対におかしいです。

だから、それは僕の勘違いでした。まあ君のお父さんは、いつも黒い服を着ていて、ちゃんとネクタイをしていて、それなのに、髪の毛は白いままです。もし魔法が使えるなら、髪の毛も黒くした方が良いと思います。

いつも仕事に出かけているのは、まあ君のお母さんの方です。お父さんはだいたい家にいるので、きっと、掃除とか洗濯をしているのも、お父さんの方だと思います。普通と逆ですが、そういう夫婦もいるのだそうです。確かめたのではないけど、僕のお母さんもそうじゃないかって言ってました。

まあ君は学校には通っていません。いつも家にいます。僕よりも歳下かと思ったけど、うちのお母さんが、あの子はもう立派な大人だって言っていましたから、きっと僕よりも歳上で大人です。僕は今は学校に行っています。学校を卒業したら、もう学校には行かないから、次は会社に行くとかするのが普通です。まあ君も、まあ君のお父さんも、そんな様子はありません。でも、まあ君もまあ君のお父さんも、昔は学校に行っていたことがあると聞きました。その頃は外国にいたらしい、という話も聞きました。だから、日本語の学校じゃないのかもしれません。もしそうなら、まあ君は、英語しかわからないのでしょうか。それは困ります。僕は英語は知らないので、何も話せません。うちのお母さんだって英語は話せません。まあ君のお母さんは英語でまあ君と話をするみたいです。ずっとまえに、それを一度見ました。

でも、このまえ公園でまあ君と僕が遊んでいたとき、まあ君のお母さんは「もう帰りますよ」と日本語でまあ君を呼びました。なんだ、日本語もわかるんか、と思って、僕は少し恥ずかしかった。だって、僕は日本語でまあ君に話をしても、きっとわからないから、どうだっていいやって、ずっと、いい加減にしゃべっていたからです。いい加減にしていたのは、話をしてる途中で僕は疲れてしまうからです。本当は、いい加減にはしたくないけど、話したいことが長いと、やっぱり疲れてしまって、もう話すのが嫌になって、何も考えたくないようになるときがあります。眠くなることもあります。だから、きっと、考えない方が気持ちが良く思わせて、眠くなるようにできているんです。

まあ君のお母さんは優しい人です。僕を見ると、いつも何かを話しかけてくれます。言葉がとても丁寧で聞きとりやすい声です。僕が、わからなくて首を捻《ひね》ると、ちゃんともう一度同じことを言ってくれるし、説明もしてくれます。

僕が、「まあ君は誰かにそっくりだよ」と言うと、まあ君のお母さんは、「神様が作ったものですからね、みんなよく似ているのよ」と言いました。「じゃあ、僕に似ている人も、どこかにいるの?」ときいたら、「そうよ」と言いました。そんなに僕に似ている人がこの世にいるのだろうか。それは、少し不安になります。

「僕に似ている人は、僕みたいに頭が悪いの?」と僕がきくと、まあ君のお母さんは、「誰がそんなことを言った?」と怒ったような顔をしたので、僕はびっくりしました。

「誰が、シュンちゃんの頭が悪いって言ったの?」もう一度、まあ君のお母さんが言います。

僕は考えたけど、思い出せません。でも、いつもそう言われている気がしています。なんとなく、そう思っているから、ずっとそうだと思っています。でも、僕より少し大きい女の子たちなんか、きっと僕のことを悪口言っているのです。

「このまえね、アイスクリームを食べたよね。あのときのこと、シュンちゃん、覚えてる?」

「はい」

「アイスクリームのお店に、全部でアイスクリームは何種類あった?」

「二十二種類です」

「そう……、それを、あのとき、シュンちゃんが一番速く数えたんだよ。それにね、どれを食べるか、一番最初に決めたのもシュンちゃんだったでしょう?」

「僕のお母さんが一番遅かった」

「そう、私も、シュンちゃんのお母さんも、なかなか決められなかったわ。どれにしようかな、どれにしようかなって、ずいぶん考えてしまったでしょう? それに、どんなアイスクリームがあるのか、それを比べるだけで大変だったわ。つまりね、全然、決められなかったのよ」

「まあ君は食べなかったよ」

「ああ、この子はね……。うん、だからね、あのときは、シュンちゃんが一番頭が良かったんです」

「どうして？」

「決断が一番速かったから」

「けつだん？」

「そう……、頭で決めたことを、躰《からだ》と心が、はいそうですって思うことよ」

「どうして、そのときだけ、僕は頭が良かったの？」

「そのときだけじゃないわ。でも、誰でも、頭が良くなったり、悪くなったりするものなの。ほら、手だって開いたり閉じたりするでしょう？」

「目も開いたり閉じたりする。口も開いたり閉じたりする」

僕はそれを、やってみせました。

「頭もそうなのよ」

頭が良いと言われることは、僕はあまりありません。頭が開いたり閉じたりするというのは変だと思いました。でも、頭の中の話かもしれないし、頭の中は見えないわけだから、開いても閉じても、わかりません。目が頭のそばにあるから、頭の中は、鏡があっても見にくいです。目が取り外せるようにできていれば、見えるかもしれません。そうなると便利です。

「アイスクリーム、また食べたい」僕は、ついつい、関係のないことを言ってしまいました。

「うん、またね」まあ君のお母さんはにこっとしました。

まあ君のお母さんは、まあ君をベンチに座らせて、まあ君の手をハンカチで拭《ふ》いていました。まあ君の手が泥で汚れていたからです。僕は自分の手を見て、汚いと思ったので、近くの水道まで手を洗いにいきました。本当は、僕も、まあ君のお母さんのハンカチで拭いてもらいたかったけど、ハンカチが二人分も汚れてしまうのは、良くないと思いました。まあ君より僕の方が大きいんだから平気です。けれど、僕は水で手を洗っているうちに、まあ君たちのことを忘れてしまって、長い間、水で遊んでしまいました。僕の手がすっかり綺麗になって、戻ってきたとき、まあ君も、まあ君のお母さんも帰ってしまっていませんでした。

やっぱり、僕もハンカチで拭いてもらいたかったです。

もう、綺麗になったから、拭くだけならば、ハンカチも汚れないと思いました。僕は、自分のハンカチは忘れてきて持っていませんでした。でも、手はもう自然に乾いていました。何にも触らなければ、ずっと綺麗なままだから、気をつけて帰りました。絶対何も触らないようにしました。

途中で、まあ君とお母さんが並んで歩いているところに追いついて、僕は「さようなら」と言ってから走りだして、追い越しました。「気をつけてね」と声がしたので、後ろを向くと、まあ君のお母さんが手を振っていました。笑っています。

僕は、まあ君のお母さんみたいに綺麗な人を見たことがないです。誰にも似ていないと思います。

2

まあ君の家に遊びにいったとき、美味《おい》しいケーキを食べました。まあ君と向かい合って、僕がテーブルに座っていたら、まあ君のお父さんが台所からケーキを持ってきました。そのケーキを食べてしまった頃、まあ君のお母さんが帰ってきました。

「シュンちゃん、こんにちは」まあ君のお母さんがにこにこして言います。

まあ君は椅子の上で立ち上がって喜びました。お母さんが帰ってきたことが、そんなに嬉しいのかしら、と僕はちょっとだけ不思議に思いました。まあ君のそんな様子を見るのは初めてのことです。

それから、僕は見てしまったのです。

まあ君がお母さんにキスをしたのです。

あんなことは、僕のお母さんはもちろんしてくれません。僕もしようと思ったことがありません。これは、少し変なことだと思います。変だというのは、本当はしてはいけないことなのかもしれないという気がしたからです。でも、僕はいいと思います。

まあ君のお母さんは笑っていました。

とても嬉しそうでした。だから、僕はいいと思います。

もう夕方だったので、僕は帰ることにして、まあ君や、まあ君のお母さん、お父さんに挨拶をしてから玄関を出ました。そこから階段を下りるだけで、僕の家です。

でも、その日は家の鍵がまだ開いていませんでした。お母さんの帰りが遅くなることはよくあります。もともと、家に入れなかったから、僕は、まあ君の家に行っていたのです。まあ君の家でお菓子をもらって、おしゃべりをしていると、いつも、だいたい、僕のお母さんがそのうちに帰ってくるのです。でも、その日は、まだでした。

僕は階段のところに戻って、そこに腰掛けました。その場所は、少しコンクリートの匂いがします。音があちこちに響くのが、とても好きです。

人間のことを考えました。

人間は、だいたいは同じ形をしていますが、よく見ると、全部違います。顔も違うし、手も、足も、形が違います。髪の毛も違うし、大きさもいろいろなんです。それなのに、どうして、人間という一つの種類にしたのでしょう。ほかの動物とどこが違っているのでしょう？

一ヵ月くらいまえに、お母さんと一緒に、愛知牧場というところに行きました。そこには、牛が何匹もいます。しぼり立てのミルクを飲んできました。あと、美味しいソフトクリームを食べました。牛はとても大きかった。すぐ近くで見ましたが、みんな同じ顔をしているので、僕はびっくりしました。だから、お母さんに僕は尋ねました。

「どうして、みんな似ているの？」

「さあ、兄弟なんじゃない」

「躰の模様は全部違うよ」

「それくらい違わないと、区別できないもの」

でも、区別をつけるために違う模様にしているのなら、どうして、違う顔にしないのだろう、と僕は思いました。牛は服を着ないから平気かもしれないけど、服を着たら、背中の模様が見えなくなってしまいます。人間のように顔や髪の毛が違っていると、誰が誰なのかわかって便利です。

神様は、そんなふうに便利にしようと考えて、人間の顔を少しずつ変えたのでしょうか。最初はそう考えましたが、どうも、その考え方はおかしいと僕は思います。

その次は、蟻《あり》のことを考えました。

蟻は、全部同じです。捕まえてみて、よく観察しましたが、ほとんど区別がつきません。大きさが違うものもいますが、だいたい同じです。小さいから、学校でもらった虫眼鏡で見ました。だけど、やっぱり全部同じです。僕の通っている小学校は、全部で千人以上の生徒がいるけど、学校の中で、区別がつかないほど似ている人はいません。蟻は学校がないから平気かもしれませんが、どうやって仲間を見分けているのでしょうか。見分けなくてもいいのかな。きっと、見分けても、名前を呼ぶわけでもないし、何かで遊ぶのでもないです。だから、区別する必要がないから、顔を別々にしていないのだと僕は思います。

僕は虫が嫌いです。蟻も嫌いです。触りたくない。でも、見ているのはけっこう面白いです。蟻は、人間を襲ってこないから安心して近くで見ていられます。

僕がまだ幼稚園のとき、お父さんと僕は二人で公園に遊びにいきました。そこで、僕は、砂場の近くに落ちている一本の木の棒を見つけました。真っ黒の棒だ、と最初思いましたが、近づいてよく見たら、小さな黒い蟻がもの凄《すご》くいっぱい棒にひっついているのです。棒が甘いのでしょうか。もう、何千匹も何万匹もいるみたいです。少し恐くなって、僕は思わず飛び退《の》きました。

お父さんは僕にキャッチボールを教えてくれます。公園に来たのはそのためでした。でも、途中で、バットでボールを打つ練習をしたくなって、ちょうどバットになるような棒を探していたのです。

「あ、その黒い棒がいい。こっちへ持っておいで」お父さんは遠くからそう言いました。

「蟻がついていて持てないよ」と僕は答えます。

「蟻なんか平気だ。そんなもの恐がるな」

お父さんがそう言ったので、僕は、おそるおそるその棒を掴んでみました。でも、手に沢《たく》山《さん》の蟻が乗り移って、とても気持ちが悪くて、すぐに放り出してしまいました。

僕は、そのとき泣いたと思います。

お父さんが近くに来て、「馬鹿だな」って言いました。僕はちゃんと蟻がいるって言ったのに、お父さんは僕を「馬鹿だな」って言ったのです。

蟻のことを考えると、いつも、このときの棒を思い出します。

だから、蟻は嫌いです。

でも、蟻というのは、本当は沢山で一匹の動物なんだと僕は思います。一匹が一つの躰ではなくて、沢山の躰に分かれているんです。だから、あんなに同じ形をして、みんなで同じ行動をするのです。

蟻と同じように、沢山で一匹という動物はほかにもいると思います。僕は動物園で水槽の中を泳いでいる小さな魚を見ました。あれもそうだと思います。

どうして、こんなことを考えたのかというと、テレビで見たのですが、人間が何人か集まって、大きな人間の顔を作っていたのです。みんなは、それを見て笑っていましたけど、僕は恐かった。人間の顔が動くのが恐かったです。ひょっとして、人間も幾つかの小さな動物でできているのではないでしょうか。たまたま、分裂しないでいるだけで、本当は何匹かの動物なのではないでしょうか。それとも逆に、もっと大きな動物が分裂して、今の沢山の人間になったのかもしれません。もともと、地球には大きな動物が少しだけいたのです。それが分裂して、人間や馬や牛になったかもしれません。僕が勘違いしているだけなのかもしれないけど、やっぱりそう思えてしかたありません。

躰は沢山の細胞というものでできています。理科の時間にそう習いました。細胞はどれも同じ形をしているようです。みんな似ているのです。だから、人間どうしが似ているのは、これと同じことです。似ていない方がおかしい。一つずつ違っている方が、変なことです。レゴのパーツみたいなものだと思います。

まあ君は、誰かに似ている。

どこかで見たことのある顔をしています。初めて会ったときから、そう思ったし、今でもそれは同じです。

似ているって、どういうことなんだろう。

その日、僕のお母さんは帰ってきませんでした。

会社で病気になって、救急車で運ばれたからです。夜になって、お父さんが僕を迎えにきました。僕はずっと家に入れなくて、コンクリートの階段に座っていました。そして、病院まで一緒に行きました。お母さんはベッドで眠っていて、目を瞑《つむ》ったままでした。

少し退屈だったので、僕は病院の中を歩いて冒険をしました。夜だったので静かで、暗くて、少しだけ恐かったです。でも、明るいところには、看護婦さんが沢山います。廊下を歩いている人は、みんな元気そうな人たちで、病気の人はいません。病気の人はベッドで寝ているからです。病院は、消毒の匂いがします。この匂いを嫌いなばい菌がいるということです。

夜遅くになって、お父さんと二人で家に帰りました。途中でコンビニに寄って、お弁当を買いました。それがとても美味しかった。これも、久しぶりにびっくりしました。

お母さんがいないだけで、家は静かになりました。お父さんはテレビをつけてじっとして、何も言いません。僕も黙っていました。お母さんがいないと話をすることがないみたいです。

「お母さんが死んだら、お父さんはどうするの?」僕は質問しました。

「どうも、せんよ」お父さんは言いました。

「お母さんに似ている人を探して、結婚するの?」

「そんな人はおらん」

「探したら、おるかもしれん」

「おらんな」お父さんは笑いながら言いました。

いないことはない、と僕は思います。でも、似ていても、それは結局、お母さんじゃないから、お父さんが結婚しても、もう僕お母さんではないです。

ラジコンのバギィが駐車場のブロックの壁にぶつかったとき、前のタイヤのところのパーツが折れました。もう走らなくなりました。でも、お父さんが模型屋さんに一緒に行ってくれて、そのパーツを注文してくれました。五百円のパーツでした。それが来るのに三週間もかかりましたが、それで僕のバギィは直りました。パーツは同じものがちゃんとあるから安心です。けれど、人間は少しずつ違うから、交換できません。それは、とても不便なことだと思います。

お母さんの代わりはいません。

交換できないパーツです。

僕は幼稚園のとき、用水に落ちて、怪我をしたことがあります。それは、僕が目を瞑《つむ》って歩いていたからです。幼稚園までずっと真っ直ぐの道だったので、僕は目を瞑って歩いてみようと思いました。そうしたら、しばらくして、用水に落ちてしまったのです。僕はなんとか這《は》い上がりました。でも、躰が水で濡れているので、どうしようか、考えました。家に帰るとお母さんに叱られるので、決心して幼稚園に行くことにしました。靴に水が入って気持ち悪かったけど、幼稚園まで歩きました。

幼稚園の門を通ると、園長先生が僕を見てびっくりした顔をしました。僕は、自分が躰中びしょ濡れなので、先生が驚いたのだと勘違いしました。でも、本当は僕は血だらけだったのです。用水に落ちたときに、顎《あご》をコンクリートの角にぶつけて怪我をしていました。そこから血が出ていたのに、僕はぼうっとしていて、気がつかなかったのです。園長先生は慌てて、買ったばかりの新しい車に僕を乗せてくれて、病院へ連れていってくれました。僕は病院の黒いベッドの上にのって、そこで天井を見ていました。お医者さんが眩しいライトを近づけて、手術をしました。僕は目を瞑って頑張りました。顎の下を針で縫ってもらったのです。ちくちくして痛かったです。

あのときも、お父さんが会社から病院へ駆けつけてきました。僕がベッドにのっているとき、お父さんの声が聞こえました。でも、僕はお医者さんの針が恐くて目が開けられません。

僕は、お父さんに叱られるのが嫌だったので、幼稚園まで目を瞑って歩いていたことを内緒にしました。今でも、それは秘密です。もし、お母さんだったら、話していたかもしれん、と思います。

僕の顎の傷は、今でも触るとわかります。

僕のお母さんは、それから二回だけ退院しました。そのときは、家族で御飯を食べました。でも、最後は病院で死にました。顎の怪我をしたとき、本当は目を瞑って歩いていたことを、お母さんにだけは打ち明けるつもりでしたけど、それはできませんでした。死んだ人には手紙も届きません。

3

僕とお父さんは引越をすることになりました。

それで、まあ君の家に、お父さんと一緒にさようならを言いにいきました。玄関に出てきたのは、まあ君のお母さんです。お父さんが挨拶をしました。

「まあ君は？」僕はききました。

「中にいるよ」まあ君のお母さんが後ろを振り返って言いました。

「会ってきていい？」

「ええ」

「俊一《しゅんいち》、お邪魔をしてはいかん」お父さんがそう言いましたが、僕は急いで靴を脱いで、奥へ向かいました。

まあ君はテレビの前のソファに座っていました。

「まあ君、もう、会えないよ」僕はまあ君の隣に座って言いました。

まあ君は僕の顔をじろじろと見ているだけで、何も言いません。

僕はまあ君に抱きついて、顔をひっつけて、しばらくじっとしていました。けれども、すぐに立ち上がって、その部屋を出ました。

玄関に戻ると、お父さんが僕を睨みつけました。

「シュンちゃん、また遊びにきてね」まあ君のお母さんは優しく言いました。

僕が靴を履こうとしていると、まあ君のお母さんは僕の肩を両手で摑んで顔を近づけます。

「大丈夫だよね？　元気出してね」

「僕、元気だよ」僕は頷きました。

「どうも、いろいろとお世話になりました」お父さんがそう言ってドアを開けました。

まあ君のお母さんは僕に手を振ってくれました。泣いているみたいでした。

4

それから、僕は、まあ君にも、まあ君のお母さんにも会っていません。引っ越してきたところで、新しい小学校に入り、僕はお父さんと二人で生活しています。

まあ君によく似た子を、ときどき町で見かけます。そのたびに、僕は立ち止まって、じっとその子を見ます。でも、やっぱり、よく見ると違う。まあ君とは違うのです。そのことに、僕は気づきました。まあ君に抱きついて、頬を寄せたとき、まあ君のことが少しわかったのでしょうか。だから、僕には、ついに、まあ君の本当のことがわかったのでしょうか。だから、僕には、まあ君が、もう誰にも似ていないと思えるようになったのでしょうか。僕のことも、もし誰かが僕を好きになってくれたら、僕は誰にも似ていないように見えるのかもしれない。

中学生になったら、僕とお母さんとお父さんの三人で暮らした部屋を見にいこうと思っています。

似ている場所はほかにないからです。

あれは、二十階でした。そして、二十一階に住んでいる、まあ君と、まあ君のお母さんにも、もう一度会いにいくつもりです。

石塔の屋根飾り
Roof-top Ornament of Stone Ratha

1

雪の日の夕方である。

犀川創平《さいかわそうへい》は高層マンションのゲート前でタクシーを降りた。道路を走る車は雪の日特有の金属音を鳴らしている。雪が少しでもちらついた場合には車の運転を潔《いさぎよ》く諦める犀川だ。タクシーが走り去るのを見届けてから、注意してエンタランスのスロープを上った。スノーシューズがないにしても、靴に装備する簡易なチェーンが売り出されても良さそうなものだ、と犀川は思う。

インターフォンで玄関のロックを解除してもらい、贅沢《ぜいたく》な内装のロビィに足を踏み入れる。奥を少し横に入ったところにエレベータホールがある。ちょうどドアが開いたので飛び込んだら、顔見知りが二人乗っていた。

友人の喜多北斗《きたほくと》、それに国枝桃子《くにえだももこ》だ。

三人とも挨拶をするほど他人の仲ではない。後ろでエレベータのドアが閉まった。

「あれ、創平、車じゃないのか？」喜多が尋ねた。犀川はいつもは車だ。その場合、駐車場が地下にあるので、一階ロビィからエレベータに乗ることはない。

「雪が降りだしたから、車は大学に置いてきた」犀川は答える。「君たちは？」

「俺は、四輪駆動を持っている学生に送ってもらった」喜多が答える。

「私はバスです」国枝桃子が無表情で言った。

「四輪駆動？」犀川は喜多に言う。「ブレーキをかけたときは同じだ」

「まあ、そうだな」喜多が頷《うなず》く。反論はないようだ。「乗らないのが一番」

国枝桃子はつまらなさそうに黙っていた。彼女の場合、つまらなくなくても、そう見える。

最上階は二十一階。そのボタンは既に光っていた。

三人は、ともに国立N大学工学部の教官である。犀川と喜多が助教授。国枝は犀川の講座の助手だ。コートを着ていたが、喜多も国枝もスーツにネクタイだった。喜多は大学でもいつもネクタイをしている。国枝は、いつも男物のファッションである。犀川は、冬は茶色のダブルコートをずっと愛用していたが、その下は安物のセータにジーンズ。選択肢がないので、文字どおりユニフォームといって良い。というわけで、エレベータには、「いつものとおり」が三つ揃っていたことになる。

さて、これから彼らが訪れようとしているのは、犀川の講座の四年生、西之園《にしのその》萌絵《もえ》の自宅だった。それが、この高層マンションの最上階（しかも、二十一階と二十二階のすべてが彼女の住居なのだ）。一般的には、それだけでも充分に羨《うらや》まれる環境といえるだろう。だが、それだけではない。実はこのマンションがそっくり全部、西之園萌絵の所有物なのである。

老練の執事とシェトランド・シープ・ドッグとともに、彼女はここで暮らしている。贅《ぜい》を尽くした極めて生命密度の低い住居だった。噛み砕いていえば、お金持ちのお嬢様である。

「いいな、こんな億ションに住んでみたいもんだよ」喜多が言った。

「心にもないことを言う」犀川が口もとを斜めにする。

「心にもないことは言えない」喜多が鼻息をもらす。「部屋が空《あ》いているようだったぜ。玄関の外に看板があっただろう？」

「いや、見なかった」犀川が素っ気なく言った。

「不景気ですからね」国枝が一言。彼女にしては、青天の霹靂《へきれき》といって良いほど、気の利《き》いた台詞《せりふ》だった。

「その、空いている部屋ってのに、住まわせてもらいたいよな。モデルルームの管理人でもいいや」

「喜多が住んだら、散らかったモデルルームになるだけだ」

「散らかるのは俺のせいじゃない。効率の良い収納スペースさえあれば、ああはならない」

自分の研究室の状況を認識しているようだ、と犀川は思った。

「西之園君に頼んでみようか？」犀川は言う。

「ああ……」喜多は大きく頷いた。

エレベータのドアが開き、ホールに出る。

エレベータ以外には正面のドアが一つあるだけだった。天井まで届く背の高いドアの横の壁には、カードキーらしいコンパクトな機械がある。だが、もちろんカードなど持っていない。そのボタンを押して待っていると、やがてドアが開いた。

「ようこそおいで下さいました。お待ちいたしておりました」白髪の小柄な老人が現れ、上品な仕草で深々とお辞儀をした。彼は、黒い上下にオレンジ色の蝶ネクタイをしている。ドアを開けたまま、完璧な垂直と思える角度で立った。彼こそ、西之園家の重臣にして最強の執事、諏訪野《すわの》である。

三人は適当な挨拶の言葉を口にして、玄関を入った。

そのまま真っ直ぐに広い通路が延び、やがて螺旋《らせん》階段のあるモダンなスペースに出る。

「上ですね?」犀川は諏訪野にきいた。

「さようでございます」諏訪野は答える。「お嬢様も皆様も、お待ちでございます」

犀川、喜多、国枝の順に螺旋階段を上がった。

「では、のちほど……」諏訪野は三人を見上げて、軽く一礼する。この階段を上がるときには、常にあの位置に諏訪野がいるな、と犀川は思った。

階段を上ったところは、大きな窓のあるリビングルームのコーナ。二面が窓で、黒い窓枠に巨大なスモークガラスがはめ込まれている。反対側にはドアが二つ。バーカウンタが別のコーナにある。絨毯《じゅうたん》はこの世のものとは思えない大きさで、足を取られるほど深い。モダンなデザインの腰の低いソファが壁と平行になることを嫌って置かれていた。

そのソファに、西之園捷輔《しょうすけ》と佐々木《ささき》睦子《むつこ》が座っていた。彼らが、両親を亡くした西之園萌絵の現在の保護者である。萌絵の父親で犀川の恩師でもあった西之園恭輔《きょうすけ》博士の弟と妹に当たる。西之園捷輔は愛知県警本部長、一方、佐々木睦子は、現職の愛知県知事夫人だ。

「何事でしょうか？」犀川は、軽く頭を下げてから佐々木睦子に言った。

「ご機嫌いかがです？」睦子は立ち上がって犀川に片手を差し伸べる。銀色のロングドレスだった。信じられないことだが、年々若返るようなパワーが感じられる女性である。「さあ……、どうかしら。皆さんのスケジュールのエアポケットだったのでしょうか。それとも、今日は超仏滅《ぶつめつ》なの？」

意識して変な言葉を使っているようだ。横にいた捷輔が苦笑している。

「きっと。地球最後の日曜日なのでしょう」犀川は答えた。「みんなが遠慮したのです」

睦子と犀川の複雑系ジョークに軽く笑いながら、西之園捷輔が会釈した。高級そうなスーツはダークグリーン。ネクタイは黄緑だった。当然ながら、犀川にはブランドはわからない。

「こんばんは」西之園萌絵がドアから現れた。「先生方、どうもありがとうございます。雪の中をわざわざお越しいただいて申し訳ありませんでした」

「いやあ……、西之園さん、凄《すご》いね」喜多が萌絵の差し出した片手を取って言った。

「凄いって、何がです？」萌絵は膝を軽く曲げて挨拶した。

「君の服さ」隣で犀川が言った。

「服……」萌絵は呆《あき》れた顔で一度オーバに天井を見上げてから、犀川を見据える。「犀川先生は、この方面のボキャブラリィに軽微な問題を抱えていらっしゃいますわ」

「軽微かな」喜多が横から言う。

「現在のところは」萌絵が微笑んだ。

萌絵は犀川にも膝を折って挨拶する。

「今日は、もう、国枝先生に来てもらえたことが、最高に幸せなんです」萌絵は国枝にお辞儀をした。「本当にありがとうございました」

「私、ご馳走が食べられるって聞いたから、来たんだよ」国枝桃子が無表情で言った。

「貴女《あなた》、うちでいつもそんな格好しているわけ？」

「いいえ、残念ながら」萌絵は可笑《おか》しそうに微笑んで首をふった。「これは、インターセプト・モードなのです」

「あ、西之園君」犀川が言う。「このマンション、空いている部屋があるだろう？　喜多が、その部屋を……」

「創平！」喜多が犀川の腕を後ろから引っ張った。「馬鹿、冗談だよ、その話は」

「え？」犀川は振り返って友人を見た。「なんだ、冗談なのか」

「決まってるだろう」押し殺した声で喜多が言う。彼は犀川を睨みつけていた。

2

犀川以外の人間は、軽い飲みものを楽しんだ。この場合の「軽い」というのは液体の比重のことではなく、アルコールの度数に近い意味だ。犀川は一人、ソフトドリンクだったので、この指標でいけば、「無」の飲みものだった。

途中でトーマが現れた。萌絵の愛犬、本名は西之園都馬《とうま》という。いつものことであるが、彼はどの客にも興味を示さず、ただ部屋をぐるりと見渡し、テーブルの食べものを査定したのち、窓際で横たわっただけだった。接待には貢献しない犬である。

今日は誰の誕生日でもない。誰かの幸せを祝おう（そんな行為が本質的に存在するものか甚《はなは》だ疑問だが）というわけでもなかった。そういった外面的な理由のないことが、実にエレガントで、高尚な時間を共有するためには不可欠の条件といえる。今夜は、その法則を知っている人種の集《つど》いだった。しかし、視点を変えると、単に、西之園萌絵が強引に呼びかけたにすぎない。エレガントだと意識しているのも彼女だけかもしれなかった。

さて、一ヵ月に一度の割合で、愛知県警の捜査第一課の若い刑事たちが、ここ、西之園萌絵の自宅に集まる。「勉強会」などといった怪しいコードネームが用いられていたが、実は、正式名称はTMコネクション（Tはトーマ、Mは萌絵を示す）、あるいは、リビングルームの巨大な黒い窓に因《ちな》んで「黒窓の会（英語でBanquets of the black windows)」など、いろいろだ。その実体は、西之園萌絵のファンクラブと噂される秘密組織でもあった。誰に対して秘密なのか誰も知らない（それが秘密だ）。話題は主として、刑事たちが担当した事件に関するもの（それも過去に遡《さかのぼ》って）であったが、そうそう面白い話題が続くわけでもない。会が始まってまだ一年にも満たなかったが、早くもマンネリ気味である。そこで、萌絵の所属する建築学科の犀川助教授と、その親友で土木工学科の喜多助教授をゲストに招こう、という順当なアイデアを彼女は思いついた。まず、喜多の方からは予想どおり快諾を得た。そして、彼から犀川を誘ってもらうという、これまた順当な手順を踏んだ。同時に、犀川に対しては、「どんなお話でもけっこうですから、先生、何か話題を提供して下さい」といった極めて曖昧《あいまい》な依頼もした。なんとか承諾をもらって、萌絵は天にも上るスペースシャトル打上げのような順当な気持ちだった。

ところが、この話が睦子叔母に伝わり（萌絵はその伝達ルートを非常に怪しんでいる）、萌絵の遠回しの拒絶の甲斐もなく、「犀川先生がいらっしゃるのなら、私、行きますから」の一言で、急遽《きゅうきょ》、睦子が参加することになった。すると、次の日には、捷輔叔父から、自分も出られる、と一方的に電話がかかってくる。さて、次は、県知事夫人と県警本部長が出席するとの暴風のごとき風の噂に、若い刑事たちは軒並み尻込みする事態に陥った。結局、正式名称「TMコネクション」あるいは「黒窓の会」は順延となり、完全にこの叔母と叔父に乗っ取られる形になってしまったのである。噛み砕いていえば、「親族的ジャック」だ。

さて、五人では格好がつかないので、萌絵は卒論の指導を受けている国枝桃子助手を招待した。意外にも国枝は二つ返事で了解してくれた。意味はないが、これで一応、男女比が一対一になった。

とまあ、このような経緯《いきさつ》で、本日のディナ・パーティとあいなったわけである。那古野《なごの》では、今年初めての記録的な積雪だったが、いったい誰のせいなのかしら、と萌絵は首を捻《ひね》った。

諏訪野が、食事の準備が整ったことを告げにやってきたので、萌絵と客たちは、螺旋階段を下りて階下の食堂に移った。長手方向に三メートル近くもあるテーブルに、三人ずつ向き合って席につく。片側に萌絵、睦子、捷輔。萌絵の向かい側に犀川、そして喜多、国枝という配置である。

諏訪野が銀色のワゴンを押して料理を運んできた。

3

ゆっくりとしたペースで食事は進んだ。デザートはほど良く冷えたタルト。コーヒーカップも既に並んでいる。

「そういえば、叔母様、今日はメガネは?」萌絵が横にいる睦子にきいた。

「コンタクトにしたの」睦子が目を大きくして萌絵に顔を近づける。

「まあ……、今さら?」萌絵が言う。「老眼のコンタクトがあるの?」

「何ですか、その言い草は」睦子が眉を顰《ひそ》める。「貴女が男だったら、コーヒーを頭からぶっていますよ」それから、急ににっこり微笑んで睦子は前を向いた。「喜多先生は、女性のメガネはどう思われます?」

「ああ、ええ……」喜多は口もとを上げて頷く。「どちらも好きですよ。メガネの似合う女性も、コンタクトの女性も、それに、裸眼の女性も」

つまり、それは国枝桃子、佐々木睦子、そして、萌絵を意識した喜多らしい発言だ、と萌絵は思う。

「犀川先生は?」睦子がカップを手に取りながらきいた。

「さあ……」犀川は小さく肩を竦《すく》める。「メガネと女性を混合して評価することは不可能です。できるとしたら重量くらいでしょう? メガネをかけていれば、その分、重くなるだけです」

「喜多先生と犀川先生は同じ内容の返答をされているのに……」西之園捷輔が面白そうに言った。「こうも印象が違うというのが愉快ですな」

「同じではありません」国枝桃子が小声で言う。

「あ、あの……」萌絵が片手を広げて皆を注目させる。「ちょっと、よろしいですか？　お食事も終わって、あとはお飲みものになりますので、そろそろ、今夜のスペシャル・テーマに移りたいと思います」

「何だね？　スペシャル・テーマって」捷輔がきいた。

「いつもいつも殺人事件の話ばかりしている可愛い教え子を案じて、犀川先生が、今夜は特別に、事件ならざる事件、もはやミステリィならざるミステリィをご披露して下さることになっていますの」

「西之園君、自分のしゃべっていることを把握している？」犀川は小声できいた。

「どんなお話なの？」睦子が首を傾《かし》げる。

「実は、私もどんなお話なのか知りません」萌絵は声を弾《はず》ませた。「もう、どきどきです。犀川先生、それでは、どうかよろしくお願いします」

　全員が犀川を見た。

「えっと……、彼女から、何か不思議な話はないかってきかれたので、まあ、短時間で話せて、予備知識の必要がないものを一つだけ選んできました」犀川は言った。「あの……、申し訳ありませんが、煙草を一本吸ってもよろしいですか？」

「吸わないのは……」睦子が全員の顔を見る。

「私だけですか?」国枝桃子が片手を挙げる。「しかたがありません。犀川先生、そのリスクに見合ったお話を期待します」

「では、一本だけね」犀川は煙草を取り出して、火をつけた。「どうか、国枝君のために、皆さんはしばらくご辛抱下さい」

再び五人が犀川に注目する。諏訪野は部屋の隅でワゴンの上にグラスを並べ、飲みものを作っていた。その足もとで、トーマが座って見上げている。

「さて、まず、うちの研究室にあった写真をご覧に入れます」犀川は胸のポケットから封筒を取り出し、その中からスナップサイズの写真を一枚引き出した。「今夜の招待と、それから、その写真の主に敬意を表して、西之園君に最初に見てもらいましょう」

萌絵は、テーブル越しに犀川から写真を受け取った。

「わあ……、これ……、お父様?」彼女は数秒後に声を上げる。

白黒の写真で一見して相当に古いものだとわかった。黒っぽい奇妙な建造物をバックに、五人の男が横に並んでいる。その中央に立っているのが、萌絵の父、西之園恭輔博士であった。他の四人が全員半袖のシャツといった涼しげな出《い》で立《た》ちであるのに対し、博士だけが長袖のスーツ姿だった。萌絵の覚えている父よりもずっと若い。その精悍《せいかん》な風貌は、二十代に違いなかった。

「四十年ほどまえの写真です」犀川は言う。

萌絵は、隣にいた睦子に写真を手渡した。

「あら、まあ、本当だわ」睦子も目を丸くする。「こんな写真、よく残っていましたね……。たぶん、インドか、それともチベットへ調査にいかれたときじゃないかしら?」

「ああ、そうだね」隣から首を伸ばして覗き込んだ西之園捷輔が、写真を見て相槌《あいづち》を打つ。

「はは、これは若いな。いや、懐かしい……」

「こうして見ると、上のお兄様は美男子でしたね」睦子が澄まして言った。

「よく似ていると言われるが」捷輔が写真を受け取り、メガネを上げて覗き込む。

「似ていません」睦子が首をふった。

続いて写真は、テーブルの反対側、国枝桃子、そして喜多に渡り、最後に犀川の手に戻った。彼は再びその写真を萌絵に手渡した。

「インドに調査にいかれたときのものです」犀川は言った。「ほかにも写真は何枚かあったのですが、それが一番、先生のお顔がはっきり写っていました」

写真の五人の中では、中央の西之園恭輔が一番若そうだった。ほかの者は、カメラや三脚、それに測量用の道具を持っていたし、腰にはタオルをぶら下げている。西之園恭輔だけが、白いパナマ帽を涼しげに被り、麻のスーツが眩しいほど白い。靴も彼だけが革靴である。いかにも若い研究者、いや、若旦那の豪遊といった雰囲気で、萌絵には可笑しかった。彼女は、写真と犀川を交互に見る。何故か、若い父と、向かいに座っている犀川を見比べていた。

「さて……」犀川は片手に持っていた煙草を指先で回す。「このとき、西之園先生はインドの寺院建築の大掛かりな調査にも参加なさっています。特に先生が注目されたのは石窟《せっくつ》寺院、いわゆるロック・アーキテクチャです。ボンベイの近く、エローラのカイラーサ寺院などが有名なのですが、大きな岩を削《けず》って、刳《く》り貫《ぬ》いて、信じられない精密さで大規模なものが沢山建造されています。現代の建築物の多くが、別々のパーツをつなぎ合わせて、組み立てられるのに対して、これは正に裏返しの技法です。不必要なものを取り除き、空間を削って成長させる。できあがった建築物は、ずっと太古からそこに存在したたった一つの材料でできている。これが、モノリシック・ビルディング、つまり一枚岩でできた建築です。もともと、洞窟の住まいをはじめ、木や土に描いた文字や絵、それに石を割ったり削ったりして作った道具、いずれも、人類の造形は、この不必要なものを取り除くマイナスの工作法が最初で、ものをつけ加えていくプラスの工作の方が新しいといえます。岩に穴を掘ったり、彫刻をしたりすることから発展して、完全に独立した、フリー・スタンディングの建造物を削り出すに至ったわけです。インドというのは、実に時間を超越した国だと先生はよくおっしゃっていましたよ。そう、アンダと呼ばれるドームの寺院建築なども、何百年に一度といったゆっくりとした増広《ぞうこう》で今でも成長を続けています。現在我々が見ているものは、はたして過去の建築物なのか、あるいは未来に完成する建築物の工事途中なのか、わかりません。人間が造っているはずなのに、人間のジェネレーションを大きく飛び越えているのです」

諏訪野がテーブルにグラスを置いていく。トーマはいつの間にか姿が見えなくなっていた。

「えっと……、こんな話をしていたら、いつまでもしゃべり続けてしまいますね」犀川は煙草を消して、珍しく少し微笑んだ。「今夜の趣旨に合わない。いいえ、西之園君の依頼に合致しないことになります」

「いいえ、先生」萌絵は慌てて首をふった。「全然そんなことは……」

「では、予備知識はこれくらいにして、話を進めましょう。ここからが問題編です」犀川はそこで言葉を切り、全員を見た。「西之園先生は、このとき、タミルナードゥにある『五つのラタ』と呼ばれる遺跡を調査されています。場所は、マドラスから南に数十キロ、そうですね、車で二時間くらいのところです。これも、ロック・アーキテクチャで、名前のとおり五つのラタが並んでいる。えっと、ラタというのは、山車《だし》のことですが、岩から削り出したわけですから、もちろん地面と一体なので動かせません。ストーン・パゴダ、石塔と呼べそうな造形のものもあります。パゴダというと、法隆寺のような仏教寺院の塔になりますけど、まあ、ここでは石塔と呼びましょうか。五つ並んでいるラタは、大きな一つの岩から造られているので、全部つながっています。さて、この石塔、何が奇妙だったのか……、それをこれから説明します」

4

隣の叔母も叔父も、犀川の話に聞き入っている。喜多も国枝もコーヒーを飲みながらも真剣な表情で、犀川のその話が、彼等も初めて聞く内容であることが明らかだった。萌絵は姿勢を正し、犀川の言葉の一つ一つに神経を集中させる。

「造られたのは七世紀だといわれていますが、いつの時代、どの王朝のものなのか、あるいは、どの地方のものかさえ、問題の解決には関係がありません。したがって、必要な情報だけをお話しすることにしましょう」犀川は続ける。「通常、ロック・アーキテクチャは、当然ながら、人里離れた山奥か、海岸の絶壁などに造られます。それは大きな岩が必要だからです。規模の大きなものを造るためには、何百年もかかったともいわれていますが、まず、より大きな岩を探さなくてはなりません。そういったものは、平地にはあまり多くは見つからないようです」

犀川はそこで、グラスを手に取って口につける。

「あ、これはアルコールですね？」彼は、部屋の隅に立っていた諏訪野にきいた。

「申し訳ございません。失礼いたしました」諏訪野がすぐに反応する。「どんなソフトドリンクをお持ちいたしましょうか？」

「あ、いえ、けっこうです」犀川は口もとを上げる。「たまには酔っ払うのも良いでしょう」

「酔うまえに、話すことは話せよ」隣の喜多が言った。

「忠告ありがとう」犀川は軽く頷いた。「ええ、しかし、今回の問題の建物、『五つのラタ』は、比較的人里に近い、海岸や山奥ではなく、平地に近い場所にありました。このロケーションがまず最初の謎といって良いでしょう。この近くには、本格的な石窟建築は存在しません。その一群だけが、ぽつんと造られて、残っていたのです」

「一群、というのが、その『五つのラタ』のことですね？」萌絵は尋ねた。

「そうだよ」

「どれくらいの広さなのですか？」

「そうだね……」犀川は視線を上に向ける。「五つの石塔が一列に並んでいるんだ。五十メートル以上はあるね。幅はそれほどない。十五メートルほどかな」犀川はほかの者の顔を見た、「この細長いエリアに、五つの建物がかなり接近して建てられていました。繰り返しますが、すべて、一枚岩を刻んで造られた建築物です。つまり、地面の岩とつながっています。もともとは大きな一つの岩だったわけです。その五つは、全部まったく違う形をしています。高いものも低いものも、丸いものも四角いものもある。各種のタイプが五つ並んでいます。背の高い、そびえ立つものは、まさに石塔と呼ぶに相応《ふさわ》しい形状です」

萌絵は、石塔という言葉から、いろいろなものを瞬時に想像した。アジアのものであるので、傾いた屋根のある、何層にも積み重なった建築物であろうか。石で造るのだから、日本庭園で見かける灯籠《とうろう》みたいなものだろうか。それとも、バベルの塔に代表される、そう、結婚式のケーキのような形状だろうか……。

「その一番高い石塔は、十メートルほどもあります」犀川は説明した。「岩から削り出したものですから、どこにも継ぎ目はありません。まったくの一体成形です。塔は地面につながっています。どこかで造られて運ばれてきたものではないし、部品を別に造って組み立てたものでもありません。それは五つの建築物すべてに共通しています。さて、この文化圏の時代に限ることではありませんが、普通の石塔には、頂《いただき》に屋根飾りがあります。フィニアルとも呼ばれますね。一番高いところに、天を衝《つ》くような形で、かなり目立った装飾が付属するのです。そう、ちょうど、日本の法隆寺五重塔の水煙《すいえん》とか相輪《そうりん》みたいなものです。もちろん、大陸の方がルーツでしょう。水煙って、どうして水なのか、西之園君知っている？」

「火の煙だと、木造住宅にとって縁起が悪いからですか？」

「正解」犀川は頷く。

「建築学科の授業か？」喜多が笑った。

「石塔の場合、その屋根飾りも、岩から削り出すのですか？」萌絵は尋ねた。「つまり、別々に造るのではなくて、連続して削り出すのですね?」

「そうだよ」犀川は頷く。「当然、大きな岩を削って造るから、どこにも継ぎ目はない」

「それじゃあ、最初に、その一番上の屋根飾りを彫り出して、どんどん下へ下へと彫り進んでいくことになるのですか?」

「うーん」犀川は嬉しそうに微笑む。「まあ、そうだね。そう考えて良いと思う。全体の大まかな形を、さきに彫り出すこともあるとは思うけれど……」

「途中で失敗しちゃったら?」萌絵は首を傾げた。「彫っていて、ぽきって折れてしまったら、どうするんです?」

「さあね」犀川は肩を竦めた。「同じ質問を、これまでの僕の人生で既に四十五回ほど受けているけど、残念ながら、気の利いた返答を思いつかない。たぶん、まいったね、とか呟いて、造り直すんだろう。瞬間接着剤のない時代だからね」

萌絵はにこにこ笑いながら唇を噛んだ。彼女は、音を立てずに、手を叩くジェスチャをする。

「で、何が奇妙なんだい?」喜多が尋ねた。

「うん……」犀川は頷いて続ける。「塔のてっぺんにある屋根飾りは、ある意味で象徴的な存在だし、技術力の見せ場でもあるわけで、とても重要な部分だと考えられています。ところがですね……、この問題の石塔には、その屋根飾りがなかった」犀川はそこで言葉を切った。

「なかったって……、折れたか、欠けたかしただけなんじゃないのか?」喜多が尋ねる。

「まあまあ……」犀川は無表情のまま片手を広げる。「屋根の一番上は真っ平らに成形されている。つまり、自然に折れたり、破壊されたものではない。そもそも、そこに屋根飾りが造られなかったことを意味している」彼は全員を見回した。「そして、さらに驚くべきことに……、その塔のすぐ横、そうですね……、距離にして一メートルか二メートルほどのところに、屋根飾りだけが独立して造られていたのです。どういうことかわかりますか? 屋根飾りだけが、地面にひっついていたのですよ。高さは一メートルほどなのです。これが、地面から、にょきっと生えたみたいに突き出しているわけです。ね、不思議でしょう?」

「その塔の上にのせるために、そこで削り出して造ったんじゃありませんの?」佐々木睦子が早口できいた。「まあることですわ。最初に造った屋根飾りが気に入らなかったのね。王様からクレームがついたとか……。うーん、それとも、ちょっとした不注意で壊してしまったのか。つまりね、そんな事情があって、急遽《きゅうきょ》、手近の岩で削り出して、屋根飾りだけを造った。それを切り離して、塔の上にのせるつもりだったのです」

「そう……」犀川は頷く。「そう考えるのが普通です。ところが、そのように、屋根飾りを別のパーツとして彫り出して、上にのせた例は、他にはないのです。そういったことは、この時代の人たちは絶対にしなかった。たぶん、岩が離れていることが、許容できない忌々《いまいま》しい状況だと認識されていたのでしょう。ひびが入って、崩壊しているのと同じだと考えたのかもしれません。ですから、もし万が一、造ってしまった屋根飾りが気に入らなかったら、全部最初から建物ごと造り直すはずなんです。もちろん、屋根飾りが壊れてしまった場合でも同じでしょう。それに、そう……、その屋根飾りは、地面から切り離されていませんでした」

「これから切り離すところだったのでは？」西之園捷輔が言った。「つまり、工事の途中で、何かのトラブルが発生して、そのまま放置されたわけですな。他に例がなくても、そこだけ、たまたま、新しい工法を試してみるつもりで、その途中だったのかもしれない」

「はい、しかし、その仮説に対しても、否定できる証拠がありました。その石塔と屋根飾りの奇妙な位置関係は、その一つだけではなくて、同じエリアの他のラタにも見られるのです。塔とは呼べないような、別のもっと低い建物の場合も、やはり本来屋根にあるはずの飾りものが、建物のすぐ隣、地面の近くに造られていました。これらも、すべて地面から切り離されてはいません。そこにひっついているのです。以上のことから、さきほどの仮説……、塔と屋根飾りが別々に造られていて、たまたま工事の途中でストップした、と考えることには無理があります」

「先生、質問です」萌絵が片手を広げる。「その塔や屋根飾りは完成しているのですか？屋根飾りの下の部分はどうなっていたのですか？　地面と屋根飾りの境です。もっと下に削り出していく途中だったのではありませんか？」

「このエリアの建築物は、ほぼ完成している」犀川は答えた。「削りカスも残っていない。実は一部の内装に関しては、未完成の部分もあるようだけど、問題が複雑になるから除外しよう。つまり、五つの建物も、独立した屋根飾りも、完全に完成して、使われたことは間違いない」

「え、使われていたの？」萌絵は思わず口にする。

「いずれも完全に最後まで仕上げられている。地面から数十センチほどの四角い台が造られ、その上に屋根飾りだけが彫られていたんだ。すべて完成している。もちろん、連続した岩だから、どこにも切れ目はない」

「不思議……」萌絵は腕を組んで呟いた。「どうして？」

「そう、実に不思議で魅力的な問題でした」犀川は全員を見る。「この問題に対して、西之園先生が導かれた華麗な解答があります、もちろん、この『五つのラタ』に関しては充分な史料が残っているわけではありませんので、定説というのか、これが真実だ、といった唯一確実な解答は存在しません。ただ……、僕は、西之園先生の仮説を伺って、非常に納得しました。つまり、それで安心し、自分で考えることを放棄することができたのです」犀川はそこで微笑んだ。「何でもそうですが、正解とは、真実とは、本人が最も納得できる仮説にほかならないのです。さて、もしよろしければ、ちょっと推理していただけませんか？　僕が納得した、石塔の屋根飾りに関する、細《ささ》やかなミステリィの答を……」

5

喜多も西之園捷輔もグラスを交換した。諏訪野がテーブルを回って、手際《てぎわ》よくフルーツの入った小さなワイングラスを置いていく。犀川は既に顔を赤らめていたが、機嫌は良さそうだ。他の者は黙って目だけをきょろきょろと動かし、難しい顔でお互いの顔を見合っている。

「僕が考えたのは実に単純なんだけど……」喜多が沈黙を破った。「ロケーションがヒントだと言ったね。すなわち、山奥や海岸ではなくて、比較的人里に近いところに『五つのラタ』は位置している、という事実に意味がある。で、ぴんときたんですよ。その一群の建造物は、石切り職人の学校だったんです。全部、授業の実習で造ったものなのです。だから、通常は屋根の上にのせるはずの飾りものも、高いところでは危険だし、大勢の弟子たちに教えるのが難しいから、低い安全な場所で、先生が指導したわけです。駄目かな？」

「駄目だ」犀川は簡単に首をふった。「君はまだ勘違いしているよ。屋根の上の工事が高くて危険だ、という発想が既成概念だ。岩を削って造るのだから、大きな岩場の上から削るんだよ。もともとは、屋根より高いところに地面があったんだ。だから、別に危険じゃない。

何人でも集まれる。第一、パーツの細工の練習なら、どこでもできたわけで、職工の訓練なら、当然、手ごろな小さな岩で練習をしていただろう。わざわざ、実物大のそんな建物を造る必要はないし、大きな岩はとても貴重なんだから、それを練習に使ってしまうなんて不経済だ」

「屋根飾りだけは一番細工が難しいから、最後に造らせたとか」喜多が言う。「ああ、駄目だなあ……、やっぱり」

「練習ならなおさら、本番どおりのプロセスで造るだろうね」犀川はそう言ってから、ほかの者の方を見た。「今のは不正解です」

「じゃあ、今度は私」佐々木睦子が嬉しそうな表情で話し始める。「ああ、なんだかどきどきしますね。こんなに素敵で面白いなぞなぞは久しぶりだわ……。ええ、非常に単純で素直な答だから、きっと皆さんもお考えのことと思いますわ。つまり、もともとあった岩の高さが、その塔に必要な高さに足りなかったのです。屋根飾りまで一体に削り出すだけの岩がなかった。もし、無理に造ると、全体に下がってしまって、地面の高さが低くなってしまう、という不都合があったのです。そこだけ低くなり過ぎて、水が溜まってしまったりするでしょう？　かといって、塔を小さくするなんて言語道断。おそらく、当時は、天体の位置などから、こういった宗教的な建造物の大きさは決まっていたのではないですか？　星や太陽の位置などを正確に狙《ねら》ったような設計がされていて、一つの塔だけ勝手に大きさを変えるわけにはいかなかったのです。ですから、工事監督というか、棟梁《とうりょう》は、画期的な打開策を思いついたのね。どうして屋根飾りが屋根の上になくちゃいかんのだ、ってね……。それさえ横に置いてしまえば、思いどおりの大きな塔が造れる。なかなか斬新《ざんしん》な発想ですわ。というわけで、岩は小さかったのに、たぶん、所定の高さがとても重要だったのじゃありませんか？　黄金比のようなもので決まっていたのかもしれませんね。現場で勝手に小さくできなかったのです。いかがかしら？」

「もう一メートル地面を彫り下げれば、簡単に解決しますね」犀川は答えた。「現状でも、周辺よりはかなり高いところにありますので、それくらい可能なんですよ。ええ……、水は溜まりません。天体との位置関係も黄金比もそれでクリアできるでしょう。ようするに、岩の大きさは充分にありました。さきほども言いましたが、その石塔以外の建物でも、同じように、屋根飾りが横の地面に造られています。これらは、石塔よりも高さがずっと低いものです。つまり、岩の高さが足りなかったとは考えられません」

「あら……、駄目ですか……。うーん」睦子は唸《うな》った。

「やはり、どうしても、それを屋根の上にのせようとした、としか考えられん」西之園捷輔がその横で言う。「ちょうど、その頃、接着剤というか、セメントか漆喰《しっくい》みたいなものかな、そういった新しい技術が西洋の方から伝わってきて、それを当てにして、そこまで造った。たとえば、技術のある職人がほかの現場で忙しかったので、さきに塔だけを弟子たちが造って、あとからその師匠格の職人がやってきて、横で屋根飾りを彫った。そんなことが可能だったのも、その新技術のセメントが伝来したおかげなんだが……、途中で戦争になったのか、洪水で川が渡れなくなったのか、肝心のセメントが現地に届かなくなってしまったわけだ。しかたがないので、屋根飾りを切り離すのもやめてしまった。切り離すからにはくっつけなくちゃいかん。くっつけられないのなら、切り離すわけにはいかない、というような理屈だね」

「お兄様の話はいつも長いのよ」睦子が首をふった。「そんなつまらないアイデアに、洪水だとかセメント伝来だとか、余分なストーリィをつけてごまかしても駄目ですよ」

「いえ、面白い仮説でしたよ」犀川は言う。「しかし、漆喰やセメントの技術はとても古いもので、さらに何千年も以前からあります。ただ、この石窟建築には一切《いっさい》使われていません。さきほどから何度も繰り返していますが、一体成形が基本です。岩が連続していることに価値があったのか、その方が簡単だったからなのか知りませんが……、例外はありません」

「犀川先生」国枝桃子が犀川の方を見て、片手でメガネを押し上げる。「自分でも特に素晴らしい答だとは納得できないので、これが正解だとは思えませんが……」

「うん、どうぞ」犀川は頷く。「是非、君のアイデアを聞いてみたいね」

「私が考えた仮説は、簡単です」国枝が話した。「つまり、石塔を造った人たちと、屋根飾りを造った人たちが、別のグループだったというものです」

「あ、それ……、私と同じです」萌絵が手を挙げる。

国枝が萌絵を見て黙った。

「すみません、国枝先生」萌絵は手を合わせて頭を下げる。「どうぞ、お続けになって下さい」

「西之園さんの仮説とは、たぶん違うと思うわ」国枝はまったく表情を変えずに言った。「最初に建物を造ったグループは、すべてを完成させたんです。つまり、屋根飾りはちゃんと造られていました。ところが、その後、権力者が交代して、その建物を造り直すことになったわけです。おそらく、屋根飾りには、権力者個人か家柄を象徴する紋章のような意匠が含まれていたと思います。したがって、どうしても、その部分を造り直す必要があった。そこで、まず、屋根飾りの部分を綺麗に取り去った。次に、たまたま、その建物のすぐ横にあった、石の腰掛けか、あるいはテーブルか、それとも石碑だったのか、そんなものを利用して、そこから新しい塔を造り始めたのです。すなわち、一番上の屋根飾りから造り始めた。おそらく、その新しい権力者は、工事現場へ視察に訪れたと思われます。それで、屋根飾りだけができている段階で、一応の仕上げがほどこされているわけです。台の部分なんかが、その視察のために造られたのだと思います。この下は、こんなふうになりますよ、というように、隣の古い塔を見てもらうこともできて、プレゼンの効果はあったでしょう。もちろん、そちらの塔はいずれ取り壊す予定でした。ところが、その時点で、その新しい権力者もまた失脚してしまった。工事はそこで中断したまま……」

「うん、なるほど、一応の説得力がある」犀川は真面目《まじめ》な顔で頷いた。「通常、同じ場所に形だけを変更して造り直すのだとしたら、既にある石塔を削って、もう少し小さなものに造り直すか、あるいは、先の部分をその中から彫り出して、さらに下に造っていく。つまり、屋根飾りを古い石塔から彫り出して、さらに地面の下に彫り下げていく。そうすれば、全体として無駄が少なくなる。確かに、国枝君が言ったみたいに、塔のそばに石碑のようなものがあって、それを利用して造り始めた、というのは面白い発想だね。もしかしたら、既存の塔を見ながら、そっくり同じものを造ろうとして、すぐ隣にわざと残しておいたのかもしれない」

「正解じゃないの?」萌絵がきいた。

「不正解だね」犀川は口もとを上げる。「新しい権力者であれば、きっと、まったく新しい場所に造り直しただろう。それから、石塔だけならともかく、他の建物も同様に造り直そうとしていたのだろうか? もしそうだとすると、お互いに高さが違うんだよ。このまま彫り下げていったら、どうなる? 上で揃《そろ》ってしまうから、高さが全部、石塔と同じになってしまうか、あるいは地面のレベルが揃わなくなる」

「あ、そうですね」国枝は頷いた。「うっかりしていました」

「あちゃあ……」萌絵は舌を出した。

「何ですか、その言葉は……」隣の睦子が萌絵を睨んだ。「あちゃあ？　嘆《なげ》かわしい」

「叔母様、失礼しました」萌絵はすぐに澄ました表情で姿勢を正した。「いえ……、私も、犀川先生の説に近い仮説を考えていましたので、ただ今の、建物の高さの違いに関する国枝先生のご指摘は、大変衝撃的でしたの。そのショックを、つい現代風に表現してみました」

「表現しなくてけっこうです」睦子が突き放す。

「もう、叔母様ったら……。そう血ナマコにならなくても、よろしいでしょう？」

「血眼《ちまなこ》です」睦子はそう言ってからくすくすと笑いだした。「ああ……、可愛らしいことを言うわね」

「もう……」萌絵は口を尖らせる。「言い間違えただけです」

「言い間違えていなくても、用法が不適当だ」犀川が言う。

「ああ、もう、先生まで」萌絵は大きな溜息をついてから、頬を膨らませた。

「それじゃあ、西之園君の仮説を聞こう」犀川は言う。

「はい……」萌絵は一瞬で笑顔になる。「国枝先生のお話になったのと同じアイデアを私も考えました。実は、新しい権力者は、まえの権力者の娘の婿《むこ》養子だったのです。それで、その義理の父親が死んで、こっそり同じ場所で石塔を造り直そうとしたんですけど、奥さんの手前、もとの石塔をそうそう派手に取り壊すわけにもいかない。そこで一計を案じ、夜のうちに密かに屋根飾りだけ部下に盗ませます。そのうえで、それが敵対する組織に破壊されたと嘘をついて、それを言い訳に、今度は自分の気に入ったデザインで屋根飾りを造り直そう、ついでに、石塔も造ってしまおう、という巧妙な企《たくら》みだったのです。ああ……、でも、塔の高さの問題は、ええ、致命的ですよね」

「そこまで考える貴女が凄い」国枝が言った。

「もう一つあるんですよ」萌絵はにっこりと微笑む。「これはちょっと地味だから、たぶん駄目だと思いますけど。なんというか、トリック・アートみたいなものだった、という仮説です。つまりですね、屋根の上にあるはずのものが、地面から突き出している、という、その造形自体がとっても面白いでしょう？　その、なにか……、連続というか、無限大というか、メビウスの帯というか、そんな連鎖を表現している気がしませんか？　人は、建物の下に立っているのに、同時に、上から見下ろすことになる、なんて……とても哲学的だし、その連想がインドの宇宙観にも見られると思うのです。たとえば、同じものを造り直すにしても、常に連続を保ちながら、常に一個として存在させる。つまり、下で造った分を、上では削っていく。そうやって、有機的で生命的な連続性を保持しながら、細胞の新陳代謝のように滑らかに建て替えを行ったのです。だって、工事にはとても長い年月が必要だったのでしょう？　こうすれば、いつも一体の石塔が、トポロジィ的には存在するのですから」

「西之園君、自分の言っていることが把握できてる？」犀川はくすくすと笑いながら言った。

「あれ、変ですか？　おかしいなあ……。とってもわかりやすいアイデアだと思ったのですけど」

「それが地味だと思う貴女が凄いわ」国枝が言った。

「いや、今まで出た仮説の中では、群を抜いて突飛だけど、最も説得力があるよ」犀川は小さく頷いた。「的確な言葉にならなかったようだけど、好意的に意訳すれば、なかなか魅力的な仮説だね。それで論文が書けそうだ」

「そうですね」国枝桃子が萌絵を見ながら真面目な顔で頷く。

「でも、正解じゃないのですね？」萌絵は犀川を見た。

「うん」犀川は答える。「残念ながら、そんな哲学的な解答じゃないんだ」

6

「他に意見はありませんか？」犀川が全員の顔を順番に見た。みんなが小さく首をふった。

「お嬢様……」諏訪野が萌絵のところに来て囁く。「そろそろ、冷たいデザートをお出しいたしましょうか？」

「そうね……」萌絵は頷く。「アイスクリーム？」

「シャーベットか……」諏訪野が答えた。

そこで、全員からアイスクリームかシャーベットかの注文を取って、諏訪野が部屋から出ていった。

「それじゃあ、デザートが来るまで、考えよう」喜多が言う。「だけど、もう……、ちょっと出尽くした感はあるなあ」

「今、皆さんが出した仮説は、全部、当時も議論されたものですよ」犀川が説明する。「西之園先生が書かれたメモが残っているのです」

「私、読んだことないわ」萌絵が言う。

「君が読んでいないものが、まだまだ沢山あるよ」

しかし、そのあとは、問題とは直接関係のない雑談となり、そうしているうちに、デザートが到着してしまった。

「もう、さきほどの問題は解決いたしましたでしょうか?」銀色のカップをテーブルに並べ終えたあと、諏訪野が尋ねた。

「いいえ」萌絵が答える。「もうギブアップね。あ、そうだ、諏訪野にも、この写真、見せてあげる」

萌絵は諏訪野に西之園恭輔博士の写真を手渡す。彼は両手でそれを受け取り、深々と頭を下げた。

「ほう……、これはこれは」そう呟いて、彼は、懐《なつ》かしげにその写真に視線を落し、じっと黙り込んだ。

「諏訪野はどう思う?」萌絵はなにげなく尋ねた。

「あ、あの……、何が、でございますか? お嬢様……」写真に見入っていた彼は、驚いて顔を上げる。

「ですから、何か面白いアイデアを思いつかない?」萌絵はテーブルに頬杖をついている。

「はあ……」一人だけ立っている諏訪野はゆっくりと頷いた。「何も思いつかない、というわけでもございませんが、なんとも、その……、さように差し出がましいことは、その、お嬢様、私のような者が申し上げるなど……」

「言いなさい」萌絵がすぐ言う。

「いえ、申し訳ございません。お嬢様、どうかご勘弁下さい。いや、これは諏訪野がいけのうございました。どうも最近、締まりが緩《ゆる》くなっておりまして、ついつい口が滑《すべ》りましたもので……」

「もう! さっさと言いなさい」萌絵が笑いながら言う。

「諏訪野、遠慮はいりませんよ」横で睦子が言った。

「はい……、恐れ入ります」諏訪野はまた頭を下げた。「承知いたしました。それでは、手短に申し上げましょう。お嬢様からたった今いただきましたこの写真を拝見しまして、思い至ったのでございますが……」

「え？　写真からですって？」萌絵が諏訪野に手を伸ばす。

「はい」諏訪野は萌絵に写真を返しながら答えた。「旦那様以外の周りにいる者の服装から、当地はかなり蒸し暑い気候だったものと推察いたします。ところが、旦那様は、麻のスーツをお召しになっておられます。また、革靴をお履きになっていらっしゃいます。これによりまして、この土地が、それほど山奥ではなく、車で比較的容易に行くことのできる場所にあることが窺《うかが》われるものと存じます」

「それで手短なの？　諏訪野、貴方、いつも話が長いわよ」睦子が微笑みながら言った。

「場所が山奥じゃないことは、犀川先生が最初におっしゃいましたよ」

「さようでございました。申し訳ございません」諏訪野はまた頭を下げた。「ただ、私が申し上げたいことは、おそらく、それが、この建物が造られた当時でも同様であった、という点でございます。いつの世にも、こういった建物を造らせることができる権力者は、遠い道のりを嫌い、足場の悪い山奥や海岸の絶壁には、なかなか足を運びたがらなかったのではないでしょうか。それに対しまして、それらを建造することで生活をしている技術者集団がいたものと推察いたしますが、これはつまり、現代でいうところのゼネコン、あるいは、住宅会社のようなものでございますから、当然ながら、それなりの営業活動を行う必要がございましたでしょう。したがいまして、私が想像いたしますのは、まさに、その点でございます」

「どういうことなの？」睦子が首を傾げた。

「はい、すなわち、この一群の建物は、本来は山奥あるいは岸壁に建造される本格的な建造物のための、見本でございまして、今でいうところの住宅展示場と申しますのか、いわゆるモデルルームではなかったか、と……、その、適当な言葉を思いつきませんが、そういった案配のものであったのでは、と存じます」

「ああ……、サンプルのディスプレイね」萌絵が口を開けた。「そうか、だから、わざわざ、王様に見てもらうために、屋根飾りを見やすいところに造ったのね？」

「さようでございます」

全員が諏訪野を見たまま、沈黙した。それから、犀川の方に視線が移った。

「正解です」犀川は頷き両手を広げた。「完璧な解答でした」

「凄いわ、諏訪野！」萌絵が椅子から立ち上がる。

「呆れた……」睦子がようやく口をきく。彼女は諏訪野を見据え、大きく二度瞬いた。「貴方……、ええ、見直しましたよ。そう、もちろん、思慮深い人間だとは思っていましたけれど……、ああ、本当、ごめんなさい。私、ちょっとびっくりしてしまって……」

「なるほどなあ……」西之園捷輔が大きく頷く「住宅展示場か。それで、ロケーションが問題だったんだね。タイプの違う建物が並んでいるのも、そのためか」

「なかなか、良い問題だった」喜多が犀川を見る。「諏訪野さんの答を聞いて、一瞬、背筋が寒くなったもんな」

「その論文を読まなくてはいけませんね」国枝がメガネを外して言った。「ええ、興味深いお話でした。犀川先生、もう一本、煙草を吸って下さい」

「僕は、ただ、話をしただけだよ」犀川は口もとを上げる。「そもそも、この問題を紹介してくれたのも、綺麗な解決を用意されたのも、西之園先生だ」

「ああ、凄いわ」萌絵はまだ立っていた。「だけど、本当、よく思いついたわ……、私、諏訪野の思考がトレースできないもの……」

「いいえ、お嬢様……」諏訪野は萌絵に一歩近づいた。「その写真をよくよくご覧いただければ、簡単なことです」

「いいえ、そんなこと……」萌絵は首をふる。

「なんとも……」諏訪野は急に困惑《こんわく》した顔になる。「困ったことになりました。あの……、今さら、申し上げにくいことでございますが、どうか、その写真を……、今一度……」

「え、何なの?」睦子が、萌絵の持っていた写真を覗き込む。「写真がそんなに重要なの?」

「はい……」諏訪野は下を向いて言った。「その一番右で、三脚とカメラを担いでおりますのが……、私でございます」

マン島の蒸気鉄道

Isle of Man Classic Steam

1

「プロペラ機だと思っていた」シートベルトをしながら喜多北斗《きたほくと》は呟いた。

「私も……」友人の大御坊安朋《だいごぼうやすとも》が横で頷く。「まえに来たときは、確か……、もっと小さな飛行機だったわよ」

プロペラはない。一応ジェット機だ。しかも中央の通路の両側に三人ずつ座っているのだから、胴体も細くはない。百人は無理にしても、小型機ではないだろう。それに、何よりも新しい機体だった。

飛行機が小さいと恐がる人がたまにいる。船の場合は大きい方が安全なのは理解できるが、その法則を飛行機にもそのまま適用できる理屈は何か……、と多少の疑問が残る。つまりは、道連れが多い方が何となく安心できるからなのか。もしそうであれば、楽観的な観測だ。

ロンドンのヒースロー空港から二十分遅れで飛び立った飛行機に、今二人は乗っている。目的地まで一時間ほどのフライトだとアナウンスがあった。

喜多はドイツのハノーバで開催されたカンファレンスに出席し、論文発表をした。それが終了したのが一昨日のことで、昨日はロンドンへ飛び、大御坊と合流した。この友人は、職業作家であり、取材と称して頻繁にヨーロッパに遊びにきているようだ。実は、喜多と大御坊は、同じ中学・高校の同期生で年齢は同じ。そして、今のところは、性別も同じだった。

大御坊の外見には、並外れて人目を引く生々しさと、常軌を逸した派手派手しさが共存し、それがこの男（今のところ男だ）のパーソナリティの象徴であるわけだが、ロンドンの街を歩かせれば（特に、ピカデリー近辺をサタデーナイトに）、多少は許容できる範囲かもしれない、という気が仄《ほの》かにしないでもない。気のせいだろう、と喜多は思った。どちらにしても、並んで歩くのも、並んでシートに座るのも、できれば避けたい人物ではある。とりわけ、通路の反対側のシートに金髪の美人が座っているような場合には、大御坊とは一言も口をききたくない。そういった場合は、断じて他人として振舞わなければならない（幸か不幸か、現在はその最悪のケースではなかったが）。

飛行機は無事に上昇し、シートベルトのサインが消えると、スチュワーデスが慌ただしく飲みものを配りにきた。二人とも、ビールを選んだ。

「犀川《さいかわ》君、船だって？　馬鹿よねぇ、あれ、四時間以上かかるんだから」大御坊は、缶ビールとプラスティックのカップを受け取りながら言った。「船なんかに乗るのはさ、車とかバイクを島へ持ち込みたい連中だけだと思うわ」

「いや、創平は、リバプールの街が見たいって話していたよ」喜多はビールを飲みながら言う。「あいつの言う街っていうのは、道路とか橋とか建物とかって、文字どおりの街のことだからなあ」

「え？　それ、普通とどう違うわけ？」

「人間が含まれていない」

「それって、喜多君の方がおかしいわよ」

「そんなことないよ」

二人の話題に上ったのは、犀川創平《そうへい》という共通の友人で、やはり、同じ中学・高校の出身、同じ年齢、同じ性別だった。犀川は、現在、喜多と同じN大学工学部（学科は別々である）の教官で、偶然にも、イギリスのC大学を先週から訪れている。今まで、二人とも何度か海外出張をしたが、時間的に重なったのは今回が初めてのことだったし、それが地球上の比較的近距離の場所だったこともまた偶然だった。そもそも、この偶然が、もう一人の友人である大御坊安朋を呼び寄せ、さらには、今回のイベントに発展した。いったい何人が、はるばる日本からやってくることになったのか、と喜多は指を折って人数を数えたほどだ。

目的地は、アイリッシュ海に浮かぶ人口七万人の小さな島（といっても南北に五十キロほどはある）、マン島だった。日本の旅行社のパックなどでは見かけない、ガイドブックにもあまり載っていない、マイナな場所である。どうして、このような僻地《へきち》が集合場所になったのか、といえば……、それは、犀川創平の教え子であり、大御坊安朋の従妹《いとこ》に当たる西之園《にしのその》萌絵《もえ》、その彼女の高貴な叔母、佐々木睦子《ささきむつこ》（いうまでもなく、愛知県知事夫人である）が、この地に別荘を所有しているからにほかならない。嘘のような話であるが、名門、西之園家の周辺には、嘘のようなとんでもない話が、嘘のようにとんでもなく沢山《たくさん》存在し、それらが、ごく普通のことに成り下がる傾向にあった。

ようするに、佐々木睦子も、今夜のパーティのために日本からわざわざやってくる。これは非常に恐れ多い（文字どおりの意味だ）ことである、と周囲の人々に複雑な思いの溜息をつかせる結果となった。だが、当の睦子は、日帰りでロンドンに買いものにいったことがあるわ、と笑い飛ばしただけ。それでは何の理由にもなっていないので、周囲の者たちは、視線を慎重に逸《そ》らしたうえで、密かに首を捻《ひね》った。

当然ながら、西之園萌絵も来る。名門西之園家の一人娘、現役の超お嬢様である。彼女がやってくるとなれば、現役執事であるところの諏訪野《すわの》もお供をする、ということになるだろう。したがって、これで合計六人だ。喜多と犀川を除けば、ただ一夜の晩餐《ばんさん》のために、数万キロメートルを何十時間もかけて往復するのだから、果てしなく馬鹿馬鹿しい。実に無駄である。けれど、「贅沢」という概念の具体的な内容とは、結局は「無駄」以外にないのである。

マン島の空港は、カッスルタウンという名の街の近郊にある。喜多と大御坊がトランクを転がしてロビィに出ていくと、西之園萌絵が片手を振って走ってきた。

黒い革製のキャップをかぶり、やはり黒い革ジャンに黒のジーンズだった。彼女は、二人の前で立ち止まり、お辞儀をしてから、魅力的ににっこりと微笑《ほほえ》んだ。

「喜多先生、フライトはいかがでしたか？」萌絵は、高貴な角度と呼ばれる微妙な分量だけ正確に首を傾けて尋ねた。

「ファンタスティック」喜多は答える。「あ、そうか、日本語でいいのか……」

「犀川君は？」大御坊が尋ねた。「もう、こっちに着いた？」

「いいえ、このあと、ポートへお迎えにいきます」

「ああ、そうか……、僕たちはそのついでなんだ」喜多は苦笑して言う。「いいんだよ、僕ら勝手にタクシーで行くからさ。西之園さん、一人だけで犀川を迎えにいきたいんじゃないの？」

萌絵は神妙な顔で顎を引き、上目遣いになった。

「実は、そうなんです」彼女は囁《ささや》くように言う。

「え？」喜多は口を開けたままになる。

「ああ……、そうなの。冗談で言ったつもりだったのに……」

「すみません、喜多先生」

「何なの、それ……」大御坊も吹き出した。「貴女《あなた》、私たちを迎えにきてくれたんじゃないわけ？」

「ごめんなさい」萌絵はぺこりと頭を下げる。上げた顔は無邪気に微笑み、前歯が唇を噛《か》んでいた。「だって、私の車、二人乗りなんです。あの……、タクシーですぐのところですから……」

ロビィから出ると、芝生のロータリィの中に、人間の脚だけのオブジェが見えた。金属製の細長い脚である。片膝《ひざ》だけを地につけた形をしているが、不思議なことに、胴体に当たる部分も脚で、それが空に向かって蹴り上がっている。つまり、脚だけが三本あるのだ。

不思議なオブジェではあるが、これが、ここマン島のシンボルであった。三本脚の神様が島を支配していた、という伝説に基《もと》づいているらしい。この島のシンボルマークは、まるでプロペラのように回りそうな三本の脚。マン島でしか流通しない独自の紙幣にも三本脚のマークがある。ロンドンから乗ってきた飛行機の尾翼にも、このマークが描かれていた。Tシャツにも、看板にも、パンフレットにも、とにかく、いたるところで、三本脚を見かけるのだった。

すぐ近くに、白いオープンのスポーツカーが駐《と》められていた。よく見ると、紛《まぎ》れもない、TVRのキミーラ・クラブマンである。他にツーシータは見当たらないので、たぶん、それが萌絵の車だろう、と喜多は思った。右手に行ったところのタクシー乗り場で、萌絵が運転手に行き先を指示していた。そのタクシーのトランクに荷物を載せて、喜多と大御坊は後部座席に収まった。

「それでは、のちほど……」萌絵は窓の外から上機嫌の表情で言った。両手を広げてお星様の遊戯を見せているようだった。おそらく、気持ちは既にフェリィで上陸する人物の方へ行っているのだろう。

喜多は黙って頷《うなず》き、片手の指を立てて返事をした。

「来るんじゃなかったって、後悔してるでしょう?」タクシーが走りだすと、大御坊が小声で囁いた。

「まあな……」

「ロンドンで、遊んでた方が良かったって……」大御坊は、笑いを堪《こら》えるような表情だ。

「言えてる」喜多は素直に返事をする。

「可愛い女の子といえば、萌絵ちゃんだけだしね……、その彼女は、犀川君しか見てないし……」

「人の心を読めるようだな」喜多はわざと不機嫌な顔を作って答えた。「それ以上しゃべるなよ」

大御坊は鼻息をもらして笑いだした。

2

犀川創平は、コンクリートの桟橋《さんばし》を歩いて、安っぽい建物の中に入った。フェリィボートから降りたところだ。シー・キャットという安易な名前の船は、双胴で幅が二十メートルほどもあった。想像していたよりもずっと大きかったし、乗客も多かった。観光案内には、リバプールからマン島まで四時間の航海と書かれていたのに、これは犀川の読み間違いだったのか、二時間ほどであっさりと到着してしまった。隣に座っていた老人にきいてみたら、この季節は、船が最新式のものだから特別に速い、と説明された。しかし、どう見ても、最新式というには程遠い普通の船だったし、速度も普通だ。そうなると、四時間もかかる方の船に俄然《がぜん》興味がわく。是非今度はそちらに乗ってみたいものだ、と犀川は思った。

おそらく、西之園萌絵はまだ迎えにきていないだろう。辺りを歩いて、ダグラスの街を見物しようと決めて、待合いのホールで煙草に火をつけ、インフォメーション・コーナで地図を探していたら、後ろから肩を叩かれた。

「先生」萌絵がにっこりと微笑んでいる。あまりの圧倒的な笑顔につられて、笑いそうになったが、犀川は思いとどまった。

「ああ……、西之園君か、早いね。まだ、約束の時間じゃないのに……」

「抜かりはありませんよ。ちゃんとシー・キャットのことを調べたんです。あ、先生、間違えているなって……」

「そう、間違えていた」

西之園萌絵は、小刻みに垂直跳びをしているように躰《からだ》を揺すった。足首を鍛《きた》えているのか、それとも、嬉しさを表現しているのか、どちらかだろう。その様子を観察していたら、突然、彼女は犀川に近づき、抱きついてきた。彼は、思わず後方に数歩よろけてしまった。萌絵は、犀川の講座の大学院生である。年齢差は十三。しかし、お互いに独身であり、後ろめたい状況では決してない。それにしても、ここが職場から限りなく遠く離れた地であって良かった、と犀川は一瞬思った。

「再会のキッスとか、ないのですか？」萌絵はようやく離れて、口を尖らせる。

「ない」犀川は口もとを上げた。表情がひきつっていただろう。「再会って……、先週のゼミ以来だろう？」

「まあ、お楽しみは、あ・と・で」彼女はもう一度微笑む。よほど機嫌が良いのだろう、彼女の歴代の笑顔の中でも上位にランクされる笑顔だった。

「そう……、ここのミュージアムね」犀川は頷いて、ロビィのスモークガラスの外を見る。

「噂を聞いて、ちょっと楽しみにしているんだ」

「そんなお話じゃありません」西之園萌絵が目を丸くして、ぶるぶると首を横にふったが、犀川は歩きだした。

ロータリィに駐めてあった彼女のオープンカーは、座席が二つしかない低機能のものだった。犀川には、もちろん、車種もメーカもわからないし、興味もない。エンジンを始動し、萌絵はサングラスをかけてから、車を出した。

「もっと涼しいと想像していたけど、わりと温かいね」犀川は風景を見ながら話した。海岸沿いの道路には車が多く、萌絵のスポーツカーもゆっくりとしか走れなかった。このため、風はさほど気にならない。

「ええ、海で泳げますよ」

海岸の堤防は右手。メインストリートの両側には、路上駐車の車がずらりと並んでいる。車線の中央には、路面電車のレールがあった。海と反対側の左手は、ガーデンを隔てて白壁の中層建築群で、一階がレストラン、あとはホテルだろうか。どこか、地中海風の雰囲気（おそらく、不適切な連想だろうが）が漂《ただよ》い、「リゾート」という表現が似つかわしい。

「寂《さび》れた漁村を想像していたけど……、観光地なんだ」

「大型のバイクが沢山駐まっているでしょう」萌絵は歩道の方を指さした。「一〇〇〇ccクラスのもありますよね。あ、ほら、あれなんか、L型の二気筒だわ。ああ、音を聞いてみたいわぁ」

「バイクがどうかしたの？」

「オートバイ・レースで世界的に有名なんですよ、この島は」

「へえ……」

そう言われてみれば、ホテルの前の歩道に、ずらりと大型バイクが並んでいる。たまに見かける看板にも、日本のオートバイ・メーカのロゴが大きく目立っていた。

路面電車のレールかと思われたところを、馬車が走っているのに出会う。馬がレールカーを引いている、いわゆる馬車鉄道だった。

「あれは、喜多が喜びそうだ」犀川は呟いた。

「そうですね……、たぶん、今頃はもう、安朋さんと一緒に、蒸気機関車の写真を撮《と》りにいかれてるんじゃないかしら……」

喜多と大御坊は、根っからの鉄道マニアである。二人とも鉄道模型の趣味で結ばれている、といって良い。彼らが、このマン島にやってきた理由も、この島にある有名な鉄道のためだった。なんでも、マニアの間では垂涎《すいぜん》の代物《しろもの》なのだそうだ。犀川も、興味がなかったわけではない。中学生の頃には、喜多と一緒に蒸気機関車の写真を撮りにいった経験もある。ただ、近頃では、もっと興味のある対象が沢山、犀川のおもちゃ箱に詰め込まれ、蒸気機関車やトロリー電車は箱の底の方へ押しやられてしまっただけのことだ。

マンクス博物館は、海岸線のメインストリートから、一ブロックほど奥に入った傾斜地に建っていた。外から見た印象では、とても小さかった。萌絵が路上に車を駐め、犀川が外に出て建物を見上げていると、彼女は車のフロントを回ってくるなり、彼の片腕にしがみついた。

「西之園君、歩きにくいよ」

「少々のことは我慢して下さい」平然と萌絵は言い返した。「この島では、人目を憚《はばか》る理由はないのよ、先生」

西之園家の女性は、よく意味のわからない理屈を言うのである。

館内の展示は実に凝ったもので、レイアウトにも工夫が凝らされていた。犀川はそれに感動した。一人だったら、さらに一時間は観ていたことだろう。しかし、萌絵がずっと躰を寄せているので、どうも落ち着かない。この島の歴史に思いを巡らせる以前に、萌絵の髪の香が気になった。

売店で、同人誌のようにマイナな研究本を三冊、それに写真集を二冊だけ買って、建物を出た。

「さてさて、それでは、ちょっと島をご案内しますね」嬉しそうに萌絵が言う。彼女はツーリスト用のパンフを広げて、犀川に地図を見せた。「ラクシィで巨大水車を見て……、ラムゼィから、山に上って……、スネイフェル登山鉄道とクロスする辺りに、TTオート・レースのミュージアムもありますよ。あとは、西の海岸に出て、ピール、ダルビィ、ポート・イアリン。この辺はもう景色が最高です。で、ぐるりと回って、カッスルタウンの叔母様の別荘まで、というコース」

「こっちに走れば、すぐなのに、大回りするんだね。時間はどれくらいのコース？」

「もし先生が運転したら一時間半ってとこかしら。私だったら、一時間弱です。先生がお望みならば、五十分のコースレコードに挑戦してみましょうか？」

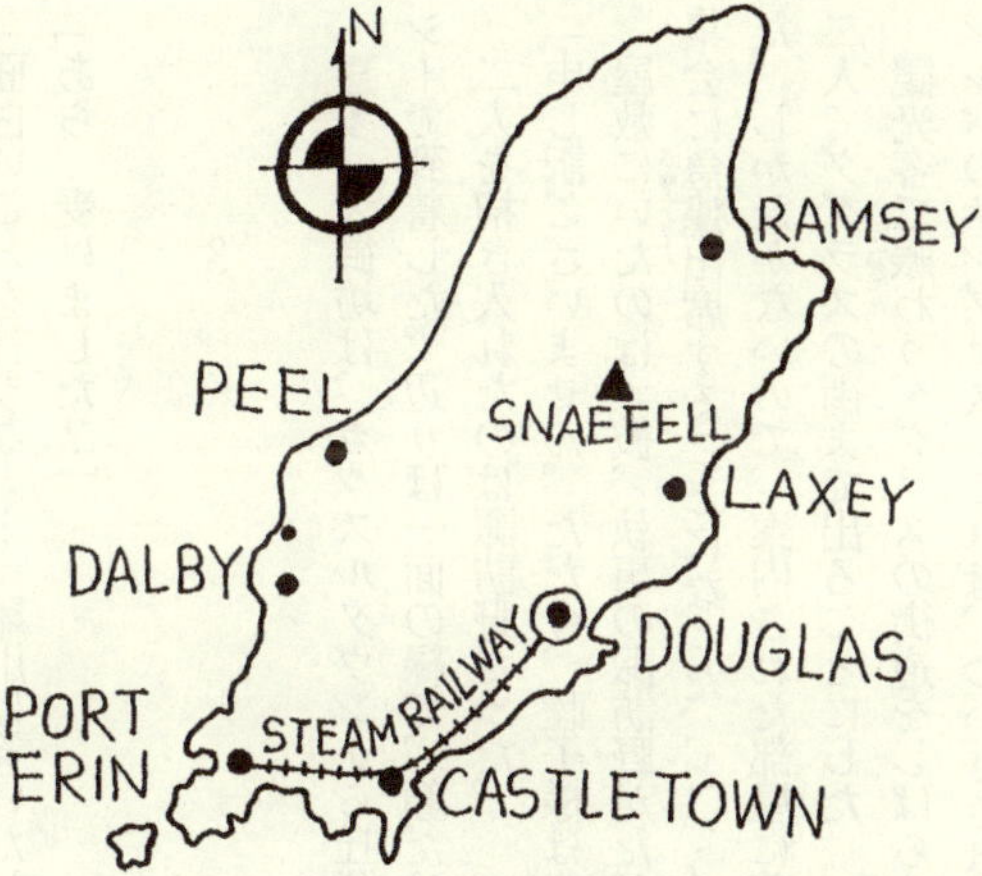

「それ……、車のスピードの差？」犀川は顔をしかめる。

「当たり前じゃありませんか」萌絵は白い歯を見せて、微笑む。「相対性理論だとでも、おっしゃるのですか？」

「できれば、挑戦しないでくれ。遠慮したい」犀川は苦笑した。「あ、そうだ、僕らも、蒸気機関車のいるダグラス駅を見にいこうよ」

「嫌だ」萌絵は首をふる。「駄目」

「なんか、いつもの君と違うね」

「ええ」

「はっきりものを言う」

「本能のままに。どきどきですけれど……」

「えっと、ダグラス駅をちょっとだけ見て、そのあとで、ドライブでは？　ただし、ゆっくりとね」

「しかたがありませんね、妥協しましょう」萌絵は、にっこりと頷く。「いろいろとお世話になっていることですし」

「面白いことを言うな……」犀川は笑いだした。

「あら、受けました?」

3

喜多と大御坊は、カッスルタウンから丘陵に上がった斜面に建つ佐々木睦子の別荘にタクシーで到着した。辺りは一面の緑で、顔だけが黒い羊が何頭も見える。

二人を招き入れたのは諏訪野だった。

「申し訳ございません。ただ今、睦子様はお出かけになっていらっしゃいます」

屋敷にいたのは、彼、執事の諏訪野がただ一人。佐々木睦子は、教会で行われている婦人集会に急遽《きゅうきょ》出席することになった、という。もちろん、西之園萌絵はまだ戻っていなかった。しかたがないので、案内された部屋に荷物を置いてから、タクシーを呼んでもらって、二人でダグラスの街まで出ることにした。

観光客で賑《にぎ》わうダグラスの街道をしばらく歩いた。喜多はアロハシャツにベスト、それにシルバのサングラス(これは、ついさきほど買ったばかりの現地調達品だ)、大御坊はレインボーカラーのトレーナに、段々フリンジ付きのパンタロン(一言で表現すれば、であるが）だった。

「派手だな」出かけるまえ、喜多は一言だけ大御坊のファッションについてコメントした。

「まあ、菊人形ほどではないけど」

「あら、そう？　菊人形よりは勝ってると思ったわ」

　街を歩いているとき、何度か、大御坊は喜多を見失った（もちろん、その逆はありえないだろう）。振り返ると、決まって、喜多は若い女性と親しそうに立ち話をしている。そのたびに、大御坊はじっと待たなければならなかった。

「マメよねえ……」大御坊は呆《あき》れて首をふる。「たとえばさ、話がまとまったって、どうするつもり？　今日は、佐々木家でディナなのよ。そのあとで出かけようって魂胆《こんたん》？」

「人生、常に修行なんだよ。いつ何があるかわからん」喜多は真面目《まじめ》な眼差《まなざ》しのまま、口を斜めにする。「やれるときに、最善を尽くすのみ」

「大袈裟な……」大御坊は笑う。「単に、女の子ひっかけてるだけじゃないの」

「駅へ行くか？」喜多は腕時計を見た。「確か、こちらの方角だよな」

「私は最初から、そのつもりで歩いてるの」大御坊が目を回して言った。「いったい、どこへ向かっていると思ってたわけ？」

　入江に近い河口に並ぶ数隻の漁船が見え、その向こう側には、緩《ゆる》やかな丘陵地がずっと高いところまで望める。鮮やかな緑の草原には、米粒のような白い羊の群れが動かない。それを横に見ながら、坂道を上っていくと、やがて店も少なくなり、観光客も姿を消した。

「あれあれ、なんか、こっちは寂しいわね」大御坊はポケットから地図を出して広げる。

「間違っているのかしら」

「いや、あそこに標識があるから、間違いない」喜多が指さした。

スチーム・レイルウェイの駅は、煉瓦《れんが》造の可愛らしい建物だった。最初は、坂道の途中にゲートだけが見えた。そこから入って階段を下りていくと、その駅舎の前の狭い広場に出る。ダグラス駅は、ターミナル（始発・終点の駅）なので、線路は、そこから一方向に、西へ向かって延びているはずだ。広場は駅舎の東側になる。建物の向こう側がホームであろう。

広場に面した出入口の壁に、「ノー・ウェイト」の標示板が掛かっていたが、その真ん前に、白いオープンカーが駐車されていた。

「TVR・キミーラだ」喜多が囁く。「西之園さんのじゃないか。まいったな……、鉢合わせか？」

「飛行場にあった車ね」大御坊は頷いて、こちらを振り返った。「ええ、この島に、たぶん一台しかないでしょうね。萌絵ちゃんのっていうか、佐々木夫人のものだと思うけど」

「ああ、そういえば、そうか……」

駅舎の右手から回って、歩いていくと、ホームと線路が見え始める。イギリスの駅には、日本のように改札口はなく、ホームには、どこからでも入ることができる。

案の定、西之園萌絵と犀川創平がベンチに腰掛けていた。その他には、近くに誰もいない。線路のずっと先、本線から分岐したところに、機関車庫があった。その辺りに何人かの人影が動いているのが見える。おそらく、鉄道マニアが写真を撮《と》るために、構内に入っているのであろう。

「わあ……、喜多先生と安朋さん」萌絵がベンチから立ち上がった。革のジャンパを腕を通さずに羽織っていた。「あらあら、こんなつまらないところに、皆さん結局集まっちゃって……」

「残念だったね」犀川がベンチから喜多たち二人を見上げて言った。「たった今、列車が出ていったところだよ。グリーンの機関車だった」

「また、戻ってくるさ」喜多は言う。「往復で二時間ちょっと。向こうからも出るはずだから、一時間も待てば来る」

「一時間も待つつもりなんですか?」萌絵が呆れた表情で言った。「信じられない……。蒸気機関車って、頼りない感じですね、爆発音がなくて……。同じエンジンとは思えないわ。ギアもないんでしょう? なんかべたべたした感じで、私は好きになれません」

「ピストンとか、そこから延びる太いロッドとか、セクシィよねぇ」大御坊が嬉しそうに言う。「鉄の塊っていうのが、とにかく、ぞくっとくるわけよ。貴女のような子供にはわからないの」

「えっと、一緒にしないように……」喜多は萌絵に顔を近づけ、自分と大御坊を指で交互にさした。

「私と犀川先生は、今からドライブなんです」萌絵は口を斜めにして言った。「ね、先生、もう行きましょう」

萌絵は、ベンチに腰掛けていた犀川の手を引っ張った。彼は立ち上がる。

「スピードの好きな誰かと代わってもらいたいな」犀川は呟いたが、そのまま彼女に引っ張られていった。

喜多は舌打ちしてから反対方向へ歩きだす。線路の延びている先の機関車庫を見ようと思った。大御坊もついてきた。

「ねえねえ、私たちもさ、ドライブしてこない？　これに乗るのは明日にしてさ」

「レンタカーか？」

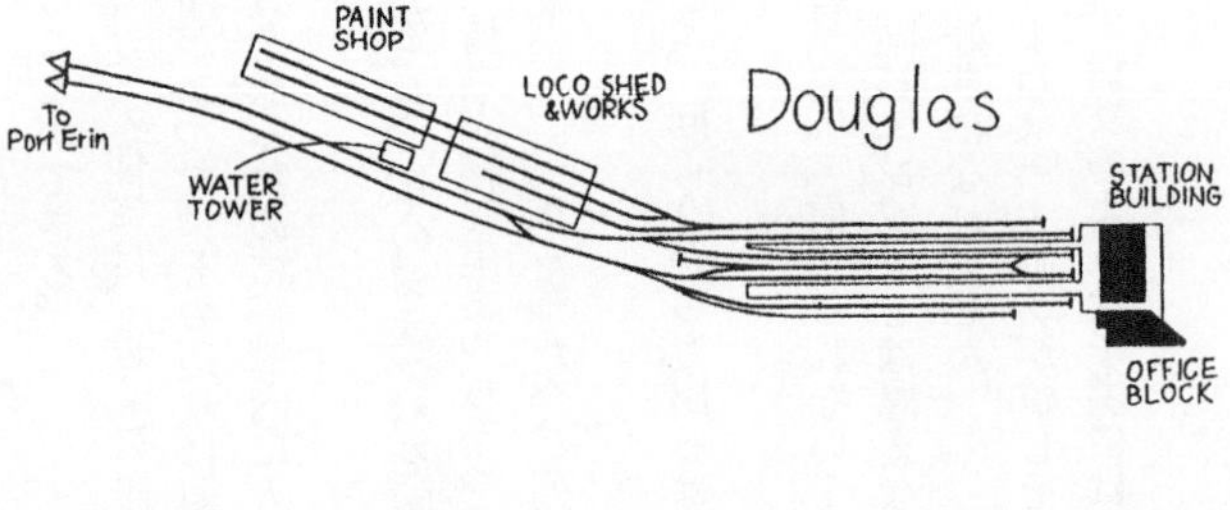

「そう……。喜多君、国際免許持っているでしょう?」

「そうか……」喜多は頷いた。「それなら、女の子も引っかけやすいな」

「何考えてんの!」

しかし、そのまま数百メートル歩く。ホームから下りて、線路沿いに進む。木造の機関車庫の大きな緑色のドアが開いていた。中には、小型の蒸気機関車の後ろ姿が見える。予備機なのだろう。車庫の出口付近には、簡易な石炭台や小さな給水塔がある。車庫の中に入って写真を撮っているマニアが幾人かいた。周辺に柵はなく、また、どこにも立入禁止の標示はないようだ。

喜多と大御坊も車庫の中に入って憧《あこが》れの機関車に触った。

「機嫌が直ったみたいね」大御坊がきいた。

「何の話?」喜多はとぼける。彼は、機関車のロッドに片手を触れている。

「機関車と女の子と、どっちが好き?」

「明日、カメラを持ってきて、ちゃんと撮ろう」喜多は大御坊の質問を無視する。「このシリンダの傾き方なんか、良いよな。抜群のプロポーションだ」

「写真集を買った方が良いと思う。その方がずっと確かだもん。プロが光線の良いときを選んで撮ったんだから。第一、機関車って、走っているところじゃないとね。その方が、バックも綺麗だしさ」

「自分で撮るところに意味がある」喜多は首をふった。「できれば、自分で現像したいくらいだ」

4

喜多と大御坊が佐々木家の屋敷に戻ったのは夕方の五時過ぎだった。結局、レンタカーでガールハントをすることもなく、あのあと、馬車鉄道に乗って、登山電車に乗って、ガーデン・レストランで、ビールを飲んでから、タクシーで戻ってきた。実に健康的で、健全な午後であった。

「とにかく、ゆっくりしていらして下さいね」佐々木睦子は二人に微笑みかけた。彼女もつい今しがた戻ったばかりのようである。「私、今夜は諏訪野と一緒にお料理をこしらえないといけませんの。ええ、このところ、日本じゃ、家政婦に任せきりでしたからね。北林《きたばやし》っていう私より一回りも上の人なんですけど、彼女が、料理の腕がもう確か過ぎるくらい確かで、私、勝ち目がありませんのよ。佐々木なんか、もう、私よりも北林さんの方が大切に決まっていますわ。ああ、ですからね、私、全然出る幕がありませんの、日本ではね。まあ、そういうわけですから、本当に久しぶりのお料理なんですよ。今日、うまくいったら、今度は佐々木が来たときに驚かしてやるつもりですの。わくわくしちゃうわ。でも……、どうなることかしら……。どうか、私のために、お祈りしてて下さいね」

「あの、手伝いましょうか?」喜多は申し出た。お祈りするよりは、簡単だし効果が期待できると思ったからだ。

「そうそう、喜多君は餃子《ギョーザ》の皮を作るのが得意なんですよ」大御坊が後ろから言った。「練《ね》りの喜多、って呼ばれているんです」

「お前、でたらめを……」喜多は振り向いて言う。「よくそういう、もっともらしい嘘を咄《とっ》嗟《さ》に思いつくな」

「小説家だもの」大御坊は首を竦《すく》めた。

「いえいえ、ご心配なく」佐々木睦子は笑った。「萌絵が戻ってきたら、あの子に手伝わせますわ。お客様はお客様。どうぞ、寛《くつろ》いでいらっしゃってね。あの子……、もう、戻ってくると思いますけれど。犀川先生と一緒で浮かれていますのよ。しかたがありませんわね、あの年頃は……」

片方の眉毛を上げて、睦子は首をふった。

喜多と大御坊は一階のリビングルームで、街の書店で買ってきたばかりの鉄道関係の写真集を見ていた。途中で諏訪野が、飲みものを持ってきた。

低いエンジン音が近づいてきて、やがて、止まる。喜多が窓から覗くと、ゲートから入った庭先に、白いオープンカーが駐まっていて、萌絵と犀川が降りたところだった。玄関に向かって通路を急ぐ諏訪野の姿が、リビングの前を通り過ぎた。

しばらくして、犀川だけがリビングに入ってくる。彼は、無言でソファに腰掛け、溜息をついた。

「なんだ？　青い顔して」喜多が尋ねる。

「酔った」犀川は片手を額に当てて答えた。

「車にか？」喜多は鼻息をもらす。「子供の遠足じゃあるまいし」

「大丈夫？」大御坊がきく。

「ああ……」

「代わってやれば良かったな」喜多が笑って言った。

「アップダウンとか、急カーブとか、サーキットみたいなんだ」犀川は顔をしかめたが、もう一度大きく溜息をついてから、煙草を取り出した。「まいったなあ……、我慢していたのが、余計まずかった」

「我慢するなよ」喜多が苦笑する。「なんか、お前の将来を象徴しているぞ。心配になるな」

「あれから、君たちは、どうしたの？」犀川は煙草に火をつけてからきいた。「蒸気の列車には乗れた？」

「あ、いや……、それは明日だ。始発は十時だから、良かったら、みんなで一緒に行こう」

喜多は提案した。

「今日は別のに乗ってきたわよ。登山電車の方、あっちは制覇したもんね。あ、そうそう、犀川君のために、お土産を買ってきた」大御坊はソファにあった自分のバッグから紙袋を取り出した。「どうせ、貴方、萌絵ちゃんに引き回されて何も買えないだろうと思って……。ほら、何が良い？　バッジとか、キーホルダとか、メタルのフィギュアとかさ、何でもあるわよ」

「お土産なんていらないよ。買ったことがない」煙を吐きながら犀川は苦笑する。「あ、でも……、その、三本脚のバッジは良いね。西之園君の車のホイルにも、そのマークが付いていた」

犀川は、赤地に銀色で描かれたバッジの一つを手に取った。直径が四センチほどのものである。ほかにもいろいろあったが、それが一番気に入ったようだ。

「これ、もらって良い？」犀川はきく。

「あ・げ・る」大御坊が目を細める。

「これって、回転すると、いかにも走ってるって感じになるもんな」横から喜多は言った。「ほら、ギャグ漫画やアニメなんかで、こういうのあるだろう？　走るときの表現で、脚がぐるぐる回っているやつ」

「デザインとしても面白いよね」犀川はまだバッジを見ている。

「しかし、車のホイルにこれがあると……」喜多が首を傾《かし》げる。「左側のタイヤ二つは良いけど、右側は、回転が逆になるな」

「もう、そういうこと、真剣に考えないでくれる？」大御坊がくすくすと笑った。

5

食堂のテーブルについているのは五人。椅子は八脚あったので、三つ余っていた。長方形の長辺の片側に睦子と萌絵、向かい側に犀川、喜多、大御坊が座っている。既に、食事は終わり、ワインかビールのグラスか、コーヒーカップがテーブルに置かれていた。キッチンに通じる通路口から、ときどき諏訪野が顔を覗かせてテーブルの様子を窺《うかが》っている。時刻は八時。しかし、窓の外はまだ明るさが残っていた。

佐々木睦子の話といい、西之園萌絵が手伝ったことといい、料理に対する心配材料は豊富だったが、どうやら、そういった演出だったようだ。どの料理も非の打ちどころのないものだった。

食事や屋敷に対する賛美は既にひととおり済んで、話題は、マン島の名所、名物に移る。オートバイ・レースの話、世界一大きな水車の話、そして、喜多たちが乗ってきた登山電車、最後に、蒸気鉄道の話になった。

「今日買ってきた本によると、昔は島をぐるりと一周できたようですね」喜多が説明した。

「ダグラス駅も、今の倍以上の規模で、ホームが幾つもあったし、ターンテーブルもあって、機関車も沢山在籍していたようです。それが、今は、あのとおり敷地も削られて、車庫も一つしかない。路線も、ダグラスから、西のポート・イアリンの区間だけが保存されているわけです」

「あ、そうだ。私、面白いクイズを知っているんだけど、それ、ここで話しても良いかしら?」大御坊が言った。

「ええ、是非」睦子が微笑む。「そうですとも、そういうのが、なくちゃいけませんわ」

「何か書くものありませんか?」大御坊は周りを見回す。

諏訪野が素早く動き、すぐにメモ用紙とサインペンを持ってきた。

「ありがとう、諏訪野さん」大御坊はそれを受け取る。彼は、そのメモ用紙に、何本か線を引き、小さな円を一つ描いた。

「これ、線路です」大御坊は絵を描きながら説明する。「この島にあるような、小型の蒸気機関車が働いている軽便《けいべん》鉄道の、終点の駅なんです。この左手から、機関車が一両の貨車を引っ張ってきて、ここのホームで荷物を積んで、今度は、来た道を引き返していくわけです。この三角が機関車で、長方形が貨車ね。そうね……、実際には、こんなふうな感じなの」

　大御坊が、おもちゃのような小さな蒸気機関車と、長い貨車の絵を無造作に描いた。

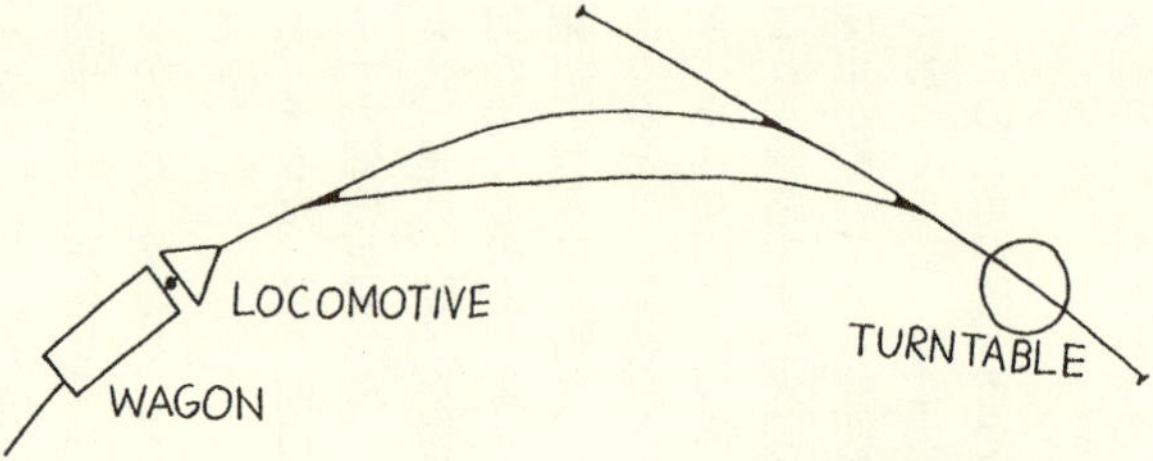

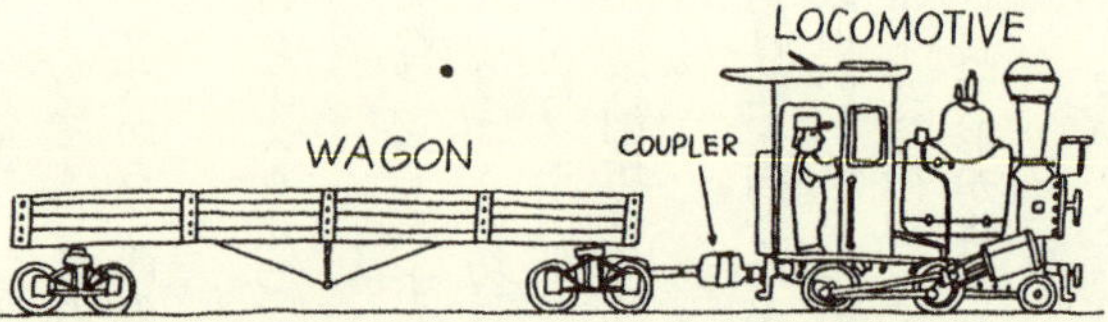

「まあ、貴方、絵がお上手なのね」睦子が感心した口調で言った。

「こういうのが、こっちからくるわけです」大御坊は最初の絵の左側を示して言った。「それで、この駅で、入れ換えをして、今度は戻っていきます。この丸いのは、ターンテーブル。ここにのって、機関車の向きを換えるやつね」彼は、その絵の小さな円をペンで示す。「そこで……、問題はね、どうやって、入れ換えをするのか、ということなんですけど……。いろいろ、条件があります。まず、こっちの絵にも描いたように、機関車には後ろにしか連結器がない。貨車にも一方の台車にしか連結器がありません。それから、行きも帰りも、機関車は貨車を引っ張って走らなくてはいけない。つまり、押していくのは、脱線しやすいから駄目なんです」

「ターンテーブルで一つずつ向きを換えるだけ

だろう?」喜多が言った。

「よくこの絵を見てね」大御坊がにんまりと微笑んだ。「機関車は小さいから大丈夫だけど、貨車は長さが三倍くらいあるでしょう?　ターンテーブルにはのらないわ。もの凄《すご》く長いの」

「それじゃあ、無理だよ」喜多がすぐに言い返す。「そもそも、なんで、そんな無理な状況になるんだよ。両側に連結器くらい付けておけよ。常識だろう?」

「怒んないでくれる」大御坊がむっとして言う。「もしかして、本気で怒ってない?　これ、クイズよ、クイズ。私が経営している鉄道じゃありませんからね」

「わかった」喜多は片手を広げた。「俺が悪かった。本気にするなよ」

「簡単過ぎるね」犀川は既に身を引き、椅子にもたれていた。

「ええ……、私もわかりました」萌絵も微笑んだ。

「うっそぉ……」大御坊が口を窄《すぼ》める。「もうわかっちゃった?　難しいと思ったけどなあ」

「あの……、クレーンとかで持ち上げたりしては、駄目なのね?」睦子がきいた。「連結器だけを外して、反対側に取りつけるとかも……、駄目よね?」

「ええ。申し訳ありません。基本的に、貨車を持ち上げたり、脱線させることはルール違反です。連結器もそのままです。連結しないで、ロープやワイヤで引っ張って帰っていくというのも駄目です。ただ、入れ換えのときに、貨車を人力で押したりするのはＯＫですよ」大御坊が答える。

「貨車の片方の台車だけなら、ターンテーブルにのるんだな?」喜多が尋ねた。

「そうよ」大御坊は頷く。「台車だけならね。台車だけが反対向きに回るだけですけどね」

「ああ……」喜多は小さく口を開けて頷いた。「なるほどね。ああ、そうか。わかった」

「あ!」佐々木睦子が指を鳴らした。「わかった。なるほど!」

「あ、叔母様」萌絵が横で囁いた。「それ、私がやったら、絶対に注意されていたわ。指を鳴らすなんて……」

「日本じゃないのよ、ここは」睦子が目を細めて微笑む。「ええ、わかりました。うん、面白い問題だったわ」

「なあんだ……。全員わかっちゃったわけ」大御坊は両手を広げて示す。「レベル高いわね……。ハイソサイエティだわ」

「もっと難しい問題はないの?」睦子が身を乗り出してきいた。「ほら、いつだったか……、犀川先生がお出しになった、インドの石塔のクイズなんか、もうぞくぞくするほど素敵でしたわ」

「あれは、クイズではなくて……」犀川は言いかける。

「そうそう……」喜多が話した。「さっき庭を散歩したとき、キミーラを見てきたんですけど……、タイヤのホイルの中央に三本脚のキャップが付いていますよね、マン島のシンボルのスリー・レッグズ。でも、車の右側のタイヤの場合、前進すると、脚が後ろ向きに回ることになります」

「わあ、喜多君、まだそんなことにこだわっていたの？」大御坊が掠《かす》れた口笛を鳴らす。

「それ、クイズなの？」

「いや、クイズでも何でもないけど、あのマークって、反時計回り、左回りなら良いけど、右回りには向きませんよね」喜多はそこまで言って、全員を見る。「どうして、左回りのしかないのでしょうか？」

「そういえば、脚が反対に回るようなのは、見たことがないわ」睦子が頷く。

「それ、答があるのですか？」萌絵が不思議そうに首を傾げてきいた。

「いや、答はないけど、どうして、片方のものしかないのか、みんなで推理をしませんか？」喜多が提案する。

「睦子様、お嬢様……」部屋の隅で、諏訪野が小声で呼んだ。

「何？　どうしたの？」萌絵の方が諏訪野に近かった。彼女は振り向いて、彼に尋ねた。

「あの、いささか差し出がましいこととは存じますが、しばらく、お待ちいただければ……、その、三本脚の逆回りのものが存在する、その証拠を、諏訪野がここにお持ちしたいと存じますが、お許しいただけますでしょうか？」

「まあ、それは見たいわ」睦子が言う。「さっさと持ってきてちょうだいな」

「では、五分ほどお時間をいただきたいと存じます。皆様、失礼をいたします」諏訪野は深々と頭を下げてから、姿勢良く背筋を伸ばして歩き、食堂から出ていった。

「なんだ、あるのか」喜多が大袈裟な仕草《しぐさ》で顎を上げる。「それじゃあ、真剣に考えたって虚しいなあ」

「脚が左を向いている、というのは……、人間の七割以上が右利きだからだろうね」犀川が煙草を吸いながら言った。「アルファベットを初め、横書きの文字は、左から右に書かれるものの方が多い。それは、たぶん、右手で書いたときに、インクを汚さないためだと思う。それに、直線を横に引くときも、たいていは、左から右に引くね。これを逆に引く人は滅多にいない。つまり、左から右にものを書く、という行為が右利きの人間には自然なんだ。既に書いた部分が腕の蔭にならないからかもしれない。ところで……、動物の絵を描《か》こうとすると、普通は、頭から描いて、胴体を描いて、尻尾を描く。頭の形が一番印象が強いからだろうね。すると、必然的に、描かれた動物たちは、左を向くことになる。魚でも頭を左に描くことの方が多い」

「だから、三本脚も、左を向いているわけか?」喜多が前髪を搔き上げながら呟く。「まあ……、確かに、靴だけを絵に描くときも、やっぱり、こっち向きに描くな……」

「お頭《かしら》つきの魚をお皿にのせるときも、必ず頭を左にしますね」睦子が言った。「あれは……、でも、右手でお箸《はし》を持っているからだと、聞いたことがありますわ。そちらを向いていると、食べやすいからだと……。骨の向きが関係しているのかもしれませんけれど……」

「子供が自動車の絵を描くときも、たぶん、左が前になるんじゃないかな……」喜多が言った。「これって、左側通行だからだろうか？　歩道から見たら、車は左に走っていくからね。アメリカの子供は、逆向きに自動車を描くのかな？」

「飛行機のプロペラも、前から見たら、左に回ります」萌絵が発言した。「全部そうなんです。逆に回るものって、単発機のエンジンでは見たことがない」

「そんなもの、普通見ますか？」睦子が顔をしかめる。「何ですか？　タンパツキ？　貴女って、エンジンには異常に造詣《ぞうけい》が深いのね」

「エンジンは回転方向がだいたい決まっていますけど、さらに問題なのは、プロペラでしょうね」犀川は指摘する。「プロペラは逆ピッチのものが少ない、あまり作られていない。以前に、エア・レースをするための競技用の飛行機で、胴体の後ろにプロペラを付けたプッシャ機が作られたんですが、エンジンに既製のものを使うと、逆ピッチのプロペラを使わなくてはいけない。ところが、それが品不足で、細かい選択ができなかったそうです。それで結局、良い成績が上げられなかった。理論的には、プロペラは後ろにあった方が効率が良くて、プッシャ機の方が有利なんですけれどね」

「お話が難しくなってきたわ」睦子が微笑んだ。

「そうかしら……。私は、ぞくぞくするわ」萌絵が真剣な表情で言う。「先生、もっと、エンジンのお話をして下さい」
「すみません」犀川は口もとを少し上げた。「余計な話をしましたね。でも、ようするに、
三本脚のマークが左回転になっているのは、やはり、そちらの方が絵が描きやすい、という
単純な理由からではないでしょうか。このマークは、きっと、最近になって作られたもので
すよ。今のところ……、バリエーションをあまり見かけませんから」

6

諏訪野が部屋に戻ってきた。手に、グリーンのファイルを持っている。彼は、一礼してか
ら、テーブルにそのファイルをのせ、指で押さえていたページを広げた。全員が、身を乗り
出してそれを見る。
クリアファイルのビニルに挟まれていたのは、白黒の写真で、B5サイズに引き伸ばされ
たものだった。コントラストが強調された焼き付けで、森林を駆け抜ける蒸気機関車と数両
の客車が写っている。
「これは、佐々木様が昨年の夏にお撮りになられた写真でございます」
「まあ、あの人が撮ったの」睦子が頷く。「こちらへ来ると、必ずカメラと三脚を抱えて出
ていきますけどね……。どうせ、海岸で若い子の写真でも撮っているものと思っていました

わ」

「昨日、日本よりお電話がございまして、写真をファイルより取り出して、通風したのち、整理しておくようにと、そう仰《おお》せつかりましたので、本日の午前中に、上の暗室にて、その作業をしておりましたところ、この写真のマークにふと気がつきましたものですから、しばらくは知恵を絞って思案いたしました。が、一向に私では考えが及びません。そうしましたら、なんとも偶然ではございませんか、さきほどのお話になりましたものですから、ここは、もう是非とも、皆様のご意見を拝聴したいと、まことに勝手ながら、意を決して申し出たしだいでございます。ご無礼をどうかお許しいただきたいと存じます」

口上が長過ぎるため、途中から、聞いている者の言語解読機能を麻痺させてしまう、諏訪野マジックである。

ようするに、その白黒写真に写っていた三本脚のマークが問題であった。蒸気機関車の前面、連結器の少し上に取り付けられた円形のプレートが、それである。周囲に文字が書かれているようだったが、残念ながら小さくてまったく判読できない。何かの記念行事であろうか、特別に、そのプレートを付けて、機関車が走ったときの写真なのであろう。確かに、三本脚の向きが普通とは反対で、下に来た脚の爪先が右を向いている。回ったら、右回り、通常と逆回転になる。写真は、森林の中を通る単線の線路を、こちらへ向かって走ってくる列車を捉えたものだった。機関車から見ると、進行方向に向かって斜め右の位置にカメラがある。つまり、機関車の前面が写真の右手に、牽引されている客車は、左の奥に向かって続いている構図だ。煙突から少量の煙がたなびく程度に出ており、スピードはさほど出ている様子ではない。白黒写真なので色は不明だが、形は、今日の午後に見てきた機関車と同じだった。天気の良い日の、見るからに長閑《のどか》な風景で、手前にある樹々の影が列車に一部落ちている。明らかに、太陽を背にして撮影されたものだ。

「逆向きのマークが存在することは、わかりました」初めに睦子が口をきいた。「だけど、問題は、どうして、このときだけ、逆向きの三本脚だったのか、ということ。そうですね？それが何故なのか、理由を考えれば良いわけです。何か、ちゃんと納得のいく理由があるはずだわ」

「エイプリル・フールだったんじゃないの」大御坊が全員の顔を見ながら言った。「たぶん、その手の、単なるジョークなんだと思うけど……、違うかしら」

「ジョークだったら、もっと……、ハイヒールとか、網タイツでもはいた女性の脚にするんじゃないかな」喜多が言った。

「まあ、いやらしいこと平気で言う人」大御坊が大袈裟に目を見開いて声を高くする。

「そういうことを言う方がいやらしいんだよ」喜多がゆっくりとした口調で言い返した。

「私はさあ……、もともといやらしいのよ」大御坊が微笑む。「そんなの、周知のこと」

「えっとさ……」犀川が小声で言った。みんなが彼の方を注目した。「この写真の樹を見て

ごらん。青々と繁《しげ》っているし、この日差しも角度が高そうだ。四月の初めには見えないよ。気温が低かったら、蒸気がもっとよく見えるだろうし」

「そう言われてみれば、そうだな」喜多が写真を見て頷く。「これは、夏だ」

「あの……、諏訪野がそう言いましたよ」萌絵はテーブルに頬杖をしている。「叔父様が昨年の夏に撮ったのよね？」

「さようでございます」諏訪野がにっこりと微笑む。

「先生たち、お話をちゃんと聞いていなかったのですか？」萌絵が、犀川と喜多と大御坊を睨んだ。

「逆回り、逆回りね……」喜多が考え込むように眉を寄せて言う。「逆回り、というと……、時計を戻す、つまり、歴史を遡《さかのぼ》るというイメージだから、このクラシックな鉄道を保存しようというような、そんなアピールの意味があったのかな」

「でも、これだと右回転だから、時計の回転方向になるわよ」大御坊が言った。「右に回ったら、どんどん時間が過ぎてしまうじゃない」

「時計が右に回転するのは、北半球では、日時計の影がそちらに回るからだ」喜多が言う。「太陽でできた影が、左から右に動く。だけど、それは地球が自転しているからで、北極点の上から見たら、地球が左に回転しているからだろう?」

「ちょっと、待って下さい」萌絵が片手を広げた。「そもそも、普通の三本脚マークを左回転と見るのはどうしてですか? これ、脚が地面を蹴ったら、右に回転するんじゃありませんか?」

「ああ……、そういえばそうね……」睦子が何度も頷く。「この脚を時計の針にしたら、このままの向きで、ちょうど時計の回転方向に相応《ふさわ》しいわ」

「ほらほら」喜多が白い歯を見せる。「となると、逆向きの脚は、つまり、反時計方向になりますね」

「ザ・デイ・オブ・レトロスペクション、とかって書いてあるわけ?」犀川が冗談っぽく言う。「さっき、喜多が言ったハイヒールのジョークは、なかなか興味深いよ。そういったパロディを見かけない、ということは、やはり、この島の人が、スリー・レッグズを神様に結びつけて、神聖なものとして認識しているからじゃないかな。そうなると、脚の向きを反対にするということは、冗談では、ちょっとありえないと考えて良い」

「そうか……、お雛様《ひなさま》とお内裏様《だいり》の位置関係みたいなものですね？」萌絵が言う。

「え？　ああ、まあそうかな」犀川は一瞬遅れて頷いた。

「もっと簡単なことじゃないかしら」佐々木睦子は、両手をチューリップの形にして、それを開花させ、そのまま天井を見上げるというパフォーマンスを披露《ひろう》した。彼女の手の中から飛び出した姿の見えない小さな妖精を、思わず全員の視線が追ってしまうほど、魅力的だった。「最初にね、私の車のホイルキャップの話をなさったでしょう？　確かに、三本脚のマークをそのままタイヤに取り付けると、片方は回転が逆になって気持ちが悪い。車くらいの速度になると、もう速くて、どうせ見えないから関係がないでしょうけれど……、ほら、あそこの蒸気機関車なんて、最高でも三十キロくらいしか出ないんですよ。ゆっくり悠長に走るんです。私ね、きっと、この円形のプレートは、機関車の車輪に取り付けられていたものだと思うの。ほらほら、ちょうど、そのくらいの大きさじゃありませんこと？　それで、この神様の神聖な脚で、大地を蹴って力強く進むオールド・スチーム・ロコモーティヴに、声援を送る日だったのだと思うの」

「でも、叔母様……」萌絵が横から口を挟む。「写真のこちら側の車輪には、そんなものは付いていませんよ」

「まあまあ、そんなに先走らないでちょうだい」睦子はゆっくりと片手を広げてみせる。

「力強いという意味では、本来、大きな動輪に三本脚のプレートを取り付けるべきだったと思いますけれど、なにしろ、太いロッドが邪魔になりますしね、プレートもよく見えなくなります。もし、動輪なら、この機関車の場合、片側に二枚ずつ、合計四枚のプレートがあったはずです。ところが……、ほら、ご覧になって……。この写真でもわかるとおり、プレートの大きさは、動輪よりも少し小さいでしょう？　つまりね、このシリンダの前にある車輪、これにはロッドがありませんよね。この小さな車輪に、三本脚のプレートが取り付けてあったのよ。もちろん、左右両側ともです。機関車の前に向かって左側の車輪には普通の三本脚、そして、右側には、逆回りの三本脚を取り付けたことになります」

「それが、途中で取れてしまったのね。落ちたプレートを拾って、とりあえずここに引っ掛けて、走っている。そうおっしゃるのね？」萌絵が言った。

「ああ、もおう……」佐々木睦子が姪を睨みつける。「貴女のそのでしゃばりは、誰に似たんでしょう？　おしゃべりの口に蓋をして差し上げましょうか、萌絵」

「ごめんなさい、叔母様」萌絵は首を竦める。「でも、確かに、何かの記念行事のプレートにしては、周囲に書かれている文字が小さいですよね。もともと、機関車の前面を飾るためのものなら、もう少し、文字が強調されていても良さそうなものだわ。叔母様がおっしゃるとおり、これは機関車の先車輪に取り付けて、神の脚で大地を駆けていく、というパフォーマンスのためだったから、文字が小さいわけですね」

「そう、それは……、私も気づかなかったわ」睦子は大きく頷いた。「いかがです？　これで納得できませんかしら？　車のホイルに取り付けるものが売られているくらいだから、ごくごく自然な発想ではありませんか？」

「ええ……、僕はそれで納得ですね」喜多が頷いた。「たまたま、落ちてしまったプレートを、ここに取り付けて走っているとしたら、この写真はとても貴重ですよ。マニア受けします」

「私も」大御坊もにっこりと微笑む。「今の以上に説得力のあるアイデアは、とても思い浮かびません」

「犀川先生は？」萌絵が尋ねる。

「うん……」犀川はちょうど新しい煙草に火をつけていた。「可能性の大小なんて、問題じゃないからね。この場では、今の答が最も相応しいと僕も思います」

　諏訪野が睦子の横に進み出た。

「そろそろ、冷たいデザートをお持ちいたしましょうか？」

「そうね」睦子が上品に頷いた。

「あ、諏訪野さん」犀川が小声で呼ぶ。

「はい、犀川先生」彼は犀川の方へ歩み寄った。

「諏訪野さんはご存じなんですね？」

「犀川先生、どうか……」諏訪野はにっこりと微笑み、ゆっくりと頷いた。

7

次の日は、前日にも増して澄み切った青空だった。日差しは強力で、あらゆるものの鮮明な影を地面に焼き付けた。

犀川、萌絵、喜多、大御坊の四人は、始発の十時十分の列車に乗るために、ダグラス駅にやってきた。既にスチーム・アップしている緑色の蒸気機関車が、ホームの先に停車している。喜多は一眼レフのカメラを構え、何度もシャッタを押し、萌絵は、運転室を覗き込んで目を丸くした。

牽引される客車は五両だった。低いホームから木製の小さなドアを開けて乗り込むと、前後にベンチシートのある個室になっていた。一両にそうしたドアが四、五ヵ所あったので、個室がそれだけの数あることになる。もちろん、車内を通り抜ける通路はない。ドアも手動で、乗客が自分で開け閉めしなくてはならなかった。

「凄い!」萌絵がシートに座りながら、躰を弾ませる。「こんなに小さいんだ……。馬車みたいですね」

「レールの高さが低い」犀川は萌絵の隣に腰掛けて、窓から反対側の外を覗き見ている。

「ナローゲージで、線路の規格が低い。つまりレールの断面が小さいんだ。おそらく、敷線の精度が悪いから、かなり揺れると思うよ」

「フセン？」

「線路を敷くときの精度」

車掌らしき老人が、ホームを歩いて、外からドアを確かめにきた。それから、機関車の汽《き》笛《てき》が小さく鳴った。発車のベルもなく、静かに列車は走りだす。

「いやあ、感激だな」喜多が少年のように、満面に笑みを見せる。彼は犀川の向かい側で、カメラを片手に持ったまま、窓ガラスに顔を寄せた。

「世界中にね、これだけ乗ったら死んでも良いっていう鉄道が二十あったら、これは、その一つだわ」大御坊が反対側の窓を見ながら言った。

「私は、こんな客車じゃなくて、どちらかというと、機関車の運転席に乗りたいわ。石炭を火の中に入れるんでしょう？　ああ、やってみたい！」

加速は悪い。少しずつスピードが増した。列車は犀川の言ったとおり、かなり左右に揺れ始める。森林の中を走り抜けると、やがて、円《まろ》やかな丘陵を覆《おお》う緑と、遠くの青い海に突き出す鋭角的な地形が、両手に開ける。たとえ写真に撮っても、絵に描いても、このとおりに再現することは困難と思われる景色。信じられない美しさだった。

「綺麗……」萌絵は躰を揺らしながら呟く。

　どこかにしっかりと掴《つか》まっていないと、姿勢が保てない。一度、萌絵は横に倒れ込み、隣の犀川の胸にぶつかった。

「あ、今のわざとじゃありませんよ」彼女は、喜多と大御坊に苦笑して言った。

「別にいいわよ、わざとでも」大御坊が笑う。

「なんなら、次の駅で、俺たち、別の部屋へ移ろうか？」喜多がにやにやして言った。

「そうね、そうしたら、私は、喜多君に抱きつけるものね」大御坊が目を細めて、喜多の方に身を寄せる。

「離れてろ！　馬鹿」喜多が片足を上げて言った。

　最初の小さな駅で停車した。窓から顔を出して外を覗くと、乗客が二、三人入れ替わっただけだ。喜多と大御坊も結局は部屋を移動しなかった。

　再び列車が走りだすと、ずっと窓の外を眺めていた犀川が口をきいた。

「ところでさ、ここだけの話だけど……」彼は、珍しく愉快そうな表情で、笑いを押し殺している感じだった。「昨日のあの、諏訪野さんが持ってきた写真、愉快だったね」

「ええ、面白いお話になりましたね」萌絵が相槌を打つ。

「暗室があるの？」犀川は萌絵に尋ねる。

「そうです。叔父様が使われるのよ。諏訪野も現像とか、できるはずだわ。私、よくは知らないけど、もともと、お父様が研究でお撮りになった写真も、諏訪野が引き伸ばしていたんですって」

「昨日のあの写真は、引き伸ばしてあったよね」犀川は続ける。「大きなサイズだった」

「B5サイズだ」喜多が言った。「それが、どうかしたのか？　たぶん、あそこまで引き伸ばして、初めて、あのマークが反対向きだってことに気がついたんだろう。普通のサイズじゃあ、わからなかったかもしれない」

「そうなんだ」犀川は頷く。「きっと、そのとおりだろう。大きくしてみたら、あのとおりマークが反対だった。これじゃあ、使えない、となったわけ」

「使えない？」大御坊がきき返す。「どういうことなの？」

「いいかい、昔は島を一周していた蒸気鉄道も、今は、ダグラスから、ポート・イアリンまでしか残っていない。距離にして二十キロ。多少は南下するけど、ほぼ、西に向かって真っ直ぐだよね」

「そうね……」大御坊は左手の窓の外を見る。眩しい太陽の位置を確認したようだ。「確かに、西に向かって走っているわ」

「だけど、昨夜見せてもらった写真のように、列車が右手から日差しを受けている状態になるには、東に向かって走らないといけない。ほら、樹の影が列車に落ちていただろう？　進行方向の右手にカメラマンがいたんだ。彼は太陽を背にしてあの列車を撮った」

「そう、そのとおりだったわ」大御坊が頷く。「東に向かっている……、ということは、つまり……、今の私たちとは逆だから、ダグラスから出発した下り列車じゃなくて、ポート・イアリンから出た上りね。ダグラスに帰ってくる途中の写真ということ」

「そう……」犀川は口もとを上げて頷いた。「そう考えざるをえない。ほら、ここまで言えば、わかるだろう?」

「何が?」大御坊がきいた。

喜多も眉を顰《ひそ》める。

「どういうことですか? 先生」萌絵が横できいた。

「そうだね……」犀川は腕時計を見ながら言った。「もうすぐ、わかるよ」

「もうすぐ?」また大御坊がきく。

犀川は、さようならの挨拶のように、黙って片手を一度挙げると、窓に顔を寄せた。

残る三人は顔を見合わせることしかできない。

8

バラサラという名の駅に到着するまでに、萌絵は犀川の躰に六回触れることができた。もう少し本気になって躰を支えていたら、二回だっただろう。

この駅では、大勢が客車からホームに降り立った。停車して既に数分経過していたが、一向に発車する気配がない。どうやら、ここが中間地点に当たる駅で、反対側からやってくる上りの列車とすれ違うようだ。

「おかしいな……。今まで複線だったよな」喜多が言った。彼の座っている方が、進行方向の右側だった。「どうして、待ち合わせなんかする必要があるんだろう?」

「あのね、ここから先が単線なの」大御坊が答える。「昨日読んだ本に書いてあった」

「あ、それじゃあ、叔父様の写真も、この先で撮ったものなんですね」萌絵は言う。「あの写真、単線だったから……」

「少なくとも、列車の手前に線路はなかったね」犀川が呟いた。

反対側のホームに出ている人々の様子で、上りの列車がやってきたのがわかった。カメラを構えている人が多かった。

喜多と大御坊が右側の窓に張りついて、前方を見る。萌絵も、席を立って、犀川の横で外を眺めた。

白い煙を立ち上げながら、機関車を先頭に、列車が近づいてくる。

「あ、そうか!」喜多は大声を出した。

「なあるほどね」大御坊が何度も頷いてから、犀川を見る。「そういうことね?」

「あれ?」萌絵も小さく叫んだ。「バックしてるの?」

やがて、彼らのすぐ横を、上りの機関車が通り過ぎ、その列車も駅に停車した。

三人は、もとの席に戻って、犀川を見る。彼が何か話すのを待った。

「そういうわけ」犀川は小さく肩を竦めた。「昨日、ダグラス駅で、車庫の中に機関車が頭から突っ込んでいたのが、どうも不思議だったんだ。たいてい、機関車って、バックして車庫に入るんじゃないかな？　だって、雨の日なんか、少し前進すれば、煙突だけを外に出して、運転席は車庫の中ってこともできる」

「そんなの見たことないわよ」大御坊が鼻息をもらす。

「いや、今のは単なる僕の想像だ」犀川は無表情で頷く。「ただね……、ダグラス駅には、ターンテーブルがなかっただろう？　ターンテーブルがないから、機関車があの向きで車庫に入るしかないんだ。あそこはターミナル駅なんだから、もし、折り返し運転をするとき機関車を前進で使いたいのなら、ターンテーブルか、方向を換えるリバース線が必要だ。しかも、両方の終着駅にターンテーブルが必要になる。片方にでもなければ、意味がない。つまり、ダグラス発の下り列車が前進で機関車を使えば、ポート・イアリン発の上りでは、機関車は、必然的にバック運転になる。客車より前にくるように、入れ換えはするけどね」

「ずっと、バックで走るのですか？」萌絵が尋ねる。「蒸気機関車って、そんなことができるの？」

「タンク型式の機関車は、バックの方が視界も良くて運転しやすいことが多いんだよ。日本の蒸気機関車でも、バック専用で作られたものもあるくらいだ」

「えっと、ということは……」萌絵は首を傾げる。「さっきのお話では、叔父様の写真は、ポート・イアリン発の上りの列車だったでしょう？　東に走っているところだって……。でも、写真の機関車はちゃんと前を向いていました。去年は、まだ、駅にターンテーブルがあったということかしら？」

「いや……」犀川は口もとを五ミリほど上げた。「そうじゃないよ。佐々木さんは、昨年の夏、たぶん、この鉄道か、鉄道会社のアニバーサリィの日に、あの写真を撮ったんだと思う。たまたま、三本脚のプレートを付けて機関車が走ったんだね。それに、前進で走っているのだから、あれは、ダグラスから出た、下りの列車だった。西に向かって走る列車だね。カメラマンは太陽を背にして写真を撮ろうとする。前進する機関車の写真が欲しければ、このマン島では、いつも、機関車が右から左へ走るシーンになってしまうんだ。昨日も話をしたけど、子供の描く絵のように、左を向いている写真ばかりになる。それがつまらないと佐々木さんは思ったのだろうね。それで、一枚の写真を裏返しに焼いたんだ」

「あ……、そうか」萌絵が頷く。「叔父様、自分で現像と焼き付けをされたのですね」

「そう、その裏返しの写真を、日本で誰かに見せたのか、それとも自分で気に入ったのか、とにかく、もっとサイズの大きいものが欲しくなった。そこで、ちょうどこちらに来ていた諏訪野さんに電話して、ネガから引き伸ばしてほしい、と頼んだわけだ。ネガは一式こちらにあったのだろう。もちろん、裏返しにして焼いてくれと、頼んだ。ところが、諏訪野さん、それを引き伸ばしてみたら……、島のシンボルマークが裏返しになっていた、というわけ。それに気づいて、これは使えないなって、彼は思っただろうね」

「まあ、それを、私たちに使ったのね」萌絵が頬を脹らませる。「まんまと引っかかったってこと……」

「そうか……、あれ、複線区間だったかもしれないけど、手前に線路がなかったのも……、そうか、逆なんだ」喜多が言う。「列車の向こう側に線路があっても、見えない」

「ようするに、逆向きの三本脚なんて、なかったのね」大御坊が苦笑した。「これは、傑作……。悪戯者ね、諏訪野さん」

汽笛が一度鳴り、ようやく、彼らが乗っている列車は動き始めた。

「犀川先生、どうして、昨日は黙っていたの？」萌絵は不思議そうな顔をして尋ねた。

「佐々木夫人の仮説の方が、綺麗だったからだよ」犀川は答える。「それに……、ディナのホストに恥をかかせちゃいけない。ここは、マナーの国だからね」

有限要素魔法
Finite Element Magic

1

何故、そこに自分が隠れているのか、彼は思い出せなかった。

とても蒸し暑い。

空気が寒天《かんてん》のように固着してしまったようだ。

自分の服装は、Tシャツにジーンズ。しかし、もう何日もそれを着ている気がする。肌と同化しそうなほどだった。

髪が目にかかって鬱陶《うっとう》しい。

自分はまだ若い。

そこは狭くはなかったが、見通しは悪く、部屋が幾つかあるようだった。

少し歩いてみる。キッチンもバスもトイレもあった。

冷蔵庫に食料も残っている。

立《た》て籠《こ》もるのに、充分だった。

なんとか、ここで時間を稼《かせ》ぎ、暗くなったら脱出しよう。

何故か、そう思った。

窓からの見晴らしも良い。

南側は眼下に海が迫っている。浅瀬である。薄いグリーンの透明。ところどころに白い波が立ち、広がって消えていく。

北側は砂浜だった。遠くに防波堤と防砂林。緩《ゆる》やかな曲線を描いて、見渡す限り続いていた。

この部屋はどうやら、高い場所にある。地面も海面も、ずっと下だ。

ライフルを持っていた。

彼は、両手でそれを抱《かか》えている。

ずっしりと重い。

南の海側には、ガラス戸を出たところにベランダがある。そこに立ち、周辺を監視する。だが、泳いでいる者、あるいは、船で近づこうとしている者は見当たらない。

それから、部屋を縦断して、寝室へ行き、北側の窓から外を覗いた。その窓には、カーテンがあったので、少しだけそれを押しのける。外側にアルミの格子がある。たとえ人が上ってきても、すぐには入れないだろう。

玄関へ行く。ドアが壊れて外れていた。出たところは、暗くて狭い階段ホールだった。見上げると、屋上へ出られるようだ。一番注意する必要があるのは、ここだろう。とりあえず、外れた鉄のドアを立て掛けて、塞《ふさ》いでおいたが、あまり役には立たない。なんとか早くバリケードを築く必要がある、と彼は考えた。

　もう一度、南のベランダと北の窓から外を調べる。日が沈みそうだったが、まだ充分に明るく、遠くまで見渡せた。

　リビングにあったソファを引きずっていき、玄関のドアの内側で、通路を塞ぐように斜めに立て掛けた。その次には、寝室のベッドのマットを運んで、これを折り曲げ、ソファと壁の間に無理やり押し込んだ。これで多少は障害物になるかもしれない。

　再びベランダと窓から監視。誰もいない。

　冷蔵庫を開けて牛乳を出した。しかし、腐っているのが臭いでわかった。奥にビール瓶が一本だけ見えたので、手を突っ込んで取り出した。栓抜きは見当たらなかった。彼は、テーブルの端でそれをこじ開けた。

　瓶に口をつけて、半分ほど一気に飲む。

　腹の中に冷たい液体が流れ込み、泡立った空気が逆流する。味はあまりしない。ほとんど水と同じだった。

「さてと……」

　初めて彼は自分の声を聞いた。なるほど、自分の声はこんなものか、と思う。

　テーブルの椅子に腰掛ける。ライフルは隣の椅子にのせた。

　さてと……。

　少し、考えてみようじゃないか。

そう……。

いったい、この状況は何なのだ？

落ち着いて、考えてみよう。

自分は、どうしてここにいるのだろう？

何をしようとしているのだろう？

まず、本能的な（それも緊迫感が伴う）衝動がさきにあった。何者かが自分を捕まえにやってくる。したがって、自分は逃げなくてはならない、という道理……。暗くなるのを待って、誰にも気がつかれないように、ここを逃げ出したい。それまでの間は、なんとか、隠れていたい。誰にも自分がここにいることを知られたくない。そういった気持ちが彼を支配していたのだ。

とても差し迫った強い動機。

最優先しなくてはいけない。

何故か、そう思われた。

あまりにも、その衝動が強烈だったので、理由を問うことがあと回しになったといって良い。

何故、自分は隠れなくてはいけないのか。

何か、根本的に後ろめたいことが、自分にはある。

それは、生まれながら持っていたもののように、確実なもの。

もう、取り返しのつかないもの。

しかし、わからない。

ビールを全部飲んだ。躰《からだ》から汗が吹き出す。シャワーを浴びたいと思ったが、それは無理だろう。そんな余裕など、あるはずがない。

遠くで犬の鳴く声。

どこだろう？

寝室へ飛び込み、北側の窓まで駆け寄った。カーテンの隙間から外を覗く。探してみたが、砂浜に動くものは見えない。

すぐ目の前の高さを、白い鳥が滑空《かっくう》していた。犬の声だと思ったのは、鳥の声だったのだろうか。

風が少しある。

カーテンを開けてしまえば、少しは涼しいかもしれないが、それはできない。当然、部屋の照明をつけることも危険だ。そんなことをしたら、見つかってしまうだろう。

誰に？

わからない。

覚えていない。

それを考えることは、ある種の恐怖だった。
自分がどこへ逃げようとしているのかも、考えたくない。
リビングまで戻る。
行きたくなかった書斎に入った。
奥のデスクに、男が俯《うつぶ》せになっている。
部屋の中央まで進み、彼はそれを見る。
頭が半分吹き飛んでいた。斜め後方の書棚は、赤黒く染まっている。
壁にも赤い斑点。
デスクの上に敷かれたガラスに、綺麗な赤い液体が広がっている。
表面張力でエッジが丸い。
端から滴《したた》り落ち、床にも赤い円形。
こいつは……、誰だ?
わからない。
しかし、ライフルを持っている自分。
ここには、他に誰もいない。
少なくとも、皆に、この部屋の状況を見せたくない、と彼は思った。
嫌な気持ちになって、その部屋を出る。

思ったとおり、ここは嫌な部屋だった。
できれば封印したい。
このまま、ずっと。
自分の後ろめたさの理由が、ここにあるからだ。

2

「ああ……」彼女は思わず息を飲んだ。
自分の躰は、一発の轟音《ごうおん》で共振し、今も、まだ震えていた。
動けない。
なんてこと……。
冗談だと、思ったのに……。
まさか、本気で……。
たった今まで、あんなに笑っていたのに……。
ピストルだって……、
おもちゃだと、彼女は思った。
まさか……。

「こんな小さいのじゃ、つまんないよ」彼は指を立てて、くるくるとピストルを回転させた。「やっぱ、本当はライフルが欲しいなあ。ほら、子供のときさ、西部劇見なかった?」

「私、ピストルとか好きじゃないわ」

「好きとか嫌いの問題じゃないよ」

「じゃあ、何なの?」

「力があるか、ないか……。これじゃあ、小さ過ぎる」

「それでも、充分大きいと思うけど」

「だめだめ……」彼は目を細めて首をふった。「ああ、ライフルが欲しいなあ。一度でいいからぶっぱなしてみたいよ。ずどん、と腹にこたえるんだろうな」

そんなに小さくなかった。彼が持っているピストルは、重そうで、意外に大きい。でも、きっとデフォルメして作ってあるのだろう。モデルガンとはそういうものに違いない、と彼女は思った。

どちらにしても、ピストルの話なんか、面白くもない。

そんなものを彼が持ち出したのは興ざめだった。

さっきまで、最高に愉快だったのに……。

二人とも、酔っ払っていた。

暑かったから、服を脱いで、下着しか着ていない。

ベッドではしゃいでから、笑いながら、書斎まで逃げてきた。

当然、彼は追いかけてくる。

彼女は書棚の本を出して、投げつけてやった。

可笑《おか》しい……。

笑いが止まらない。

「こんなに本ばかり集めて、何のつもり?」笑いながら彼女は叫ぶ。「かび臭いわよ、ああ、もう、大嫌い!」

「よせよ!」彼は床に落ちた本を拾い集めている。慌てているようだ。それがまた面白い。

彼女は笑い続ける。

息が苦しいくらい。

「一度読んだら、捨てちゃいなよ。いらないわよ、こんなもの」

「また、読むかもしれないじゃないか」

「読まないわよ、絶対」

そのとき投げつけた本が、屈《かが》んでいた彼の頭に当たった。

頭に片手を当てて、彼はこちらを向く。

彼女を見上げた。

「ごめん」

彼は視線を逸《そ》らす。下を向いてしまった。

「いいよ」もう片方の手で、彼は本を拾った。

「ごめんなさい……」彼女は彼に近づく。「痛かった?」

彼は立ち上がって、本を棚に戻す。

彼女もそれを手伝った。

全部の本が棚に戻る。作業が終わると、彼女には目を合わさないまま、彼はデスクの向こう側に回り、椅子に腰掛けた。

彼は煙草に火をつける。

「ごめんね」彼女はもう一度小声で謝った。

彼は煙を吐く。

「君さ、社会の連鎖について、考えたことがあるかい?」

「なあに、レンサって?」

「鎖《くさり》がつながるように、すべての組織はできているんだ。鎖の場合は一直線だけど、人間社会は網目のようにもっともっと複雑だ。でも、よく観察してみると、一つ一つは、やっぱりただの輪《わ》っか。単純なエレメントに過ぎない。ただ、そいつが幾つも幾つもつながっているだけなんだよ」

「何の話をしているの?」

「たとえば……、その中の一つの輪っかが切れてしまっても、たぶん周りには何の影響も与えない。いや、すぐ隣にはちょっとした影響があるかもしれないけど、せいぜいが、そこまで。これが、一直線の鎖だったら、どれか一つでも切れてしまったら、全体の組織がたちまち役に立たなくなってしまうところだけどね。実際には、そんな単純な組織は存在しないんだ。二次元、三次元、いや、それ以上、何十、何百次元にも連なっている。どのエレメントからも、四方八方につながっているものだから、とても丈夫なんだ。ところが、いまや、一つの輪っかなんて、ほとんど、どうでも良い存在になってしまったのさ。なんていうのかな、それくらい、雁字《がんじ》搦《がら》めの塊《かたまり》になっている。それが、人間社会の成長の結果だね」

「だから、何だっていうの？　つまんないわよ、そんな話。もっと面白いことしようよ」

「面白いもの、見せてあげるよ」

彼はデスクの引出を開けて、中からそのおもちゃを取り出した。

とても大きなピストルだった。

「馬鹿みたい！　そんなものデスクに入れているわけ？」彼女は可笑しくなって、また笑った。「変なの！　泥棒が入ってきたら、それで驚かしてやるのね？」

彼は指を立てて、それを中心にピストルをぐるぐると回転させた。

「こんな小さいのじゃ、つまんないよ。やっぱ、本当はライフルが欲しいなあ。ほら、子供のときさ、西部劇見なかった？」

「私、ピストルとか好きじゃないわ」

「好きとか嫌いの問題じゃないよ」

「じゃあ、何なの？」

「力があるか、ないか……。これじゃあ、小さ過ぎる」

「それでも、充分大きいと思うけど」

「だめだめ……。ああ、ライフルが欲しいなあ。一度でいいからぶっぱなしてみたいよ。ずどん、と腹にこたえるんだろうな」

「それって、もしかして、鉛筆削り？」

「これで、輪っかが一つ外れるよ」

ピストルを回すのをやめた。

彼はにっこりと笑って、そのピストルを自分の頭に当てた。

彼女だって、まだ笑っていた。

彼の白い指が引き金を引き、弾《はじ》けるような高い音とともに、彼の躰がぴんと緊張した。

頭の反対側で飛び散った。

まだ、笑っている。

裁判官のハンマみたいに、デスクにうつ伏せになる彼。

漂《ただよ》う煙。

火薬の臭い。
とくとくと、流れ出る赤いもの。
「ああ……」彼女は思わず息を飲んだ。
立っていられなくなる。
書棚を背にして、滑るように床に座り込む。
眩暈《めまい》。
頭痛。
悪寒《おかん》。
吐き気。
目を瞑《つむ》って、しばらくして、また目を開ける。
どうしても、デスクを見てしまう。
彼の割れた頭が見える。
ついに、赤い血が床まで流れ落ちる。
どうしよう……。
「ああ……」また震える声が漏れる。
躰が、まだ震えていた。
なんてこと……。

冗談だと、思ったのに……。

たった今まで、あんなに笑っていたのに……。

ピストル。

おもちゃじゃなかったんだ。

生きているのかしら。

いえ、そんなはずはない。

でも、病院に電話をしなくては……。

そう……。

思い切って立ち上がろうとして、また眩暈。

腰に力が入らない。

両手を床に真っ直ぐにつく。自分の髪の毛が口に入った。

自分の膝を見る。

ああ……、服を着なくちゃ……。

こんな格好じゃいけない。

彼女は、ようやく立ち上がり、ふらふらと書斎を出た。

リビングを横切るとき、ソファに躰がぶつかった。

暗い寝室に戻る。窓のカーテンが引かれている。彼の匂いがする部屋だ。床に脱ぎ散らかしたブラウスとスカート。彼女はそれを拾い上げる。
躰が妙に重かった。
いや、軽過ぎるのかもしれない。
再び眩暈に襲われる。
ベッドに倒れ込むと、布団が冷たかった。
気持ちが良い。
このまま、眠ってしまおうか……。
夢だったら良いのに。
でも……。
今にも、彼がここへ戻ってきそうな一瞬の気配がした。
戦慄《せんりつ》の予感。
頭の割れた彼が……。
心臓が大きく打つ。
彼女は震えて立ち上がり、慌ててスカートを穿《は》く。ブラウスを着る。
目が熱くなった。
涙。
忘れていた感情。

喉をつき上げる、断続的な息。

痙攣《けいれん》する呼吸。

そっと、忍び足で、戻った。

書斎を覗く。

お別れを、言わなくては……。

「ごめんね……」彼女は囁《ささや》く。

デスクの彼をもう一度見た。

「さようなら」

涙が倍になる。

彼女は、玄関へ走り、ドアを開けて外に飛び出した。

コンクリートの階段は狭い。両手を両側の壁に伸ばして、躰を支えながら、慎重に一段ずつ降りた。それでも、靴音が反響した。

踊り場の外には漂白された眩しい光。

無音から突然の騒音が立ち上がる。

蟬《せみ》の鳴き声と、
子供たちの歓声、
そして、自動車のアイドリング。

じいじい。

きいきい。

ぐるぐる。

暑い日だった。

3

潮が満ちたのだろう、砂浜はなくなった。

いつの間にか、北側も海になっている。

薄暗くなっていたので、見間違いだったかもしれない。けれど、幾つも規則的に揺れている光は、きっと打ち寄せる波に違いない。

そうか……。

彼は気づいた。

ここは、船の一室だったのだ。

おそらく、嵐のために、海岸に打ち上げられた大型船。その中の一室に、自分はいる。

なるほど、部屋が少し傾いていたのは、そのためか。

船の中に、立て籠もっているのだ。

ライフルを持って……。

しかも、書斎には、男の死体。

部屋はもう暗い。

ぎいぎいと、建物、否《いな》、船体が軋《きし》む音。

それが、ときどき、恐竜の鳴き声のように長く響く。

あとは、隙間を抜ける風の摩擦音。

誰も来ない。

周囲が海になってしまえば、もう大丈夫。

誰もここへ近づけなくなる。

そう考えて、彼は少しだけ安心した。

ソファに横になり、少し眠ろうと思った。躰は汗ばみ、気持ちが悪かった。だが、既に電気も水道も使えないだろう。なにしろ、船になってしまったのだから……。

南のガラス戸の外に、明るい半月。

それが、ゆっくりと動いていた。

驚いて、彼は頭を持ち上げる。

立ち上がった。

ライフルを持ったまま、ベランダに出る。

船は平坦な海を、進んでいた。
少しずつ方角を変えながら。
動力の音は聞こえない。
流されているのだろうか……。
下を覗き込むと、細く白い波が、斜め後方へ広がっていた。
半月以外にも、沢山の星が光り、海面にも細かい光が動いている。
光る魚なのか、それとも、星が反射しているのか、わからない。

4

彼女は、放心状態で自分のアパートまで辿《たど》り着《つ》いた。
恐かった。
だから逃げてきたのだ。
でも、このまま放っておいて良いはずがない。
自分の目の前で彼は自殺した。
救急車を呼ぶべきだったかもしれない。
もしかしたら、そう……、助かったかもしれないではないか。

いや……、そんなことは、たぶんなかった。

ありえない。

頭からあんなに血が流れ出していたのだから。

壁や棚まで血が弾け飛んでいた。

とても酷《ひど》かった。

どうして、あんなことになったのか……。

どうして、あんなことをしたのかしら……。

何がいけなかったのだろうか?

何が不満だったのだろう?

わからない。

全然、わからない。

とんでもなく気軽な感じだったのだ。髭《ひげ》を剃《そ》ったり、髪に櫛《くし》を通すみたいに簡単に、彼は自分の頭を撃ち抜いた。

一瞬の躊躇《ためらい》さえなかった。

でも……、と彼女は思う。

いつかこうなることを、彼女は予感していた。

そう……。

一ヵ月ほどまえのことである。

街の居酒屋でお酒を飲んだとき。

二人とも、徹底的に酔っ払うのが好きだ。それがいけない。時間以外に二人を止めるものがないから、必ず、限界を越えてしまう。

何時だったのか、そして、どこだったのか、ほとんど覚えていない。ビルに囲まれた小さな公園があったような記憶。車道の両側に駐車された自動車がずらりと並んでいて、曲面のフロントガラスにネオンの明かりが歪《ゆが》んで映っていた。それでも、この近辺だけが、妙に人《ひと》気《け》がない。静かだった。裏通り特有の鼻につく「排気」っぽい雰囲気が、辺りに停滞している。ゴミ袋が散乱し、猫が何匹も闇へと走り込む。早く通り過ぎようと、普通の者なら思っただろう。けれど、彼女たちには恐いものがない。

彼女と二人で縺《もつ》れるように歩いていた彼女は、よろめいて、何度も倒れそうになった。しゃがみ込むたびに、アスファルトに両手をついて、大笑いした。ざらざらとした地面を両手で触るだけで愉快だった。何がそんなに面白かったのだろうか……。ようやく垣間見《かいまみ》ることに成功した人生の馬鹿馬鹿しさだったのか……、はたまた、盲目的に放出し合う愛情の、まるで悪魔払いにも似た儀式への陶酔《とうすい》だったのか……、笑うことで証明できる存在感にしがみついたはずもなく、大人社会の油のような厭《いや》らしさに濁った外気を押しのける呼吸法だと信じていたわけでもなかった。

まったく覚えていない。

しかし、顔を上げて立ち上がろうとしたとき、目の前に、その女が立っていたのである。

頭から黒い布を被《かぶ》り、色白の顔は目もとの部分しか見えなかった。躰にも同様の布を巻きつけている。両手は胸の前で合わさり、光るガラスの玉を持っていたが、近づいてみると、それは丸い形のグラスだった。中に短い蠟燭《ろうそく》が灯っていたのだ。

「魔術をお望みですか?」女はそう言った。それは、信じられないほど濁った低い声で、年配の男のようだった。僅《わず》かに露出した顔の肌も瞳も透きとおるように美しく、若々しく思えたので、その声がぞっとするほど恐ろしかった。

「あ、どうも……、いいです、いりません。おかまいなく」彼女は片手を振って、断った。

占いか何かの勧誘であろう、と彼女は思った。

「あんた、誰?」彼がきいた。彼の方が、黒い女の近くに立っていた。

「行こうよ!」彼女は後ろから彼の腕を取って引っ張る。

「ちょっと待てよ」彼は振り返って怒鳴った。

その言い方がとても強かった。彼女は手を離す。

女は両手を少し持ち上げる。

蠟燭の炎が消える。

女の顔は見えなくなった。

恐ろしい声が、呼吸することもなく、続いた。

「生からの離脱のその刹那《せつな》、無限にして遥《はる》かな存在に出会い、認識は沙汰するも愚かな幻と化し、死者の抗し難い力に触れるのみなれば、人が願うは一つ、ただ有限の法術の断片に身を委《ゆだ》ね、諸々《もろもろ》の観念、人と人の相関の一切を排除すべし。あるいは、それを、お望みとあれば、生から死への一瞬の夢をただ今ご覧に入れよう」

5

誰かが上がってくる。

玄関の外。階段ホールから声が聞こえた。

彼は起き上がる。

ライフルを構え、通路へ飛び出した。

壁を背にして立つ。息を殺した。

白色の焦げ臭い空気が漂っている。

首筋に流れる汗。

握り締めた銃身に、自分の血液が浸透するような感覚。

来るな！

彼は心の中で叫んだ。
銃口は玄関に向けられている。
壊れたドア。
そして、斜めに立て掛けられたソファ。
隙間に押し込められたマット。
廊下の天井には、丸いライト。
まるで、過去の回転を思い出すかのように、芒洋と光っている。
自分は何を恐れているのか……。
どうしてここに隠れているのだろう……。
その自問とともに、彼の両眼は急速に視力を失う。
その自問とともに、彼の両腕は急速に握力を忘れる。
扉が取り除かれた。
「誰が、こんなことをした？」という人間の声。
「わかりません」という人間の声。
人間たちが入ってきた。
「どちら？」
「そこを右へ」

彼はライフルの引き金を引いた。

次の瞬間、天井のライトがぽんと弾け飛ぶ。

その鈍い音、そして、ぱらぱらと舞い散る破片。

しかし、不思議なことに、銃声は鳴らなかった。

彼は、震える自分の両手を見た。

両手だ！

もう、ライフルは消えていた。

よろよろと後退。

逃げる。

部屋の奥へ。

ガラス戸を開けて、ベランダへ飛び出した。

外の空気は冷酷なほど澄んでいる。

上は卓越《たくえつ》の赤紫に染まる空。

下は凡愚《ぼんぐ》の灰色の大海原。

二色の宇宙。

粉砕された光が一面に散乱していた。

地球の球形を強調するかのように、海面は盛り上がり、水平線の彼方では、絶対的な下方への誘惑が淡い光を放っている。
そこには、永遠の恍惚《こうこつ》が潜んでいるようだ。
いつか、そこへ落ちていくのだろう。
彼が乗っている船は、そちらへ向かっている。
否、すべてのものが、そちらへ向かっている。
永遠の落下を求めて……。
きっと……。
連れていくつもりだろう。
ようやく、球形の安堵《あんど》が彼に訪れた。
明敏《めいびん》にスライスされた円形の静寂《せいじゃく》が幾重《いくえ》にも覆《おお》い重なる。
もはや体温は消失し、物体としての冷たい秩序が彼の躰に侵入し始めた。
自分は、こうして、物体に帰する。
還元《かんげん》される。
既に、結晶は組み立てられ、転移する粒子も見当たらない。
その美しい背景を、網膜の最後の配列に焼き付けて、彼の両眼は固く閉じられた。
そして、その場で、動かなくなる。
「ああ……、これは夢か……」

彼の夢は、化石となった。

6

警官がさきに、彼の部屋に入っていく。
階段には、救急隊員が待っていた。
彼女も靴を脱いで上がる。
「どちら？」前にいた警官が後ろを振り向いてきいた。
「そこを右へ」
「こっち？」
そのとき、突然、天井のライトが消えた。
彼女はびっくりして息を止める。
停電ではない。後ろを振り返ったが、誰かがスイッチを消したわけでもなかった。
「電球が切れたのか」警官が呟いた。
警官は先へ進み、照明が灯っている書斎を覗き込んだ。
彼女はもう見たくなかったから、少し手前に立って待った。
外は真っ暗だ。

リビングのガラス戸が少しだけ開いていたので、カーテンがときどき風で動いた。

隣のマンションの明かりが見える。

明るい書斎から、警官が出てきた。彼女の顔をじっと睨みつけ、警官は何も言わない。

怒っているみたいな表情だった。

彼は、リビングを歩く。寝室へ行き、そこのライトをつけた。服を脱ぎ散らかしたまま
だったら、きっと恥ずかしかっただろう。警官は、引き返してくると、今度はキッチンとバ
スルームのドアを開けて中を覗き込んだ。

いったい何をしているのだろう、と彼女は思った。

救急隊員はまだ玄関の外だった。

彼女は少しだけ進み出て、書斎の中を見た。

部屋の奥のデスク。

そこに、彼の死体はなかった。

飛び散った血の痕だけが、壁に残っている。

事態が理解できない。

どういうことかしら……。

もしかして、彼はまだ生きていたのだろうか。

それとも、誰かが……。

「こっちだ！」という声。「おーい、入ってきてくれ」
警官が呼んでいる。
救急隊員が二人、玄関から入ってきた。
彼女も書斎から出た。
男たちはガラス戸を開けて、ベランダに出ようとしている。
彼女はゆっくりとガラス戸に近づいた。
ガラス越しに、外を覗き見る。
コンクリートのベランダの端。
彼は座り込んでいた。
安らかな死顔だった。

河童

Kappa

「ああ、あの気の毒な詩人ですね」

長老は僕の話を聞き、深い息を洩らしました。

「我々の運命を定めるものは信仰と境遇と偶然とだけです」

（河童／芥川龍之介）

1

秋の夕暮れという境遇は、すべての生きものが帰ってくる安らぎの湖の底に沈んでいる。冷たい澄み切った大気が生命を眠らせ、殺してしまうほどに、優しい。

落葉の下の大地は、暗く乾き、懐《なつ》かしい赤色に染まろうとする天空には、動かない星たち。無数に分裂した樹々の枝先は、自身の無秩序な将来を予感して、震えている。

風は北から吹く。

池辺の小さな公園。ほぼ中央に一つだけある常夜灯が、たった今、灯《とも》った。

日下部《くさかべ》淳哉《じゅんや》は、フィアンセの美友紀《みゆき》を連れて、この池までやってきた。

十年ぶりのことだった。

以前は、池の周辺はどこまでも続く深い森林で、下の村の田畑に水を運ぶための小さな用水に沿って、車や人がようやく通れる小径《こみち》が一つだけあった。釣りをする子供たちを、ときおり見かけたが、普段は人に出会うことは滅多にない。危険を知らせる小さな立て看板も、朽《く》ちて倒れそうだった。

当時、日下部淳哉は、この村にある農家の離れを借りていた。大学を中退し、何の当てもなく、この閑静さ以外に取り柄のない辺鄙《へんぴ》な里に流れてきた。

それが十年まえのこと。

今はもう、日下部の知っている村は、ここにはない。

鉄道が国鉄でなくなり、小さな駅ができてからというもの、瞬《また》く間に村は様変わりした。何かを咄嗟《とっさ》に隠そうとするような、不自然な変化だった。街道には表面だけが新しい店舗が建ち並び、傲慢なほど真っ直ぐな道路が、田園を二分して通った。森林へ延びる傾斜地は慌ただしく造成され、刺々《とげとげ》しい個性ばかりを主張する住宅が建ち始めると、セロファンと銀紙で工作されたコンビニエンス・ストアが、学芸会の前日のように現れた。

望みどおり、村は消えてしまった。

この池にもフェンスが巡《めぐ》り、コンクリートの階段が作られていた。多くの小さな生命は干《ひ》上《あ》がり、人工の光に向かって夜の虫たちは死を求める。怯《おび》えている残りの生きものに、まだ、大多数の人類は気がついていないようだが、もともと、一番鈍感な生命体なのだから、しかたがない。

日下部は煙草に火をつける。

煙とともに、大きく一度、息をした。

車から降りてから、ここまで上ってくる間、二人は口をきいていなかった。少し離れて立っている美友紀は、コートの衿《えり》を立て、黙って日下部を見つめていた。

「君に、話しておきたいことがあってね」日下部はようやく口をきいた。

「ええ……」美友紀は小さく頷《うなず》く。目の前の彼のことを、慎重に、少し恐そうに見る表情だった。「そうでなければ、こんなところに来る理由なんて、とても思いつかない」

「結婚するまえに、どうしても、話さなくちゃいけないことが、あるんだ」

「良かった……。じゃあ、結婚はできるのね？」美友紀は微笑《ほほえ》んで日下部に躰《からだ》を寄せる。

「話を聞いて……、それでも、君が良ければ……」日下部はそう言って、再び池の方に歩きだした。

足もとは既に暗い。

乾いた落葉を踏む音が、慎《つつ》ましく地面の存在を教えてくれる。池面《いけも》は、明るさの残留した夕空を反射し、木立のシルエットを逆さまに映す。複数の虫の声が不規則に重なり、冷たい空気を細かく伝播《でんぱ》する。姿のない鳥たちの鳴き声が、ときおり忘れていた何かを揺らして、この空間の奥行きをふと思い出させた。

「あれからもう、十年……」

日下部は池を見つめたまま立ち止まった。

「本当に早いものだ。ほら……、美友紀、見てごらん」

彼は煙草を持った片手を前方に差し出す。

「ここだ……。この場所だった」

2

当時、私には其志朗《きしろう》という友がいた。

大学の同じ学部の同級生で、歳《とし》は私よりも一つ若い。岡山の酒屋の三男坊だった。私同様に、ほとんど講義室には姿を見せない。彼は演劇部に所属していて、一度だけ誘われて小さな舞台を観《み》にいったことがあるが、予想したとおり、なかなか前衛で刺激的なものだった。なにしろ、言動が普段から芝居がかっている。能面のように表情を変えないくせに、口調は変幻する。音だけでは即座に意味の伝わらないような難しい単語をわざと選んで使う。妙にゆっくりと話すかと思えば、高い声で早口に捲《まく》し立てる。いつも舞台に立っているみたいに、すらすらとものを言う。其志朗は、そんな、生れながらの役者だった。

容貌も実に目を引いた。どちらかというと華奢《きゃしゃ》で女性的なのだが、不思議な存在感がある。ときどき向ける視線は実に優雅で、しかも高圧的。何故か湿っていて、ぞっとするほど冷たい瞳だった。自由に瞳孔を操《あやつ》れるものなのか、その瞳だけで表情を大きく変えることができるようだ。陰のある雰囲気が、舞台を観にくる女性たちに絶大の人気を博していたと聞く。だが、彼は鼻で笑って、こう言ったものだ。

「女ってのはさ……、花みたいに貪婪《どんらん》なくせに、動きが鈍い。なんでも、じっと待っていさえすれば、相手が飛び込んでくるって勝手に思い込んでいるんだ。植物の中で花が一番醜いことに気づいていない」

私の下宿に、彼はいつも大型のバイクでやってきた。ぽんこつの中古品で手に入れたものだ。

「お前さえこんな僻地《へきち》に住んでなけりゃ、とっくにお払い箱にしているさ」と彼自身が話したとおり、エンジンが回り出すことが奇跡的に喜ばしいと思える代物《しろもの》だった。だから、その気まぐれなバイクのせいで、彼はたびたび帰れなくなり、そんな夜は、私の下宿に泊まっていくことになる。それが、次の朝には、ちゃんと動きだすのだから、本当に不思議なバイクだった。

私はほとんど酒を飲まない。彼も同じだ。それでは、何をしていたのかというと、これが何もしない。話をするわけでもなかった。

私は一日の大半を読書に費やしていたし、其志朗が部屋にいるときも、彼に構わず一人で机に向かって本を広げていた。彼は、床に寝転がって、ぼんやりと天井か壁を見ているだけだ。たまに交す会話も、無線の交信のように、とぎれとぎれで長くは続かない。そんな状態で二人とも何時間も過ごせたのである。

「よくもまあ、飽きもせず、本ばかり読んでいられる」

「そういう君は何をしている？　いつもここへやって来て、ただ、ぼうっとしているだけのように見えるけど、よく飽きないもんだね」

「飽きないね。本を読んでる奴を観察するのが好きなんだ」

「なるほど……」

暑いとき、寒いときには、決して外には出なかったが、季節も良く、天候も良い、そんな僅《わず》かな機会に限って、幾度か二人で散歩に出かけることもあった。といって、黙って田園の畦道《あぜみち》を行き、煙草を消費するだけのことだ。山手の高台にある溜池《ためいけ》まで坂道を上り、石ころを二つ三つ池に投げ入れて戻ってくる。呆れるほど非生産的な時間を過していたといえる。

私の下宿している農家に、高校生になる娘がいた。名前は亜依子《あいこ》といった。他に兄弟はなく、一人娘。素朴な感じの頭の良い子、という印象だった。彼女は自転車で隣町の学校に通っていた。ときどき母親に頼まれて勉強を見てやったりもしたが、どんな問題でもすぐに解いてしまうので、教えるようなことは何もなかった。

その彼女が、其志朗が来たときに、離れまでお茶と菓子を運んでくるようになった。私は全然気に留めていなかったのだが、其志朗の方がさきに気がついた。

「なんだ?」亜依子が盆を置いて出ていくと、其志朗は言った。

「え、何?」

「あの子さ」

「あの子? ああ……、亜依子ちゃんのこと?」

「いつも、お前んとこにお茶を持ってくるのか?」

「いや……。お客がいるときだけだ」

「お客って?」

「つまり、君だけだな」

「なんで、俺が来たのを知ってるんだ?」

「バイクの音がしたからだろう?」

「今日は違う」其志朗は首をふった。

私も気がついた。その日、彼の愛車は村に入る橋を渡ったところでエンストし、そのまま沈黙してしまったらしい。其志朗は、残りの道のりをバイクを押しながら歩いてきた。その話を聞いたばかりだった。

「バイクが駐《と》めてあるのを見たんだろう」私は言った。

「見張ってるわけか?」

私の離れは、その農家の敷地の西の外れにあり、竹林に囲まれていた。裏道から直接出入りすることができたから、其志朗の言うとおり、来訪者を母屋《おもや》から直接見ることはできない。

不思議だな、とは思った。だが、声か音を聞きつけたのかもしれない。このときはその程度にしか考えなかった。

3

雪が降りだしそうな夜だった。

其志朗と二人で簡単な夕飯を済ませたあと、私はまた本を読み始めた。八時頃だっただろうか。

扉を軽く叩く音がした。

誰も入ってこなかったので、其志朗が立ち上がって、見にいった。

彼はしばらくして戻ってきたが、「帰る」と一言だけ言い残し、ジャンパを着込んで再び出ていく。

母屋の主人が、バイクを駐めた場所のことで文句を言いにきたのだろう、と私は想像した。以前にも一度、畑にタイヤの痕が残っていて注意されたことがあったからだ。

バイクのエンジン音が聞こえ、それが、やがて遠ざかっていった。お茶を淹《い》れ直し、私はまた机に向かった。

座布団の上にある其志朗の煙草に気がついたのは、かなり経ってからのことだ。忘れものとは珍しい、と私は思った。

二時間ほどして、其志朗は戻ってきた。

「あれ？　煙草を取りに？」

「いや……」彼は上がり込んで、ジャンパを脱ぐ。「やっぱり、泊まっていく」

「どこまで行ってたんだ？」

其志朗は、煙草に火をつけた。そして、私を見ないで、大きく溜息をついた。

そうして、一、二分ほど、彼は黙って煙を吸っては吐き出す。

「亜依子ちゃんっていうのか？　あの子」彼はきいた。

「え？　ああ」私は少し驚いた。

「バイクに乗せてほしいって……、言ったんだよ」

「彼女が？　いつ？」

「今さっき。で……、町まで乗せていった」

「どうして？」

「さあね……。とにかく、どこでもいいから乗せてってくれって言ったんだ」

「ふうん……、今、戻ってきたのか？」

「町で降ろしてやった。帰りたくないって、言うから……」

「ちょっと待て……」私は腕時計を見る。「十時だぞ」

「お前、言ってこいよ」其志朗は首を傾けて母屋を示す。彼女の両親に連絡してこい、と言っているようだ。

「言ってこいって……、どう説明するんだ？　友達が、お宅のお嬢さんを町まで乗せていったらしいってか？」

「そうだ」

「なんで連れて帰ってこなかったんだ？」

「その理由はもう言った」

「相手は子供だぞ。言い聞かせて一緒に戻ってきたら良かったじゃないか」

「ああ……」

「だいたい、こんな時間にだ……、乗せていくのが、もう軽率なんだよ」

「ああ……」其志朗は頷く。「お前の言うとおりだ」

結局、私は一人で母屋へ行き、事情を話した。亜依子の両親は青ざめていたが、私に礼を言った。気まずい思いをして離れに戻ってくると、其志朗は、座布団に座って難しい顔をしている。

「家出かな？」私は座りながら言った。

「たぶん」

「君に気があったんじゃないのか？」

「たぶん」

「それらしいことを言わなかった？」

けた。

「言った」彼は、私の方を向く。

「何て？」

「俺のことが好きだと言った。抱いてくれって言った」

私は言葉に詰まった。自分の煙草を取るために立ち上がり、机の椅子に腰掛けて、火をつけた。

其志朗は、私を見たまま黙っている。

「で、君はどう答えたんだ？」

「嫌だって言ってやった」そう言って、ようやく其志朗は少しだけ微笑んだ。「大丈夫さ。すぐ戻ってくるよ。俺が保証するって。女ってのは、とにかく打算的だからな」

「楽観的だな」私は精いっぱい冷静に言ってやった。

「いや……、これでも悲観してる方だ」

結局、翌朝になって、亜依子は帰ってきた。彼女の父親が、それを伝えに離れまでやってきた。「どうもご迷惑をかけまして」と恐縮して頭を下げたが、部屋にいた其志朗を見た目には、一瞬、攻撃的な光があった。

主人が出ていくと、それまで黙っていた其志朗が小声で囁《ささや》いた。

「座敷牢にでも入れておけよな」

4

二ヵ月ほど経った頃だと思う。

其志朗は、ほぼ二週間に一度の割合で私の下宿に来ていたので、亜依子の一夜の家出騒動があってから、四、五回後の来訪だった。

その夜も寒かったが、其志朗のバイクのエンジンは奇跡的に始動した。彼は、にやりと笑って、「今夜は帰れってことか」と呟いた。

テールランプと低いエンジンの音が、吸い込まれるように闇の中に消えていく。私は、離れに戻って熱いお茶を淹れようと思った。

ところが、離れの戸口に、亜依子が立っていた。

「どうしたの?」

「お邪魔していいですか?」

「ああ……、別に、かまわないけど……」

「ご相談したいことがあるんです」

とにかく寒かったので、部屋の中に招き入れる。私は二人分のお茶を淹れた。

彼女は短いスカートで、座布団に横座りに腰を下ろす。

しばらく話ができなかった。何を話したものか思案して、私は煙草を取り出して火をつけた。亜依子は、じっと私を見つめている。

「其志朗のことなら、たぶん、諦《あきら》めた方が良いと思う」

「ええ……、わかっています」

「じゃあ、何の相談？」

「もう少し待って下さい。お茶を、飲んでから……」

亜依子は妙に落ち着いている。とても子供には見えなかった。私は時間が気になりだした。時計を見ると十時を回っている。

「お父さんたちが心配するから、もう戻った方が良いね」

「今日は、結婚式なの。二人ともいないわ。お婆ちゃんも、もう寝ちゃったし」

私は灰皿で煙草をもみ消す。

「亜依子ちゃん……」私がそう言いかけたとき、彼女は私に飛びかかってきた。

湯のみが畳の上に転がった。

ゆっくりと、お茶が染み込んでいく。

なるほど、液体だな、と思った。

天井からぶら下がっている裸電球。

揺れているように、見えた。

消したかった。
けれど、手を伸ばしても届かない。
明るいままだ。
どうして、
こんなに……、明るいのだろうか……。
私こそ、子供だった。
本当に……。
弱い人間だった。
私は亜依子を抱いた。
すべての責任は、私にある。
「駄目だ」と言えなかった私にある。
自分の弱さを隠すために、私は煙草に火をつけた。
部屋を出ていくとき、亜依子が一度だけ振り向いた。
その誇らしげな表情を見て、私は驚愕《きょうがく》した。
そんなに恐ろしい顔を、私はこれまで見たことがなかった。
亜依子は笑っていたのだ。
私の目に、焼きつく。

朝まで眠れなかった。

ずっと、電気を消せなかった。

明るいままだ。

5

数々の事態を思い描いたものの、実際には何一つ起こらなかった。

次の日も、その次の日も。

私は、ずっと部屋に閉じ籠《こ》もっていたが、誰も来なかった。ようやく、自分がまだ生きていることに気がついて、生活の真似ごとを再開したが、すれ違う村の人々も同じ。それに、母屋の人々も同じ。亜依子さえ、何もなかったように、同じだった。

では、私も同じなのか。

そのことで、私はますます自分を嫌悪した。

本を読んでも、一行も頭に入らない。何を食べても、味がしない。雨が降っても、晴れていても、昼も夜も、もう同じだった。

この村を出よう。

出なければならない。

逃げなくては……。

そう思った。

一刻も早く。

けれど……、
私は結局、春になるまで、この村を出ることができなかった。

どんなに大きな傷も、生きているかぎり治癒《ちゆ》する。

北の斜面の雪も解け、日も僅かに高くなった頃には、私は本を読めるくらいには回復し、安定した。其志朗がやってきたときにも、どうにか話の相手ができるくらいにはなっていた。

彼は、私の様子がおかしいことに、おそらく気づいていただろう。できるかぎり努力して、彼がいる間だけでも明るく振舞っていたのだが、演技力の欠片《かけら》もない私には、無理な話だった。

幾度か、「何かあったのか?」と其志朗は口にした。

「最近、筆が進まなくて、少し落ち込んでいるんだ」私はそう言ってごまかした。もとより創作など停滞したままだ。一度だって最後まで書き切れた例《ため》しはない。

桜が咲いていたから、たぶん四月だったのだろう。

私は、体調を崩し、医者にかかった。大したことはないと高を括《くく》っていたのがいけなかった。息ができないほど咳《せき》が出るようになり、とうとう村の病院に出かけたのだった。何日か通院し、薬を飲む毎日となった。

その日も、病院から戻るところだった。

小川の堤防を歩いているとき、ずっと遠くの橋をバイクが走り抜けるのが見えた。低いエンジン音が轟《とどろ》いて、鳥が何羽か飛び立った。

其志朗が来たのだ。

医者は伝染《うつ》るような病《やまい》ではないと話していたが、其志朗の前で、咳き込んだ惨《みじ》めな姿を見せたくはなかった。どういうわけか、そんな細《ささ》やかな虚栄を私は持ったのだ。私がいないのを見て、彼が帰ってくれれば良い、と願った。

だから、私は小川の土手に腰を下ろし、そこで時間を潰《つぶ》すことにした。蓮華《れんげ》畑の手前にある傾いた電信柱や、田園の真ん中にそびえ立つ高圧線の鉄塔をぼんやりと眺めたり、子供のように小石を川に投げ込んだりしていた。空はどんよりと霞《かす》んでいたが、風もなく、日向《ひなた》は暖かかった。

小一時間ほど、そこにいただろうか。草地に寝転がり、空の眩《まぶ》しさに目を瞑っていたが、途中で眠ってしまったかもしれない。時計を見ると四時過ぎだった。

バイクの音は聞いていない。其志朗が帰ったのなら、同じ道を通るはずだ。眠っていて、気づかなかったのだろうか。それとも、彼は、私の部屋に上がり込んで待っているのだろうか。

いずれにしても、少し寒くなってきたので、躰《からだ》にも悪いだろうと思い、諦めて帰ることにした。

病気のことを思い出して急に咳が出始めた。背中を丸め、ポケットに両手を突っ込み、私は惨めな格好で下宿まで戻った。

其志朗のバイクが、裏道に駐められていた。

やはり部屋で待っているのだ、と私は諦める。そのときには、もう開き直っていた。なんとなく、今日こそは、本当のことを話そうか、と奇妙な勇気も湧いてきた。ついさきほどまでの消極さが嘘のようだ。亜依子との一件を其志朗に話してみよう。案外、軽く笑い飛ばされるだけかもしれない。それならばそれで良いではないか。そんなきっかけで病気もあっさりと治るかもしれない、と私は錯覚した。

ところが、部屋には、其志朗の姿はなかった。

陽は既に山の陰に隠れていたので、室内は薄暗い。微《かす》かに煙草の匂いが残っていた。だが、其志朗の靴もジャンパも、そこにはなかった。

いったいどこへ行ったのだろう?

バイクを置いて歩いていけるところを思いつかない。

そのまま、しばらく待ったが、其志朗は戻ってこなかった。

外が暗くなり始めた頃、私は心配になった。其志朗が母屋に行っているのでは、とも考えたが、それにしても時間が長過ぎる。あの橋を渡って、ここへ彼がやってきたのは、もう三時間もまえのことだ。

何をしているのだろう？

私は立ち上がり、母屋を訪ねることにした。

肌寒い風が、庭先の桜の花を小刻みに揺らしている。仄《ほの》かに明るさの残る西方の空と同じくらい、その花はぼんやりと明るい。きっと光を蓄えているせいだろう。

玄関の戸を開けて、土間に入る。こういった古い家屋に特有のかび臭い湿った空気を感じる。

「ごめんください」

奥の部屋に明かりが灯っている。何の料理なのかわからないが、夕食の香が漂っていた。襖《ふすま》を開けて出てきたのは、亜依子だった。学校から帰ってきたばかりなのか、彼女はセーラ服のままだ。

「こんばんは」一瞬だけ視線を逸《そ》らしたが、亜依子はすぐに明るい表情で挨拶した。

私は自分の鼓動を抑えるように密かに深呼吸をする。立っているために、意識して躰のバランスを取らなくてはならなかった。

「何ですか？」彼女はきいた。

「其志朗が、こちらに、来てないかな?」私はやっとのことで口をきく。

「いいえ」何の躊躇《ためら》いもなく、亜依子は首をふった。白い彼女の顔と、制服の衿に入った細い白線が、蛍光のように暗い部屋の中で浮かび上がって見えた。「あの、其志朗さんが、どうかしたんですか?」

「いや……、彼を見なかったか……、お父さんかお母さんに、きいてきてくれないか」

亜依子は私を真っ直ぐに見たまま頷いて、奥へ入っていった。

私は額に片手を当てる。

汗をかいていた。

熱があるのだろうか。

やがて戻ってきた亜依子は、無言で首を横にふった。

沈黙が続き、奥の部屋から笑い声が聞こえる。

私は、意味もなく軽く頷いて、そのまま母屋を出ようとした。

「日下部さん」小さな声で、亜依子が私を呼び止める。

戸口で立ち止まり、私は振り返った。

「何?」

「私、先週……、其志朗さんと会ったわ」

「先週?」

「ええ……」亜依子は俯《うつむ》き加減に私を見据えている。「日下部さんが、病院に行っているとき……」

「あいつ、ここへ来たのかい？」

「ええ」

奥から彼女の名を呼ぶ声がする。亜依子はそちらに明るく返事をした。けれど、もう一度振り向いて私を見たときの彼女の笑顔は、悪魔のように恐ろしかった。

私は、後ずさりして、外に出る。

気が遠くなった。

そのまま、離れまで這うようにして、私は戻った。

6

その夜、夢を見た。

恐ろしい夢だった。

嵐のように草木がさわさわと靡《なび》き、空には灰色の雲が高速に流れ、いずれも、みるみる形を変えた。

そこは暗い池の辺《ほとり》だ。

其志朗が、池を背にしてぽつんと立っている。黒い服を着ていたが、顔だけは青白い。揺れる髪が額にかかり、しかし、瞳は私を見つめて動かない。

何故か、その造形が、この上なく美しく、見えた。音はしなかったが、稲光が幾度か彼を照らす。そのたびに、ますます彼の顔は白く、瞳は黒く、鮮明となった。

「君は、亜依子のことが好きなのか？」彼はそう言ったが、その口は動いていなかった。

私は首をふる。

「なるほど……」地面に突き刺さるかのように真っ直ぐに立ったまま、彼は滑《なめ》らかに話す。「愛情とは、どこか謎めいた戦利品に類似している。観察者たちには、蜘蛛《くも》の巣に囚《とら》われ、揺《ゆ》らぎ微動《びどう》する小さな羽根の連想を与えるが、その実は、毒を多量に含む粘液に淀《よど》んだ織物。淡い美酒の香に波打つかと思えば、生死を色分ける平淡さをも併せ持つ、ただの鉛色だ」

「どうした？　君は何を言っているんだ？」私はきく。

「ようするに、一種の忘却、あるいは一瞬の精神異常に過ぎない」彼は私に一歩近づいた。「単に貪食《どんしょく》を繰り返す醜い生命の証《あか》しかといえば、それも真。さらに、天空へ遥か立ち上らんとする高貴・理想の類《たぐい》かといえば、また、それも真。だが、その実は、すべてが残骸と空虚。縛《しば》られていることを認識せぬ人間だけが、己を自由だと錯覚できる。愛されていることを知らぬ人間だけが、愛情が無限だと期待する。まったく、持て余すとはこのことだ。君は、何を望んでいる？」

「僕は……、何も望んではいない」

「そう……、そうして、待っているだけの花だ。回りくどい蜜の香で誘う偽善。手を振り広げ博愛をひけらかす狡猾《こうかつ》な罠《わな》。生《い》け贄《にえ》を待っている残酷な亡者。それが、誇り高き君が望む愛情という名の花だ」

「そうかもしれない」私は項垂《うなだ》れる。「しかし……、だからといって……」

「淳哉、良いものを見せてあげよう」其志朗は私の目の前に片手を差し出した。

彼の右手だった。

「良いか。これが、本物の愛情だ。そうそう滅多なことで、見られるものじゃないぜ」

彼の手首に、赤い筋が現れる。

そこから、たちまち真っ赤な血が、湧き出た。

「其志朗！」私は、慌てて彼を見上げる。

「ほらね、たった今、僕は手首を切ったんだよ。ごらん、溢《あふ》れ出るこの赤いもの……、これは、何だろう？」

私はどうして良いのか、わからなかった。

其志朗は私に顔を近づける。

「これは何だろう?」

私は首をふる。

「わからない」

私は首をふる。

「よくごらん」

私は首をふる。

「これが、僕だ」

そう言って、其志朗は私に接吻した。

7

目が覚めた。

躰中に、汗をかいていた。

自分の右手首を、左手で握り締めていた。

その手を引き離すのに、時間がかかる。

身震いがして、苦しい息を再開した。

窓の外は、うっすらと明るい。
私は起き上がり、コートも着ずに外へ飛び出した。
其志朗のバイクまで駆け寄る。
その冷たい金属に手を触れたとき、どういうわけか、手首に痛みを感じた。
〈これは、何だろう?〉
私は首をふる。
涙がこぼれ落ちた。
バイクの銀メッキを、私の涙が伝う。
私は走りだす。
山の方へ向かう坂道。
夜のうちに雨が降ったのだろう、地面は湿り、草は私の足に絡《から》みついた。
その坂道を上りきったところ……。
私は、地面に赤いものを見つけた。
雑草の葉の上に、赤い血の限りなく綺麗な円形。
その少し先にも。
また、その先にも。
〈溢れ出るこの赤いもの……、これは、何だろう?〉

私は首をふる。
先へ行くにつれて、それは大きくなり、さらに美しい赤色に近づく。
血。
血の痕が、池まで。
続く。
私は駆けだし、池の中に入る。
水が、私の足に纏《まと》いつく。
膝まで冷たい水に浸《つ》かる。
冷たかった。
けれど、池の水は、赤くはない。
赤くないのだ。
池が隠している。
其志朗の血を隠している。
そのまま倒れ、眠りたいと思う。
池が、誘惑する。
どれくらい、そうしていただろう。

足の感覚がなかった。
気がつくと、呼吸の音が囂《かまびす》しい。
呼吸が邪魔だった。
私は、夢の中の其志朗を思い出そうとした。
この場所だ。
同じ場所だ。
彼はここから入っていった。
私の目の前で、少し斜めに、彼は立っていた。
夢だったのだろうか。
あれは、本当に……。
その光景だけが、稲妻のように蘇《よみがえ》る。
おそらく……。
おそらく、私の人生の中で、最も深く人間を愛したのは、この一瞬であったろう。
〈これが、僕だ〉
私は、池の水を掬《すく》い上げて、それを飲んだ。

8

「其志朗さんは……、亡くなったのね？」美友紀はきいた。

「ああ……」日下部は頷く。「その次の日だったか、彼からの手紙が届いた。実に素晴らしい遺書だった。あんなに完璧な死に方を見せられたら、誰も同じ真似はできない」

「警察が探したの？　この池を」

「いや……。僕がこの話をするのは、君が初めてだからね。彼は行方不明になったままだ。この池のことは、誰も知らない」

「どうして、貴方《あなた》のところで自殺を？」

「わからない」日下部は首をふった。「どこまでが本当にあったことなのかも、僕にはよくわからない。自殺したのも確かとはいえない。僕にだけ、見せたかった芝居、ということだってありうる。この池へ続いていた血の痕も、ただの演出だったのかもしれない」

美友紀は日下部の腰に手を回し、躰を寄せる。

「冷静に考えられるようになってから、いろいろと気がついたんだけど……、たとえば、あの晩は雨だった。それなのに、ここに血の痕が残っていたのはおかしいだろう？」

「どういうこと？」

「彼が手首を切って死んだのが本当だとしても、それは雨が止んだ朝になってからだった。だから、もしかしたら、僕が熱でうなされているとき、其志朗は一度戻ってきたのかもしれない。僕が夢だと思い込んだ記憶……、彼の芝居がかった言葉もみんな、現実だったのかもしれない。僕の耳もとで、彼が囁いた台詞《せりふ》だった、ということも……」

「もう、やめて……」美友紀は優しく言い、顔を日下部の背中に埋めた。

彼は溜息をつく。

「そうやって、都合の良い解釈をどんどん思いつくんだ。まるで、それが、長生きするための呪文みたいに……」

「帰りましょう」

「彼の血は、きっと池の底まで、ずっと続いていただろう」日下部は小石を拾い上げながら言う。「そう、やっぱり、それが本当なんだ」

「どうして、こんな話を私に？」

「あのとき、誰にも言えなかったから」

「どういうこと？」

「さあ、自分でも、よくはわからない」

日下部は、小石を池に投げ入れた。

軽やかな水音が響く。

「もう、ここへは来ることもない」

「ええ……、来ない方が良いわ」

「うん、もう大丈夫だ。君に話して楽になったよ」

「戻りましょう」

二人は坂道の方へ歩み去る。

小石が吸い込まれたところから、ゆっくりと波紋が広がる。

睡蓮《すいれん》の葉が僅かに揺れている。

広がった波紋は消えていく。

もう音はしない。

今一つ、波紋が生まれ、再び、ゆっくりと広がる。

人の頭が、半分ほど、静かに水中から浮かび上がる。

その二つの瞳が、水面上に僅かに出る。

去っていく二人の後ろ姿を、その瞳が追う。

赤く染まった空を、池は映す。

水は、冷たい。

気さくなお人形、19歳

Friendly Doll, 19

1

金曜日のとっておきの夕方だった。一週間で一番うきうきする夕方だよね。明日は土曜日で、授業はなし。その次の日曜日もお休みで、好きなことができるわけ。つまらないことに時間を使っちゃったりしたら、なんだか絶対もったいないぞ、とか思ってしまうのが、つまり金曜日の夕方なの。ほら、お祭りとかもそうだけどさ、当日よりも前夜祭の方が断然楽しいし。思うんだけど、人間ってさ、現在の幸せよりも、将来の幸せの方がでかく見えるんだね。希望が好きなんだ。ていうか、そう感じられるってところが、そもそも猿より賢《かしこ》いってことなのかな。うわあ、深い考察じゃん。

さあ、バイト、バイト。

これって、口癖かもね。そう呟《つぶや》きつつ、スカートを両手で持ち上げて、アパートの階段をどかどか下りてったっけ。この階段さ、ぎいぎい、ばこばこ、とにかく煩《うるさ》いんだよな。もうさ、ほとんど本人、楽器の境地ってやつかも。でもって、一階の通路の奥んところに入れてある僕のマシン、タイヤの小さな自転車（ほんとは、ママチャリって呼んでるんだけど、まあ、ここはひとつ上品に書いておこう）を引き出して、歩道に出ていったら、そいつが立っていたんだ。

「タカナシレンムさんですね？」もぞもぞした態度で、のっぽの男がお辞儀をした。

びっくりしたなあ……。

だって、二メートルくらいあるんだもん。そうだなあ、僕よりもたっぷり頭二つ分は背が高い。これ大きい頭二つだよ。小さい頭だったら三つ分かも。スイカからメロンまで、人間の頭の大きさにもいろいろあるからさ。ま、そんなことはどうでもいいや。だけど……、あんなに背が高いと、走るだけで風圧とか大変だと思うな。

「違うよ」僕はすぐに返事をしたさ。

だって、タカナシって部分は合っているんだけど、レンムは違うもんね。漢字だと、高梨ってよく書かれたりするんだけど、本当は小鳥遊。コトリアソブじゃないよ。珍しさが有名だから、けっこう知られてるよね。つまり珍しくなくなってしまった名字だと思う。下の名前は、練無と書いて、本当はネリナって読むんだ。これはちょい苦しいよね。うん、無を練る、てのが、ちょっと哲学的だから、下々の者にはわかんないよ。これは変わってると自分でも思う。小学校のときも、いつも先生にレンムって読まれたっけ。言っちゃなんだけどさ、ようするに、うちの親父が高尚だったの。だから、しかたがないよ。僕の責任じゃないもん。

というわけで、レンムは一応は読み間違いなのだ。親しい友達はみんな、レンムって音読みするから、それはもう渾名《あだな》みたいなもので、慣れ親しんではいるんだけど、それにしたって、知らない人間から呼ばれる筋合いはないよ。悪い術にかかっちゃったみたいに固まってんの。額から汗流してさ。ガマの油をふと連想。あんまり黙りこくってるから、ちょっと呆れて、こちらからきいてやった。

「おじさん、なんか用？」

フランダースの犬を読んだのは、小学四年生の冬休みで、あのとき流した涙を僕は忘れない。あのとき改心して以来、僕って、人には超親切なんだよね。基本的に善人だし。のっぽさん、ＭＩＢみたいな黒い上下でさ、ジャイアント馬場みたいに顔が長いんだ。あ、そういや、全部似てるなあ。ほら、腕なんかさ、関節が一つ多くて、三つ折りになるんじゃないかって疑ったくらいだもんね。これ、冗談だよ。でも、長かったなあ……。感無量だね。一度、腕立て伏せしているとこ、見てみたいや。

しかし、どっちにしても、頭悪そうなんだよな。可哀想になっちゃったからさ、僕の本当の名前もちゃんと教えてやった。

「あ、これは……、どうも失礼をいたしました」そこで、ジャイアントさん、またお辞儀をしたね。ようやく術がとけて一息って感じ。でも、お辞儀するだけで、パワーショベルが動いているみたいでさ、腰が悪くなりそう。

「何の用？」

「実は、あちらにいらっしゃるお方が、小鳥遊《たかなし》さんにお願いがあるので、是非、内々にお話がしたい、とおっしゃっているのです。お時間は取らせませんので……」

そう言って、長い手をすっと伸ばしたその先を見たら……、こりゃまたびっくり。うわあ……、通りの反対側に白いロールスロイスが駐まってるんだもん。それも、ほらほら、あれだよ、あれ。胴体がやたら長いやつ。腹の下に五つ目の車輪があるんじゃないか、って心配になるくらい長いやつ。えっと、そうそう、リムジンっていうのかな。

「あ……、ぼ、僕……」

焦《あせ》ったよなあ、正直さ。マフィアかギャングかと思ったもん。あ、同じか。あと、国際救助隊かな、って少しは思った。冗談だってば。

そういや、目の前のジャイアント馬場さんも、手下とか用心棒とかって雰囲気が二百パーセント発揮のキャラだし、そうね、その場にむらむらっと醸《かも》し出される恐怖政治みたいな、丸かじりの圧倒的な凄味が活《い》き造《づく》り、みたいな……、季節外れのしぼりたてっていうのか、暴風波浪警報なのに良い天気みたいな、さあ、だんだんわからなくなってきたけど、まあ、一言でいえば、小説よりも奇なりって感じの出来の悪さがなきにしもあらず。心ここにあらずって。君は荒野のならず者。無理に韻を踏んでみましたけど……。ああ、寒くなってきたな。

気を取り直して……。

しっかしね、真剣にまずいと思ったわあ。まだ危害は受けていないけどさ。

ジャイアントさんが来いっていうから、もうどきどきで、ついていったわけ。その白いリムジンの後部のドアを開けて、ジャイアントさん、蟹《かに》みたいな長い手で僕に手招きをする。いよいよこりゃあ、誘拐だぞ、とも思ったけど、でもさ……、僕も、僕んちも、僕の親戚も、大してお金持ちじゃないし、それに、こんなでっかい車持っている奴が、そんなみみっちいことするはずないよな、という計算が一瞬で走って……。あ、僕って、まあ、頭の回転は速い方だから。

車内がまた凄いんだ。床に絨毯《じゅうたん》が敷き詰めてあって、そこに寝そべってもいいくらいだった。ぴかぴかのテーブルがあって、そこにグラスとかのっているし、ウインドウがスモークガラスだから、なんか、高級クラブ（バイトしたことあるから知ってるんだけど）みたいな濃いインテリアだったね。

それで、肝心のさ、後ろのシートに座ってる奴ね。小柄なじいさんなわけ。その人は……、そうね、ちょっと拍子抜けの感じかも。丸いメガネをかけてて、白いTシャツにブルーのジーンズで、小綺麗な格好ではあったけど、別段、金かかった服装じゃないし、ありきたりの安物のじいさんなんだな、これが。僕がそのとき着ていたワンピースなんか、八万円もしたんだからね、こっちの方が上じゃん、みたいな変なこと考えたくらい。そんな余裕なかっただろうって？　それが、こういうときにかぎって考えちゃうの。そうそう、小学校のときにさ、担任の先生に殴られたとき、先生のズボンのチャックが開いてたんだよね。ああ、社会の窓を開けている人間に僕は叱られているのだなあ、虚《むな》しいことよ、って思ったもん。

「小鳥遊君、こんにちは」しわがれ声で、そのじいさんが言った。「君、バイトをしないか？」

「しないかって、今からバイトですけど……」僕は答える。ほら、僕、受け答えはしっかりしているみたいだけど、実はどきどきなんだよね。「あの……、あなたは誰ですか？」

「ほほほ」梟《ふくろう》みたいに高い声で笑って、そのあと、三十秒くらい、ごほごほ咳き込んでやんの。もう死ぬんじゃないかって思ったら、もちなおして、じいさんは言葉をしゃべった。

「わしはな、纐纈《こうけつ》じゃ」

「コウケツジャ？」僕はきき返す。何人《なにじん》だよ、こいつ。はっきりいって、漢字変換、絶望的だったけど、音で鵜呑《うの》みにする。そんな頓珍漢《とんちんかん》な名前聞いたことないや。

「時給三千円だ」指を三つ立てて僕に見せながら、じいさんはにやにやと皺《しわ》だらけの顔で笑う。「どうだね？　やる気はないか？」

「どんな仕事ですか？」僕は当たり前のことを尋ねる。もったいぶらずに、自分からすらすら言えばいいのにさ、相手に尋ねさせないと、さきへ進まない話法って、僕、大嫌いなんだけどな。「仕事の内容をさきに聞かなきゃ」

「もっともじゃ」じいさんはますます上機嫌って感じで、うんうんと頷いてから言った。「まあ……、そう、特に何をするってもんでもない。ただ、わしと一緒に遊んでくれたらええ」

「遊ぶって、何して？」僕、当たり前のことをまた尋ねるわけだ。

「ま、いろいろじゃ」

今時、「じゃ」なんて接尾語を付ける奴いるか？　うさん臭《くさ》いよなあ、まったく……。

「ちょっと待って下さいよ。それって、なんか、めちゃくちゃ恐いですよ」

「何が恐いんじゃ？」

「どうせ、いやらしいこととか、風俗とか、えっと、エッチとか、そういうことでしょう？」

「馬鹿者！」じいさん、唾を飛ばして真っ赤な顔になったね。シートから立ち上がろうとして、天井で頭を打ってんの。広いリムジンといえども、高さは低いわけ。

「怒らないでよ」僕は小声で呟く。たぶん、聞こえなかったと思う。

「わしを誰だと思っとる……」

コウケツジャさんだろう？　知らないよ、何者なの？　独りで怒ってろよ。

「じゃあ、どんなこと？」僕って親切。「もっと、具体的に言ってもらわないと、困るよ。三千円なんて、普通じゃないもん、高過ぎるもん。警戒するのが当然でしょう？」

「浅はかな奴じゃの……」じいさん、ようやく少し落ち着いた。腹に力を入れて息を止めてるみたい。十分くらい太極拳でもやってきたら良いのにね。まだ、僕のこと睨みつけてやがる。

「ごめんなさい」僕、謝っちゃった。いいやもうさ、これはサービスだな。シルバ・シートと同じ。ああ、僕って模範的市民。

じいさん、急ににっこり笑った。子供か、こいつ。

「たとえばじゃな、一緒に散歩をする、とか……、わしの屋敷で一緒にお茶を飲むとか……、あるいは、どこかへ一緒に買いものにいく、とか……、ああ、まだ、いろいろあろうがの、しっかりと計画があるわけではない」

わけのわかんないこと言いだしたよ。

「なんで、そんなことでバイトになるわけ？　変じゃないですか……」もう僕って、当たり前のことしか質問しない素直星人だったのね。

「その疑問を忘れる努力に、金を払おう、と言っておる」

言っておる、だとう……。ちょっと耳の奥の方でカチンと音がしたけど、まあ、老人には親切にしなくちゃいけない、と思い直して、僕は考えるふりをして黙った。ここまできたら、立派なボランティア活動だ。

「ところで、腹は減っておるか？」

「なんで？」

「今から、飯を食わせてやろう」突然、じいさんは別の話題を持ち出した。

え、飯？　まさかドッグフードとかじゃないだろうな、なんて台詞《せりふ》を思いついたけど、口にせず。

「あ、いいです」僕は首をふった。「もうすぐ、バイトだし」

「断りなさい」じいさんは即座にそう言った。次の瞬間には、電話を僕の前に差し出す。

「ちょ、ちょっと待って下さいよ……」

「わしを誰だと思っておる」

だから、知らねえよ！　たとえ、じいさんが水戸黄門だって、僕はバイトに行くんだから……。

2

白いリムジンが路地裏に停車して、僕とじいさんの二人だけが降りた。なんかさ、小さな店なのね。こんなんじゃなくてさ、デニーズとか、ロイヤル・ホストとかの方が良かったのになあ……。

ドアも、今どき、手動なんだよ。マニュアルってやつね。それを開けたのはじいさん。まったく、いかがわしいって感じの店だったたな。入ったところに小さな待合室があって、これが暗いんだ。そのうえ、奥のカウンタの向こうに、絵に描いたような怪しい中年のおやじが立っているわけ。本気で絵に描いてあるんじゃないかって思ったくらいだもん。嘘だけどね。で、そいつが、じいさんの顔を見てわざとらしく深々と頭を下げやがって、「階段をお気をつけて、お越し下さい」なんて言うんだ。お気をつけて、なんて、電気をつけるみたいに言うなよ。どこにスイッチあんのさ？　うわあ、禁酒法の時代？　地下の酒場で赤いドレスの踊り子がカルメンでも踊ってるんじゃないの、ほら、口に薔薇《ばら》とかくわえてさ……。うわあ……。

お気をつけて、狭い真っ直ぐの階段を下りたら、普通のレストランだった。思ったよりも広かったけど、テーブルが五つくらいしかなくて、めちゃくちゃそれが離れているんだ。ようするに、鬼のように高そうな店の雰囲気。あ、鬼が高いわけじゃないよ。お客なんか一人もいないんだ。目つきの悪い従業員が何人かいるだけ。

バイト？　うん、結局断っちゃった。もう、なるようになれって感じだもの。わりと、潔《いさぎよ》いというか、非粘着気質なんだね、僕って。髪の毛もさらさらだし。粘着気質って、ほら、保健体育の教科書になかったっけ。男三人並んでいる気持ち悪いイラスト。ない？　あれ、年代が違うのかな？

とにかく、電話でバイトはキャンセル。ただで美味《うま》いものが食べられればさ、それはそれでいっか、みたいな……、軽ーい、気安いお年頃だし。

じいさん、長いことメニュー見てたな。で、僕の意見なんかきかずに料理の注文をした。ま、きかれてもわかんないけどね。あと、ワインを持ってこさせた。それを何かの儀式みたいにして、なめたりしてから、僕にも飲ませてくれたよ。これはね、信じられないくらい美《お》味《い》しかったなあ。もう、なんていうのか、香《かおり》が普通の（つまり僕が飲んだことのある）ワインの十七倍くらいあったからね、びっくり。なるほど、あるところにはあるのだな。したがって、ないところにはないのだな、と思ったしだい。

「小鳥遊君は、趣味は何だね？」じいさんはグラスを片手にきく。いきなり質問かと思ったら、これだもんね。ぼけてんじゃないか。

「今は、少林寺ですね」

「ほう、空手じゃな」

なんだよ、その、じゃな、ってのは……。南アメリカっぽいなあ。もう……、ぷんぷん。

「いえ、少林寺です」

「どうして、そんな格好をしておるんじゃ？」

ほらほら、ついにきいてきましたよ。もう、うんざりの質問なんだよ、それは……。

「いけませんか？」僕はおきまりの返答。

「いや、とても似合っておる」じいさんはにっこりと頷いた。困った顔をするかと思ったから、これは少し意外。「ただ、少林寺拳法とは、多少イメージが食い違っておるのも事実じゃの。スカートの下にまだ何か着ておるな。膨《ふく》らんでおる」

いけないのかよ。膨らんでちゃ……。

え？　いけないのかよ！

「ペチコートっていう下着です」

「重そうじゃの」じいさん、テーブルに肘をついて身を乗り出す。そして、口をへの字にして、僕のスカートを覗き込むわけだ。いやらしいったらない。

「ええ……。ご心配なく」

「若いの」

「誰に比べて？」

「しかし、それでは戦闘能力が落ちるじゃろ」

じゃろ？　じゃの、じゃな、とか。何段活用なんだ？

「ええ……」僕は素直に頷いた。「絶対的な能力としては確かに落ちますよ。だけど、普通は、それくらいのハンディは問題じゃありません。そこにぶら下がっている電球だって、足で割れますよ」

テーブルのすぐ後ろの壁際に白熱電球がぶら下がっていた。ステンドグラスの笠が付いている。わざと質素にデザインしたものだろうな。僕の見たところ、高さは床から二メートル。じいさんは振り返ってそれを見て、またこちらを向き直った。

「やってごらん」

「割ったら怒られる」僕は微笑んだ。

「誰も怒らない」じいさんは小さく頷いたね。店の人とか見ないんだ。ずっと僕を睨んだままさ。

「割ってみせてくれないか。頼む」そして、ゆっくりと片手を出して、ピエロみたいに、さあどうぞ、ってポーズだもん。

アッタマきた！

僕は立ち上がった。こういうとき、カッとなったら負けさ。まずは深呼吸。靴はスニーカだから、当てただけじゃ割れないかもしれない。ある程度の速度が必要だ。割れなくちゃ意味がないもんな。でも、あの高さなら、助走は不要。

一度軽く躰《からだ》を揺すってから、膝を軽く曲げ、躰を少し斜めに構えて、腰を落とす。呼吸を整える。

蹴り上げたあとの着地の姿勢を頭の中でシミュレート。

店の人が二人こちらを見ている。他に客はいない。

「やるよ」僕はじいさんに小声で一言。

じいさんは無言で頷く。

頭の中で自分にゴーサイン。

息を止め、跳躍。

自分の左足が目の前に上がる。

命中。

鈍い音。

電球は割れて、ガラスの破片が飛ぶ。

僕の頭にも、スカートにも、テーブルにも、床にも。

幸い、僕は倒れずに着地できた。
二、三度、軽くジャンプする。
じいさんは拍手。

呼吸をする。

僕は、まだ笑えない。

こういうときって、すぐに笑えないんだ。呼吸のリズムが戻るまで、表情が動かない。感情も戻らない。少しの間、しゃべることだって、難しい。

「良いバランスだったな」じいさんは手を軽く叩いて言う。

お店の人が箒《ほうき》と塵取《ちりとり》を持ってきた。瞬《また》く間に後始末だ。まるで、毎週、その電球を誰かが割っているみたいに手際が良かったよ。僕はまだじっと立ったまま。

「じっとしていなさい」じいさんが僕にそう言った。

「なんで？」

「髪にガラスの破片がついておる」

「目が良いね」

「きらきら光っているからな。じっとして……、人形のように動かないで……」

蝶ネクタイの年配のボーイさんが、僕の頭のガラスもスカートのガラスも、払ってくれた。そのときは、さすがに箒じゃなかったよ。でも、箒みたいな、小さな道具。何のためにあんなものがレストランにあるのか、さっぱりわからない。

「誰に習っておる？」

「根来機千瑛《ねごろきちえい》先生です」

「ああ……、あやつか」じいさんは頷いた。

「知ってるの？」

「知っているとも。よくあの堅物《かたぶつ》が、君のような、その……ファッションを許したな」

「確かに、この格好は不向きだけど、知らない相手は油断するから、それで帳消し。たとえば、人数が多ければ……」僕はようやく普通に話せるようになった。「脚が見えないから、最初の一撃が絶対的に有利」

「なるほど、なるほどな」じいさんは嬉しそうに頷く。「理屈屋じゃな。ほっほ……」

「もし、相手が相当な腕だった場合は、スカートを脱げば良い」

「ほう、待ってくれるかな？」

「ええ、相当の腕だったら」僕は椅子に座りながら頷く。

「面白い」じいさんは口を丸くして、ほうほうと嬉しそうだ。「もっともじゃ」

変な奴、と思ったけどね、まあ、話はわかるようだ。根来先生のことを知っているみたいだったから、そこのところは評価しよう。

3

美味しかった。めちゃくちゃ美味しかった。でも、料理の名前は覚えられなかったし、どんな素材でできているのかも不明。肉だって、どんな動物なのか不明。きかなかったしね。そういうつまらない話題って好きじゃないからさ。そんなこと話すくらいなら、黙っていた方が静かでいいや。日本料理でも中華料理でもなかったことは確か。それくらい。

でも、少しは話をしたよ。武道のこととか、大学のこととか、あと、日本の経済のこととか……。で、話しているうちに、じいさんのこと、ちょっと見直したかな。若者の気を引こうってところがないのが良いな。それに知ったかぶりをしない。昔話をしない。自分の価値観を押しつけない。わりと、僕の話をちゃんと聞いてくれる。うん、これは基本的なことだけどね、なかなかできないんだよ。年寄りってさ、だいたい、先回りをして通せんぼするみたいな、大袈裟な当たり前の忠告ってやつをしたがるもんなんだ。「このままじゃ、さきが思いやられるぞ」ってやつ。でもさ、思いやられるのは、僕じゃなくて、年寄りの方なんだし、そのくらい未来にはきっと死んでるんだよ。心配ないじゃん。第一さ、時代が違うんだよね、時代が……。そんなさ、人間一代に得られる教訓なんて、たかが知れてるよな。たまたま、その時代を生きてきただけでしょう？

これからの時代が、今までと同じなわけないんだし……。

じいさんは、やっぱ大物だなって思った。よくわからないけど、めちゃくちゃ金持ちなのは確実だし、人を動かす人物だってことは、貫禄でわかったね。これ、変な意味じゃなくて。客観的に誉《ほ》めているわけ。

しかしね……、問題のバイトなんだけど、これがよくわかんないんだよね。知らないうちに、時給四千円になっていてさ。話を聞いてみると、一週間に一回、四時間くらい。ただ、じいさんと一緒にいて、話の相手をしていれば良いだけみたいなんだ。つまり、一週間で一万六千円で、一ヵ月で六万四千円でしょう？　これって、家庭教師より割りが良いよね。しかも、僕さえ良ければ、ずっと続くっていうんだ。足代も、食事代も向こう持ちで、それに……、これちょっとびっくりしたけど、洋服も買ってくれるっていうんだもん。

身の危険は、多少は感じた。

僕、馬鹿じゃないからね。

話がうま過ぎるって。

でも、じいさんの雰囲気からすると、なんとなく、安心しちゃうんだなあ。まあ、そこらへんが、人徳ってやつかもね。これでもって、今まで商談とかまとめて、がっぽがっぽ稼《かせ》いできたんだろうなって、思うわ。

まあ、いいか……。殺されるようなことはなさそうだし。法律にふれるようなやばいことでもないみたいだから。一応、引き受けよう。

ホントかな……。大丈夫かな……。

ずっと自問したさ。

でも、半面ね……。

あれと、あれと、あれを、買えるな、なんて頭の中にショーウインドウが映っているわけ。もうさ、ドレスを試着している僕がいるんだよね。うわあ、お調子者。

白のリムジンで、アパートの前まで送ってもらって、降りようとしたら、前の席から、ジャイアントさんが出てきて、僕に大きな箱を手渡した。

「来週は、お迎えには参りません。纐纈様のお屋敷まで、直接お越し下さい。地図や屋敷の案内図、それに、その他の要領が、箱の中の封筒に入っております。もし、ご不明な点がございましたら、私にご連絡下さい。名刺も同封してございます」

「この箱は何?」箱を受け取ってから、僕はきいた。そんなに重くはない。

「この中のお召し物で、来週はいらっしゃって下さい」

「お召し物?」僕はきき返した。

「さようでございます。これは返却には及びません」

ジャイアントさん、躰を折り曲げてリムジンの助手席に乗った。ガラスの中は見えないから、車内のじいさんの顔ももちろん見えなかった。

リムジンは、走り去る。

それをぼんやりと見送っていたら、後ろから肩を叩かれた。

「何しとん? れんちゃん」

振り向くと、香具山《かぐやま》紫子《むらさきこ》さんが立っていた。アパートから出てきたようだけど、髪が少し濡れている感じだったから、どうやら銭湯から帰ってきたところみたいだ。彼女は、僕の向かいの部屋に住んでて、まあ、わりと親しい友達。見た感じはボーイッシュで、僕よりずっと背が高いんだ。

「君、今夜バイトちゃうの? もう終わったん?」

「うん、ちょっとイレギュラなことがあってさ」

「それ何?」紫子さんは僕の持っている箱をじろじろと見る。

「さあ……」僕は首を傾《かし》げた。「たぶん、洋服だと思う」

「たぶん? なんやのそれ……」首を捻《ひね》って紫子さんは口を尖らせる。「説明を乞うぞ」

とにかく、立ち話もなんだから、出しっぱなしだった自転車を仕舞ってから、中に入った。僕も紫子さんも二階の一番奥の部屋なんだ。

「すぐ行くでぇ」紫子さんはそう言って、向かいの部屋に消える。あとで、僕の部屋へ来るつもりなんだ。僕、部屋に鍵をかけることなんて滅多《めった》にないから、よく紫子さんは、知らないうちに僕の部屋に上がり込んでいる。起きたら、彼女がいたって経験、一度や二度じゃないよ。それなのに、その反対ってないんだよね。僕が紫子さんの部屋に行ったこと、あんまりない。散らかっているとか言って、入れてくれないんだもん。麻雀するときも、お酒飲むときも、だいたい、僕の部屋ってことが多いし。

部屋に入って、窓の外に出していた洗濯物を片づけていたら、紫子さんが缶ビールを二つ持って入ってきた。

「さあさあ、紫子さんに全部話してみそ」彼女は、既に座り込んでいる。

しかたがないので、夕方からあった一部始終を僕は話した。それから、最後にもらったばかりの箱も開けてみたんだ。

「げぇ！」紫子さんはオーバに声を上げた。「こりゃ……。れんちゃん、あかんで、あかんで。君、これだけは……」

といって、特にやばいものが入っていたわけじゃないよ。単に、普通のおとなしめのブラウスとロングのスカート。あとは、カーディガンとスカーフ。とても、シックで地味なんだけどさ、ちょっと趣味がね……。まあ、ブランドものであることは間違いない。全部で三十万じゃ買えないな、と僕は思った。

「倒錯やわ。ああ、くらくらしてきた、私」ビールを飲みながら、紫子さんは目を細めて首をふった。

僕はワインを飲んできたから、ビールは飲みたくなかった。だから、コーヒーを淹《い》れていたんだ。ぽこぽことコーヒー・メーカが音を立て始めたので立ち上がって、カップにコーヒーを注いでから戻る。

「ね、どうする気なん？」紫子さんは真面目な顔で僕を見る。

「どうするって、バイトだからさ」僕はうっかり微笑んだ。

「あかんて、君！」また紫子さんは首をふる。「そんな、将来有望な若者が、そんないやらしい変態おやじに弄《もてあそ》ばれるなんて、許されへん、絶対あかんて！」

「弄ばれてなんかいないってば」僕はベッドに腰掛ける。僕のベッドって高さが三十センチくらいしかないんだ。「何がいけないの。これ普通の服じゃん。今のこの方が、派手でしょう？」

自分の着ているフリル付きのワンピースの胸のところを僕は摘《つま》んでみせる。

「まあ……、そういやそうやけど……」紫子さんも認める。

「そんなことよりもさ、目的がわからないのがね、ちょっと、気持ち悪い」

「それや、それそれ!」紫子さん、うんうんと大きく頷いた。眉を寄せて、めちゃくちゃ深刻な表情。「今日だって、そのレストランで、君にパフォーマンスをさせたんやろ?」

「え? ああ……、電球割りのこと?」

「そうそう……。それも、なんか怪しいで」

「どういうふうに?」

「いやあ……」唸《うな》って天井を見上げる紫子さん。腕組みをして、ますます難しい表情になった。「この服もさ、もの凄い変。なんかあるよ、これは。君を利用して、なんか企んでるわ、間違いあらへん」

「そりゃ、企んでいると思うよ」僕は簡単に言った。「お金を出して僕を雇《やと》ったわけだし、この服もくれたみたいだし」

「え? くれたの? これ?」紫子さんの目の色が変わった。「うっそー! そんなうまい話ないで! あかん、あかん、警察呼ばなあかんて、これ、犯罪やわ」

「どうして?」

「そんないい思い、君だけがしてどうするん? 私は何? 私はないの? なんで、私には声がかからへんの?」

「この服、使い終わったら、紫子さんにあげよっか? こんなの僕、趣味じゃないもん」

「あほ……。そういう問題とちゃうわ」とか口では言いながらも、紫子さん、立ち上がって、箱からスカートを出し、それを自分の腰に当ててみる。「ほら、私にはちょい短過ぎるな」

「そういう問題じゃないでしょ」

「そやそや、そやった」

4

次の金曜日。僕は乗り慣れないタクシーに乗った。ちゃんと先週もらったご指定の洋服を着て、お化粧も気合い入れたし、マニュアルに書いてあったとおりタクシーにも乗ったんだよね。もったいないけど……、指定されていることは守る。これ、バイトの鉄則。マニュアルといっても、紙切れ一枚だけどね、地図と一緒に箱の中の封筒に入っていたんだ。ワープロで作ってあったっけ。きっと、あののっぽのジャイアントさんが作ったんじゃないかな。だとしたら、キーボードとか特注だろうね。

纐纈というのが、じいさんの名前でした。その屋敷、僕の住んでいるところの隣の区で、車で十五分くらい。山手《やまのて》の高級住宅街っていうのか、とにかく古い立派な門構えの家が多いな。タクシーの運転手さんには、地図を見せて、あとはお任せ。ここですよ、って降ろされたのは、瓦屋根がのった門の前だった。右も左も真っ直ぐに塀が延びているんだ。お寺みたいに広そう。どきどきしちゃったよ。

いやあ、まいったね……。やっぱ、本物の金持ちじゃん。

ほら、門の近くにさ、ガレージとかないんだよね。車はどこか別のところから入るわけ。外からは何も見えないけど、庭とか広いんだろうな。プールとかもあるかも。でもって、プールが、がーってスライドして開いて、地下からハリヤとか飛び出してくるんじゃないかな。もう、何が出てきても、驚かないぞって、そのくらい僕、ファイト入れて、門にあったブザーを押した。これも、マニュアルにあったとおりの行動。

で、待っていたら、出てきたのは、思ったとおり、ジャイアントさん。

「お待ちしておりました」彼は無表情で頭を下げる。

僕はお辞儀だけして、黙って彼についていった。どうしてかっていうと、マニュアルに、「しゃべらないこと」って書いてあったんだもん。ま、きっと、僕のこの上品なしゃべり口調が気に入らないんだよね。ま、それは向こうの勝手。

庭には大きな樹が沢山《たくさん》あってね、めちゃくちゃ綺麗な緑色の芝生も広がってた。ちょうどエプロン姿の女の人が水をまいているところで、その人、僕を見て、びっくりしてんの。持っていたホースを落としちゃってさ、大慌てしてんの。

玄関まですっごい遠いわけ。ずっとコンクリートの道なんだけどね。だんだん近づいてきた建物は、木造で旅館みたいにでかかった。いやあ、本当に旅館かもしれない、実のところ。だってさ、着物を着ている女将《おかみ》さんみたいな人が玄関のところにいたもん。で、その人も、片手を口に当てて、目をまんまるにしてるわけ。何って、僕を見てるんだよ。いったい何をびっくりしてるんだか知らないけどさ、失礼しちゃうわねって感じ。嫌味の一つでも言ってやろうかと思ったけどさ。たとえば、「僕って、そんなに可愛い？」とかね。冗談だよ。

靴も脱がないで、そのまま通路を進む。変だよね。家の中なのに、ずっと旅館みたいに広い通路があるんだもん。

途中でスロープを少し下がって、地下かな……、よくわからないけど、少し暗くなって、突き当たりの部屋のドアの前まで来た。

「ここでございます」ジャイアントさんは、そう言って頭を下げる。

「もう、しゃべっていい？」僕はきいた。

「はい」

「みんな、何を驚いていたの？　僕、そんなに変かな？」

「いいえ」ジャイアントさんは、にこりともしないで首をふった。「変ではございません」

君のしゃべり方が変だよ、って思ったけど黙ってた。ジャイアントさんは、そのまま、通路を戻っていっちゃった。

僕はノックして、ドアを開ける。

「やあ……、入りなさい」じいさんの声が奥から聞こえた。

「こんにちは」僕は部屋の中に入って、ドアを閉める。

小学校の教室より広い部屋なんだ、これが。奥が全面ガラスで、崖が迫っていて、灯籠《とうろう》とかあって、人工の滝も見えた。ここ地下のはずだけど、地下にも庭を作ったわけだね。でも、びっくりしたのは部屋の中。なんていうのか、そこ、子供部屋みたいなんだよね。おもちゃだらけ。風船が天井に幾つも浮かんでいたし、床には線路が沢山敷いてあって、今も、じいさんは、大きな電車のおもちゃに跨《また》がってる。それ、ゆっくり動いていたよ。ほら、遊園地によくある、子供が乗るやつだよ。お母さんがお金入れてくれるの。小さい子しか乗らないよね、あれ。壁際にテーブルが沢山あったけど、全部おもちゃがのっていた。電車、自動車、飛行機、船、あとは人形、縫いぐるみ。

「おもちゃ屋さんなの?」僕はきいた。

「小鳥遊君、ほらほら、こっちへおいで」じいさんは、まだ電車に乗って、線路をぐるぐる回っているんだ。いい歳して、何? これって、ひょっとして、おかしいんじゃないの?

僕がそちらへ行くと、じいさんはようやく電車を停めて、立ち上がった。

「着なれないものを着てもらって、すまなかった」

何の話かと思ったら、僕が着てきた洋服のことね。そのとおり。スカートがさ、細くって脚が広がんないもんだから、歩きにくいのなんのって。こんなの穿《は》いてたら、いつか遭難しちゃうよ、ホント。でも、じいさんが、謝ってくれたから、許す。

「ここ、お子さんの部屋ですか？」

「いや、わしの部屋じゃ。君も、これ、乗ってみたいかね？」

「そうですね。あとで……」僕は微笑む。

まあ、正直いって、複雑。でも、どっちかっていうと、乗ってみたかった。

「何が良い？　コーヒーかね？　紅茶かね？　それとも、お酒が良いかな？」

「コーヒー」

じいさんは、デスクの電話を手に取って、それを注文した。喫茶店が屋敷の中にあるみたいな感じで、可笑《おか》しかった。

デスクの後ろのキャビネットには、フランス人形が並んでいて、僕はそれを見ていた。じいさんは、今度はテーブルの上で、小さな機関車を動かして、僕にそれを説明するんだ。その機関車ね、長さが三十センチくらいなんだけど、煙突から本物みたいに煙を出して、しかも本物そっくりの音を立てて走るんだよ。最初はちょっとびっくりした。

「これは、昨日買ったばかりのD51のナメクジ」じいさんは、走っている機関車を指さす。

「力は強いんじゃが、いかんせん、バックがきかん。これは我慢ならん。あとで模型屋に一緒に行こう」

「バックさせなきゃ……、いいんじゃないですか？」

「君は優しいの」じいさんは、僕を見てにっこり。

得体《えたい》の知れないおやじだ、まったく。

ドアがノックされ、背の高い女性が入ってきた。五十は過ぎていると思うけど、厚化粧でさ、黒のドレスに白いエプロンで、今どき、コスプレでしか見たことのないようなさ、そのまんまのメイドさんファッションだもん、僕、一瞬固まっちゃったよ。

でも、相手も、僕を見て、もう幽霊でも見ているみたいな表情なの。緊張しているわけ。なんか、気まずかったからね、僕そっぽ向いてやった。

「格好良いじゃろ？」じいさんは機関車の話さ。

「ええ……」僕、しゃべっちゃった。

メイドさんに聞かれたかな。まずかったかも。でも、一言だけだから、上品か下品かわからないと思うけど……。

のっぽのメイドのおばさん、テーブルにコーヒーを置いて、ものも言わずに出ていったけど、最後に振り返ってお辞儀をしたあと、僕をずばって見たよ。目からレーザ光線出すんじゃないかって、びくびくしちゃったよ。

「ごめんなさい。まずかった？」

「何がじゃ？」じいさんは知らん顔。

「どうして、みんな、僕のことを見て、びっくりしてるんですか？」

「ああ……」ソファに座って、カップを手に取りながらじいさんは頷く。「まあ、怒らんでくれよ。小鳥遊君、君が、その……、わしの孫娘に似ておるんじゃ。苑子《そのこ》というんじゃが……、皆は、君を苑子だと勘違いしておる」

なんだ、そういうことか……。

なるほどね……。

すると、これは悪戯だろうか？

「この服も、そうなんだ」

きっと、その孫娘の服なのか、それと同じものなのか、それとも、彼女が着そうな服なのか……。

「まあ、そういうこと……」じいさん、にやにやとして下を向く。でも、目だけを僕に向けて、笑いを堪《こら》えているみたい。

「どういうことです？」

「君には関係がない。ここはひとつ、割り切って、バイトをしなさい」

しかたがない。筋は通っているもんね。僕は黙った。

だけど、気になるなあ……。

「一つだけ、教えて下さいよ。えっと……、本物の苑子さんは、どこにいるんですか？」

「さあね……」じいさんは、そう言って、本当に下を向いてしまった。

5

「で、どうしたの?」紫子さんいらいらして質問。もう、彼女、待ちかまえてるんだもん。僕が帰ってきたら、すぐさま、僕の部屋にやってきたよ。

「どうも」僕はそっけない返事。「模型屋さんに行って、ナメクジのギアを調整してもらった」

「ナメクジのギア?」

「そうだよ。ナメクジだって、バックしないと不便だろう?」

「何の話しとんの?」紫子さん、確実にご立腹だね。積み立てたご立腹がちょうど満期になりました、って感じ。

僕、けっこう疲れてたからさ、なんか、もう眠くって……、早く着替えて寝たかったんだけどなあ。でも、紫子さんって、納得するまで絶対帰らない頑固者だからね。てこでも動かないって言うよね。ホントは、てこ使えば動くけどさ。

「僕が、孫娘に似てるんだって」僕は説明した。「もうさ、そこの家の人たち、みんな、僕のことをじろじろ見るんだよ。びっくりしてるんだよね。たぶん、苑子さんっていう人だと思ってんだと思う、僕が似てるから」

「はは～ん」

「何？　はは～んって……、温泉気分？」

「読めたな」紫子さんは舌嘗《したな》めずりをして、片方の眉を持ち上げたね。器用な顔面だよね。

「何がさ？」

「間違いない。その人、アリバイを作ってはるんやわ。君を孫娘の代理に仕立ててるんよ。あちこち連れ回して、わざと目立つことしてるんは、そのため。うわあ、そうそう、それやわ！　あかん、れんちゃん、これはごっつい危険よ。もしかしたら、殺人事件かもしれへん！」

「興奮しないでよ、紫子さん」僕は窘《たしな》める。「殺人事件って、どういう意味？」

「その人、そう……、きっと、もう孫娘を殺してしまったん。そうよ……。溺愛《できあい》のあまり、カッとなって、首を絞めてしまったの。ずっとずっと、おじいさんが可愛がってきたのに、大人になって、他の男を好きになってしもうたん……。ああ、なんて哀れ、ああ無情……。でもでも、安らかな死顔の彼女を見て、我に返ったおじいさん。財力にものをいわせて、死体を屋敷の中に隠し、忠実な執事に、そっと相談しはったん。何か、ええ方策はないかのう、なあ、越前屋……」

「で、僕を見つけたわけ？」

「探したんでしょうね……。それとも、その執事が、たまたま、どこかで君のことを見て、知っていたのか……。あ！　君！　れんちゃん、そうや、ほら、先月、ほらほら！」

「あ、そうか……」

そうなんだ。僕ね、先月、テレビに出たのね。街を歩いていたら、噴水の近くでお笑いタレントの二人組に引っ張られてさ。よく知らない番組だったけど、十分くらい、あちこち、一緒に歩いて、最後はテレビ局の記念品（センスの欠片《かけら》もないロゴ入りのドライヤだ）と、そのタレントのサイン色紙（駅のごみ箱に捨ててきた）だけもらって……。それが、テレビに映ったんだ。恥ずかしかった。

「あれで、見たんやわ」紫子さんは真剣な表情。「テレビ局に住所教えた？」

「教えないよ……。あ、でも、大学の学部とか、名前は、しゃべったもんね」

「調べれば、すぐ見つかるわな」

「だけど、僕を孫に見せかけて、何のつもりかな。ずっとこれでごまかそうっていうの？」

「ちゃうよ。そうじゃないって」紫子さんは首をふる。「鈍いな、君は。だからね……いい？　苑子さんは、殺されてるわけよ。もうおらへんわけよ。でね、もうすぐ、そのおじいさんは、外国へ旅行するか、もしくは、どこか遠くへ行ったりすると思うわ。そのときに、苑子さんの死体が川か湖で見つかる手筈なんよ。腐乱死体ってことになる。でも、みんなは、苑子さんが、おじいさんが出かける直前まで生きていたのを見てるやろ？　そう、君のことや。そやさかい、そのあとで殺された、と考えるわけ。つまり、アリバイ成立」

「どこにも、行くなんて言ってなかったけど」

「そのうち行くんよ」

「だけど、そんなぐずぐずしてたら、苑子さん、腐っちゃうよ」

「うーん」紫子さんは唸った。「冷凍してあるんかな。あるいは、そやな、まだ死んでへんのかも。監禁されてる状態かもしれんな」

「どこに？」

「屋敷の地下牢とか」

「想像逞《たくま》しい」僕は感心した。紫子さん、実は、この手の話が大好きなんだよね。ミステリィとかけっこう読んでいるし。

「だってだってさ、そんな、普通わざわざお金を使ってやること？　君を雇ってるんよ。高い服も着せて……。そら、よっぽど、せっぱ詰まってるとしか、思われへんやん」

確かに彼女の言うことも一理ある。そうそう、これ、最近まで、僕さ、「一リアル」だと思ってたんだよね。嘘だけどさ。

6

その次の金曜日も、じいさんの部屋に遊びにいった。

二日まえの水曜日に宅配便で洋服が届いて、それを着ていったんだけど、それが、まえのと、ほとんど同じなんだもん。馬鹿みたい。いやんなっちゃうよなあ……。

でも、じいさんのおもちゃの部屋で電車に乗って、楕円形のエンドレスをぐるぐる回ってたら、気が晴れちゃった。病みつきになりそう。ナメクジもスローでバックしたし。それから、例のメイドのおばさんが持ってきたケーキを食べた。これ、クリームがもの凄く美味しかったよ。ほっぺたが落ちるくらい。ホントに落ちたら、ゾンビだけどさ。

「ねえ、ずっと、こんなことしてていいの?」僕、ナメクジが引く貨物列車を眺めながら、じいさんにきいてみた。そのときはね、じいさんは、ソファの上に横になってて、ちょっと眠たそうだったっけ。昼寝してたんだね。

「ああ、それでいいよ」しわがれ声で答えたけど、目は瞑《つむ》ったままだった。お腹の上に絵本をのせていたっけ。なんの絵本だったかな。思い出せないや。でも、子供みたいだなって、ちょっと可愛かったな。

D51のナメクジはもう絶好調。大きなテーブルの上に、ぐるりとレールが敷かれていて、ポイントとか沢山あってね、回転するターンテーブルとかもあるんだよ。車庫から機関車を出して、ターンテーブルで回してから、駅までゆっくり進ませるわけ。そして、長い貨物列車に連結。あとは、ひたすら楕円形のエンドレスをぐるぐる回るんだけど、もう、うっとりして僕見てたもの。なんかさ、歌とか口ずさんだりしちゃうんだよね。変なの……。

その次の週は、金曜日に朝から来られないかって言うから、大学の授業をサボった。そしたら、例のリムジンで、遊園地へ連れていってくれたんだ。寒い日だったね。アパートまで迎えにきてくれて、僕は、えっと、スカートじゃなくて、ジーパンだったかな。「おやおや、今日は男の子みたいじゃな」だってさ。じいさん、可笑しいの。

僕だけ、絶叫マシンに乗ったんだ。ジャイアントさんも、じいさんも、何しに遊園地に来ているんだか、気が知れないよな。唯一、三人で一緒に乗ったのは、園内を一周するトロリー電車。ちんちんいいながら走るやつ。けっこうこれが煩《うるさ》いんだな。じいさん、にこにこ顔してんの。僕も楽しかったよ。

あとはね……、美術館に一度行ったっけ。それと、そうそう……、怪獣映画を見にいったこともあるね。

でも、その他は、じいさんの部屋で、おもちゃで遊んで、ケーキを食べて帰ってくるんだ。半分以上、じいさんは寝てるんだよ。ま、いいけどさ。でもなんか、ちょっとつまんないって気もするよね。せっかく来てんだからさ。

一度ね、帰るときに、廊下で例のメイドのおばさんとばったり。目が合ったもん。僕さ、なるべくしゃべらないようにしているわけ。だって、向こうは、僕のことを、じいさんの孫の苑子さんだって思ってるわけじゃん。話したら、声とか、しゃべり方とかで、ばれちゃうよね。

「雨が降りだしましたけど、傘をお持ちでしょうか?」って、おばさんがきいたんだ。僕、傘は持ってなかった。雨なんて降るとは思えなかったもの。玄関の近くにいたんだけど、外は暗くてよく見えない。僕、困ったけど、手を振って、いいえ、というジェスチャをした。

でもさ、おばさん、玄関までついてきて、僕に傘を渡そうとするんだ。そしてね、僕がそれを受け取って、頭を下げたら、こう言ったんだよ。

「いいのよ。私は、わかっています」

「え?」思わず、声が出ちゃった。

「あなたが、苑子様じゃないことは、みんなもう知っています」そう言って、なんだか、おばさん悲しそうな顔をするんだ。どういうことだろう?

「あの……」僕は、意を決してきいてみた。「苑子さんは、どうされたんですか?」

「何も聞かれていないのね?」

「ええ、何も……」

メイドのおばさん、僕をじっと見る。それから、少し優《やさ》しく微笑んだっけ。

「外で待っていてもらえるかしら？」おばさんは屋敷の中を一度振り向いてから言った。

「ここじゃ、話せません」

僕は、屋敷の門を出て、少し歩いたところで待つことにした。借りた傘をさして、雨の中でしばらく待ったよ。五分くらいして、のっぽのおばさんが通用門から出てきた。エプロンの替わりにセータを着ていた。

「あちらへ歩きましょう」おばさんは、僕にそう囁《ささや》く。

しばらく、黙って歩いた。表通りに出ないで、暗い裏道を選んでいたみたい。

「苑子様は、亡くなったんですよ」おばさんは、話を始める。「昨年の夏に、チベットで飛行機事故に遭われて……」

「そうなんですか……」僕は頷く。まあ、それくらいは予想していた展開だったから、驚いたりはしないさ。

「でも、旦那様は、それを受け入れていらっしゃらないようなんです。ええ、小さい頃から、それはそれは可愛がっていらっしゃいましたからね、ああなられても、しかたがありませんわ。旦那様のお嬢様、つまり、苑子様のお母上も、既に亡くなられていますから、もう、纐纈家の血を受け継ぐ方は、苑子様ただ一人だったのに……。本当に、お労《いたわ》しくてなりません。私たち周りの者が、いくら苑子様はお亡くなりになったのです、と申し上げても、酷《ひど》くご立腹になられるだけなのです。あなたがいらっしゃるまえまで、本当に手がつけられない状態だったのですよ。けれど……、そもそも、苑子様ご自身も、あの家にいるのが苦痛で、出ていかれたのです。それが、三年ほどまえのこと。苑子様が二十四のときでしたわ」

「うわあ、じゃあ……、僕よりずっと歳上じゃないですか」僕はちょっとびっくり。「生きていらっしゃったら、二十七ですね。僕と八つも違う。僕、そんなに老《ふ》けて見えます？」

「いいえ、苑子様は、それはそれはお綺麗な……、いつまでも少女のような方でしたの」

「はあ……、それは……、まあ、なによりで」僕は苦笑した。嫌味じゃないもんね。「でも、よくわかりませんね。どうして、僕が呼ばれたんですか？　苑子さんが生きていると思っているのに、僕を呼ぶのって矛盾していません？」

「苑子様は喧嘩をして飛び出していった、と思っていらっしゃるのですから、それを仲直りした、と皆に見せかけたいのです」

「意地っぱりですね」

「旦那様は、ご自分の遺産を、苑子様に残したいのです」

「え？　だって、苑子さん、亡くなったんでしょう？」

「ですから、それを認めていらっしゃらないの」

「そんな……」

　そんな馬鹿な話があるもんか、って思った。

「旦那様は、私たち皆を騙《だま》しているおつもりなんですよ。周りの皆を騙せば、それで自分の思うとおりになると思っていらっしゃるのです」

「遺産を残すって、遺言か何かですか？」

「そう……」おばさんは頷いた。「意味のない遺言なんですよ。だから、会社の方たちや、遠い親族の方々がね、書き直させようとしているの。もっと、会社のため、家のため、組織のため、事業のため、団体のためって、働きかけがあるんですよ」

「あるでしょうね」僕は相槌《あいづち》を打つ。ホントのところは、よくわからないけど、まあ、そんな気はする。

「でも、頑《がん》としてきかれないんですよ。苑子様に残すって」

「でも、僕を連れて歩いても、何の効果もありませんよね？」

「ええ、そう……、ありません」おばさんは首を竦《すく》めた。「生きた人形を見つけてきた、正気ではない、そう陰口を叩く者もいます。もっとえげつない噂も耳にしますわ。滅相《めっそう》もないことですけどね……。でも、とにかく、皆、もう諦めたようですね。少なくとも、それだけの効果はあったと思いますわ」

「諦めるって、遺言状を書き直してもらうのを？」

「そう、もう今のままで……」

「遺言状をこのまま書き直さないと、どうなるんですか？」

「さあ……」おばさんは、首をふった。「私にはわかりません。たぶん、無効なのでしょうね。つまり、遺言などなかったのと同じことになるのでは?」

「そうなったら、どこへ遺産が行くんです?」

「知りません」

バス通りに出たところで、僕はタクシーを拾った。小雨の中、おばさんとはそこで別れた。

ああ、変な話を聞いちゃったな……。

じいさん、頭がおかしいわけ?

そういや思い当たるよなあ……。

まいったな。とりあえず、ちょっと憂鬱《ゆううつ》になっちゃった。

7

またまたテレビに出ちゃったもんね。

えっとね……、じいさんの屋敷をさ、地元のテレビ局が撮影にきたんだよね。で、僕はさ、じいさんのおもちゃの部屋で、お澄ましして紅茶を飲んでいるだけだったんだけど、わりとアップで映ってたんだって。はは……、今まで気づかなかったけど、けっこう、こういうの僕、好きかも。そう……、撮られたい症候群。ま、大胆な。いや、大層な……。ふん！いいもん！

　じいさん、自分の持っているおもちゃを、次々棚から出してきてさ、くどくど説明してたよ。テレビ局の人も困ってたみたい。そういや、びっくりしたけど、どれもがらくたみたいなもんだとばかり思っていたら……、いやあ、全部、もの凄い高価な代物《しろもの》だったんだよ。ほら、僕が乗り回していた電車もね、手作りのもので、うん百万円もするんだって。日本に二台しかないって自慢してた。それに、ほらほら、D51のナメクジだって、百五十万円だって。うわあ、本物のスポーツカーが買えるじゃん。あんなに小さいのにだよ。眉唾《まゆつば》かもしれないけどね。じいさん、テレビだからって、はったりかましたのかも。

　日曜日だったかな、アパートで昼寝していたら、紫子さんが飛び込んできてさ、テレビを見たって大騒ぎ。

「何よ、あれ！　れんちゃん……、君、ちょっといかがわしいぞお！」紫子さん、ぷんぷんになってるわけ。変でしょう？　彼女さ、最近、僕のお姉さんだと自分で勘違いしてるんじゃないかしら。「いいの、あんなの？　おかしいん違う？　君のこれからの人生どうする気なん？」

「どうもしないよ。何言ってるの？」僕はベッドに寝転がったまま、答えたよ。「なんか変だった？」

「いや……、別に、見た目は……、変てことはないよ。そりゃ、知らん人が見たら、わからへんと思う。でも……、やっぱ普通ちゃうよ。なんか娼婦っぽくって……」

「あ、それ、酷《ひど》いなあ」僕は起き上がった。「そうまで言うか?」

「うんうん、ごめん。そんな酷くはなかった。そやけど……、何ていうの……、その、どこかおかしいわけよ。ほら、あんなじいさんの部屋に、若い子がいるってところが、もう……」

「だって、孫娘の役なんだもん」

「本当の孫娘だって、あんなところで澄まして紅茶なんか飲んでへんて! やらせが丸見えやん。おかしいってば!」

「紫子さん、落ち着いてよ」

「うん……、悪りい」紫子さんようやく自分を取り戻して、座布団に座った。「うーん、でもな……。心配になるでぇ、これはさ、いくらなんでも……」

「大丈夫だってば。別に何の屈辱も味わっておりませんし、苦労もありませんわ」僕はふざけて、お嬢様の口調。「辛抱もしておりませんし。こんな楽なバイトはございませんことよ」

「それが、あかんのよ! 根性、腐るで」

「腐りませんよ、根性なんか」

「あほ!」紫子さん、ついに立ち上がった。「ちょっと今日は、別の用事があるさかい、見逃したるけど、これ、いっぺん、とことん話し合わなあかんわ。れんちゃん、覚悟しとき」

「はいはい」

紫子さん、最後はにっこり笑って出ていった。まあ、根は優しいんだよね。僕のこと本気で心配してくれてるんだ。同じ歳なのに、なんか変なの。躰が大きいからかな……、なんか姉貴みたい。まあ、いいや。

でもさ、纐纈のじいさんのとこのバイト、確かにありがたいんだよね。おかげで、喫茶店のバイトを一つやめることができたし、時間的にも経済的にも、ずっとゆとりができたもの。ほら、もらった洋服もさ、そのうち売りにいこうかと思っている。二度と着ることなんてないと思うし、それに、僕の部屋、こんなの置いとけるほど広くないんだ。

8

結局、四ヵ月くらい続いたのかな。つまり、十五、六回は、じいさんの屋敷へ行った勘定になるね。年も明けて、二月になった頃、毎週届いていた荷物が来なかった。水曜日はいつも、新しい洋服が届く日だったんだけど……。

ちょうどその日、雪が積もっていたから、ひょっとして宅配便がトラブっているのかなって、そのくらいにしか思わなかった。

木曜日の夜になっても来ない。いつも、洋服の入っている箱に封筒が一緒になっていて、そこに、金曜日の予定が書いてあるんだ。それがマニュアル。荷物が届かなかったのは、それが初めてのことだから、ちょっと困った。

電話をしようと思ったんだけど、かけにくいよね。誰が出るのかわからないし……。ジャイアントさんだったらいいけど、じいさん本人は出ないよな。あのメイドのおばさんでもいいんだけど、でも、全然違う人だったら嫌だなって。だけど、夜になって、電話をかけてみた。

「はい、纐纈でございます」

「もしもし……、あの、小鳥遊といいますけど」

「ええ……、あ、こちらからおかけしようと思っていたところです。大変申し訳ありません」そこでわかったけど、相手はジャイアントさんだった。「明日のことでございますね？」

「はい……。荷物が届かなかったから……」

「突然で恐縮ですが、明日は、お休みにしていただきたいと存じます」

「お休みですか？」僕はきき返した。

「さようでございます」

「あ、はい……、わかりました」

電話を切った。まあ、なんか他の大事な用事ができたのだろう。あれくらいの大物なんだから、今まで毎週金曜日、僕と遊んでいた方がおかしかったんだ。

そのときは、それくらいにしか思わなかったけど、次の週になったら、また、荷物が届かない。で、木曜日の夜にまた電話をかけたんだ。

「明日も、申し訳ございません。お休みにしていただきたいと存じます」ジャイアントさんは電話先で言った。

「どうしてですか？　あの、こちらも都合がありますから、ちゃんと予定を教えてもらえませんか？」

「来ていただかない場合でも、お金は振り込ませていただきますので、どうか、ご容赦《ようしゃ》下さい」

「え？」僕は驚いた。「あ、ああ……、そうなんですか、それは、どうも……」

バイト料がもらえるのなら、しかたがない。文句を言える筋合いではない。そうだよね？　ところが、次の週の木曜日にも、電話で同じやり取り。

確かに、僕の口座には毎週所定の金額が振り込まれていた。なんか、ちょっと気持ち悪くなってきちゃった。

「それは……、変やぞ」紫子さんも唸った。「何か、臭うな」

「どういうふうに？」

「全然わからん」紫子さん、力強く首をふったね。「いっぺん、屋敷に行ってみたらどう？」

「でも、来るなってことじゃないかな」僕は言う。「そういう感じがするよ。口を封じるために、お金を出しているみたいな気がするもん」

「ええバイトやわな」紫子さんは頬を膨らませた。「しかし、うさん臭いな」

一度だけ、僕、じいさんの屋敷の前まで行ったんだよ。日曜日だったけどね。でも、門は閉まっていたし、ブザーを鳴らす勇気はなかった。

バイトで来てたわけだし……。

なんの不満もないわけだし……。

だけど、ちょっとだけ寂しいな。

どうしてかな……？

変なの。

自分でも、変だと思った。

一日でいいから、じいさんに会いたいな、って思っちゃったんだよね。

おかしいかな……、僕。

だから、その次の木曜日には、意を決して、電話でジャイアントさんに言ってやった。

「あの、僕……、もうお金いらないよ。だって、働いてないもん」

「いえいえ、それはこちらの勝手な都合ですので、お受け取りになっていただいてよろしいのです」

「ううん、いらない。それよりもさ、じいさん、どうかしたの？　話させてもらえないかな……。ひょっとして、もう、僕に会うの厭《あ》きたってこと？」

「そうではございません」

「じゃあ、もしかして、具合でも悪いの？」

「ええ……、実は、そうでございます。申し訳ございません。なにとぞ、このことはご内密に」

「はあ……」

「お見舞いにいっては駄目？」

「屋敷にいるんでしょう？　明日、僕、お見舞いにいくよ。それで……、このバイト、終わりにしよう。ね、ちゃんとけじめつけないとさ。じいさんに挨拶がしたいんだ」

「わかりました。では、午前中にお越し下さい」

「午前中？　どうして？」

「比較的、ご気分がよろしいようですので……」

　次の日、授業があったけど、僕は午前中にじいさんの屋敷へ向かった。途中で花を買っていったよ。花なんてさ、自分で買ったの、小学校のときの母の日以来だよね。赤い花で、名前なんて知らない。けっこう高かった。

　服装は、今までにもらったものの中から選ぼうかって思ったけど、結局、自前のワンピースで、スカート膨らませて行くことにしたよ。いざとなったら蹴りを一発入れてやれる服装さ。上はジージャンを着て、マフラをぐるぐる巻いて。そう、寒い日だったから。

メイドのおばさんが迎え入れてくれて、通路を案内された。今まで一度も行ったことのない方角だった。庭に面した明るい部屋で、じいさんは窓際のベッドに寝ていたよ。

鼻にチューブを入れてるんだ。

そのチューブ、顔にテープで貼ってあるんだぜ。

もう……、顔とか痩《や》せちゃって。

でも、僕が来たの、わかったみたい。

片手を上げようとして、ぴくって震えてんの。

ああ、もう！

何だよ、これ！

「何やってんのさ！　死にそうじゃんか！」僕、思いっ切り叫んでやったさ。

でも、そこからさき……、それ以上……、ものが言えなくなっちゃった。

せっかく持ってきた花なんて、もう、どこへ行ったんだか。

涙がぼろぼろ出てきちゃってさ。

変なの……。

まいったよ。

じいさん、しゃべれないんだ。

喉《のど》だけが、動いて、ひいひい、息の音がするだけ。
笑おうとしてるみたいなんだけどさ、
もう完全に泣いてる顔に見えるよ。
可哀想だよ。
もう……。
「なんで……、もっと早く……」
ばかやろう！
皺だらけの手、握ってやった。
注射の痕がいっぱいでさ、今も針が刺さってて、チューブがつながっていた。
冷たい、乾いた手だった。
可哀想だよ……。
そのまま、黙って、お辞儀をして、僕は部屋を出た。
ジャイアントさんが追いかけてきて、玄関で僕に言った。
「ありがとうございました」
「午前中は元気だって言ったくせに！」僕、泣《な》き喚《わめ》いてるんだ。
「小鳥遊さん、どうも長い間お世話になりました」
「やめろよ！　そんな言い方」僕は顔を上げて睨んでやった。

「申し訳ございません」

「僕、まだクビじゃないでしょう?」

「え、ええ……」

「また来るからね」そう言って、僕は外へ飛び出した。

マフラを忘れてきちゃったよ。

帰りは、でも、寒くなかった。

ちくしょう!

じじいのやつ……。

死んだら、承知しないからな。

ばかやろう!

9

じいさんは死んじゃった。

一週間くらいしてから、僕はそれを知った。それも、紫子さんが新聞で見つけたんだ。

もうさ……、悲しいとかっていうよりも、なんか腹が立ってきた。だから、電話する気にもならなかったよ。

もう、いいや、って思ったもん。

どうせ、他人だし。

僕とは全然関係ない人間なんだ。

そんな、知らないよ。

単なるバイトなんだからさ……。

溜息が一つ。

それで、もう、さよなら。

そんな、人が死んだのくらいで、めそめそしてらんないよ。毎日、日本のどっかで誰か死んでるんだからね。じいさんなんか、もう、充分長生きしたんだし、幸せじゃん。

違うよね……。

泣いてんのは僕だもんな。

じいさんは幸せでも、僕は迷惑だよな。

悲しいのは、しかたがないよ。くそ！

もう一回溜息。

ああ、ちょっと、切り替えなくっちゃね。

紫子さんの前では、さすがに僕も泣かなかったよ。

「まあ、なんだな……、単なる、おもちゃの一つってわけやったんね、君のこと。お人形と同じやったんよ」

「もう、いいよ」僕は顔をしかめる。

「わ、感情移入してるやん、珍しいな。どうしたん?」

「知らん」

なんか脱力したなあ。

しばらく、もう出歩くのが嫌んなった。休みなんか、一日中ベッドでごろごろしてるだけ。平日は授業に出ても、ぼうっとしてるだけ。友達の話も、頭の上を飛び越えてく。

ああ、変なの……。

なんか、胸の中で風船膨《ふく》らんだみたい。

じきに直ると思ってたけどね。

まあ、一週間くらいだったかな。

そう、立ち直ったよ。

だいたい、機敏なんだ。非粘着気質だから。

でも……、
あれはびっくりしたな。

ホント……。

さすがの僕もね。

土曜日だった。

ベッドの上で寝転がって漫画読んでいたら、ノックの音。

紫子さんならノックなんかしないからさ、隣の保呂草《ほろくさ》さんかと思った。お隣さんは、社会人で麻雀仲間の二枚目なんだよね。

「開いてるよ」僕はそのまま叫ぶ。

ドアが開く。

「こんにちは」という女の声。

僕は慌ててベッドで起き上がった。

もうさ、どきって心臓が一回。そのあと、止まるかと思ったよ。オーバじゃなくてさ。息飲み込んで、それが、つーんと頭に来て、わけわかんない状態。

だって、僕にそっくりの長い髪の女がさ、戸口に立っているんだ。

「小鳥遊さんですね?」

「苑子……さん……ですか?」

「ええ、纐纈苑子です。はじめまして」

「あ、あの……、生きてらしたんですか?」

グレィの高そうなワンピースに、革のベストだった。手にはコートと大きな紙袋を持っている。そういえば、いつも、僕のところに届いていた、そのままの系統のファッションだもの、笑いたくなっちゃった。笑えなかったけど。

「あ、よろしいですか？　ちょっとだけ、お話をさせていただきたいの」

「あ、ええ、どうぞ」僕は慌てて、座布団を出す。炬燵《こたつ》の上のものも片づけた。「汚くて、すみません。あの、コーヒーを淹れましょうか？」

「あ、いいえ、どうぞおかまいなく。すぐに失礼いたしますから」そう言いながら、苑子さん、めちゃくちゃ上品な仕草で、膝をつくんだ。こりゃ、やっぱ本物は違うわって思ったよ。さすが本家本元のお嬢様だなって。

「祖父がお世話になったそうで、お礼を申し上げます」

「いいえ、何もしてませんよ。僕は、その、ただバイトで……」僕は唾を飲み込んだ。「あの……、苑子さん、どこにいらっしゃったんです？　変だなあ、失礼ですけど、お亡くなりになったたって、僕、確かそう聞きましたけど」

「ええ……」苑子さんは頷いた。「実は、そうなんです。私、あの家を飛び出して、ずっと隠れていましたの。そうしているうちに、私の仲間が、ええ、その……、どう説明して良いのか……、ある組織の仲間なんですけどね……、その彼女が、私のパスポートで、チベットへ飛んで、そこで、たまたま、事故に遭ってしまったんです」

組織？　それって、たぶん、早朝テニスの会とか、古典文学を楽しむ会とか、じゃないんだよね。きっと、政治的とか、思想的とかって、頭につくやつだろうな。

「それを、黙っていたんですか？」

「ええ……、その方が都合が良かったの」苑子さん、にっこりと微笑んだ。見習いたい上品さだな。写真に撮っておいて、鏡を見て研究したいくらい。「祖父も諦めるでしょうし、私も、人生をリセットして、新しい生活ができると思ったわ」

「あ、そうだ。遺言は？　遺産は全部、苑子さんに？」

「あれは無効です」苑子さん、また、にっこりと微笑んだ。「良かったのです。もし私が相続するようなことになったら、とても難しい自己矛盾に陥《おちい》ったと思いますし、嫌な軋轢《あつれき》に苦しむことにもなったでしょう」

アツレキ？　意味がよくわかりません。

「だけど、名乗り出れば……、正式な相続者なんだから……」

「いいえ、私はもう戸籍上も、纐纈苑子ではありません。事故で死んだ友人に成り代わって生きているんです。結婚だってしてしまいましたし、もう、二歳になる息子もいます」

「はあ……、そうなんですか」僕は頷く。でも、苑子さんの口ぶり、とても力強くて頼もしいから、まあいいや。

「祖父はね、皆を騙しているつもりだったんです。私にそっくりの小鳥遊さんを見つけて、大喜びしていたって、聞きましたわ」

「誰に聞いたんです？」

「内緒よ。私も、スパイを持っていますから」

「あの、ジャイアント馬場さんでしょう？　あ、それとも、のっぽで厚化粧のメイドのおばさん？」

「孫の苑子が帰ってきた、というトリックを、祖父は大真面目で演じていたのです」

「ええ……、そうみたいでした」僕、初めて笑えてきた。

「そうすれば、誰も、遺言の書き替えを迫らない、と考えたのです。喧嘩して出ていった苑子が、ちゃんと戻ってきた、というところを皆に見せびらかしたかったの……。見栄っ張りでしょう？　子供みたいだわ」

「周りのみんな、知っていたんですね？」

「そう……」苑子さんは優しく頷く。「それでも、祖父は大真面目なの。ますます子供でしょう？　だけど……、幸せだったでしょうね、最後まで」

「そうかも」

「小鳥遊さん、どうもありがとう」苑子さんはそう言いながら、紙袋から、僕が忘れてきたマフラを取り出した。それから、もう一つ、金色の細長い箱も……。

「これ、つまらないものですけれど、受け取ってもらいたいの」

しっかりとした箱、さっそく開けてみると、青いスポンジに収まった蒸気機関車の模型だった。

「うわ、ナメクジだ」僕は顔を上げる。

「ナメクジ？」

「これ、高いんだよ」

「関係ありません」

「スパイは、メイドさんだね」僕は言う。

僕がこれで遊んでいるのを見たのは、彼女だもん。

「ご想像のままに」

「受け取れないよ」

「お願いします」

「そうだ、じゃあさ、替わりに、僕のところにある服を持っていってくれない？」

「服？」

「ちょっとね、こんなこと言ったらなんだけど、僕のセンスには合わないんだよね。捨てるのは惜しいし、欲しがっている友達には、サイズが合わないし」

「ええ、わかりました。では、いただいていきます」苑子さんは頷く。

アパートの前にタクシーが待っていて、そこまで、洋服の箱を二人で沢山抱えて運んだ。けっこうな量だったよ。トランクがいっぱいになったもの。

「では、これで失礼します」苑子さんはお辞儀をして、車に乗り込んだ。

僕は片手を広げて、軽く挨拶。
タクシーは走り去る。
しばらく、それを見ていたら、また溜息。
歩道に空き缶が一つ立っていたから、蹴飛ばしてやった。
シュート！
道路を越えて、向かいの空地まで飛んでいったよ。
可哀想に……。
蹴られる運命にあったんだね。
「バイバイ」って言葉が口から出てきたんだけど、誰に言ってんだか。
まあ、いいや。
ブロック壁に向かって駆け出して、ジャンプ。
左足で壁を蹴って、後ろに宙返り。
もちろん、着地も決まったさ。
ほら、僕って、こんな奴なんだ。
久しぶりに、真っ赤なスカートでも膨《ふく》らまして、街を闊歩《かっぽ》してやろうかしら。
「ふん！　いらねえよぉ！　ナメクジなんか」

僕は秋子に借りがある

I'm in Debt to Akiko

1

僕のこれまでの人生で最高にミステリアスでトリッキィな思い出を教えよう。

それは秋子《あきこ》という名の女の子のことだ。

大学生協の南部食堂で、秋子に初めて会った。ということは、僕がまだ教養部生だった頃になる。生協食堂のA定食とかB定食とかって乾燥した給食のようなパッケージのために、ドミノみたいに行列を作り、おもちゃの兵隊くらい姿勢良くレジを通って、知らない人間と肩が触れるほどの距離で無防備な食事をするなんて、哺乳類として多少不安だったけれど、そんな威嚇《いかく》にも慣れなくてはいけないのだ、きっと、これが将来に亘《わた》って延々と繰り返される攻勢なのだ、と勝手に分析して、特効薬よろしく対人免疫ができることを期待していた、そんな淡い頃だ。

あるいは、自分を形成するシールドは、自分の皮膚表面よりも内部にあるのでは、と気がついた頃でもある。

僕は、生協食堂に置いてある断面の丸い箸《はし》が嫌いだった。あの機能の低さが我慢ならなかったのだ。だから、いつもフォーク一本で効率良く食べていた。午後の講義に遅刻すること交換に、生命密度の低い時間帯を狙《ねら》って食堂に来るようになったのも、二学期が始まった頃だっただろうか。

汚れていたテーブルをティッシュで拭《ふ》いてから、彼女は空《あ》いていた僕の正面の席に座った。確か、ラーメンをトレイにのせていたと思う。生協のラーメンって、麺が黄色いんだ。きっと、焼きそばと同じ麺で作っているんだろう。

「フォークで食べてるの?」

彼女がそう言ってから、僕が顔を上げるまで、ずいぶん時間がかかったはずだ。他人の発した音波信号を変調し、言語解釈する時間。自分のことを言われているんだ、と気づくまでの時間。その相手がどんな人間なのか、興味を抱くまでの時間。続いて、過去に自分が認知している他人の音声データの検索、と同時に、顔を持ち上げ、視線を向ける時間。映像を捉え、画像処理を行なって認知する時間。再びデータの検索……。

どんなものも光の速度を越えることはない。宇宙的に気の遠くなるようなタイムラグだ。

髪の短い子だった。

そばかすが目立つこぢんまりとした顔。黒っぽい口紅だけが象徴的な化粧。よれよれの抽象的なTシャツ。

一言でいえば、曖昧《あいまい》な女の子だ。

少ないサンプルから得られた僕なりの一般論だけど、女性との出会いとは、その個性がいかに劇的なものであっても、記憶され、時間経過に耐えられるものといったら、思いのほかおぼろげな印象だけ。乾いた砂を掴《つか》むようなものだ。はっきりいって、今、僕は彼女の顔を正確に思い出せない。街で彼女とすれ違ったとしても、きっと見過ごしてしまうだろう。

　それなのに、そのときは、どきっとするくらい印象的だった。

　言葉にすればこうなってしまう。

　言葉って、せいぜいがそんなもの。

　それは、たぶん、真珠が気化したような膨脹する夜空に、鉄塔の赤いランプがうっすらと瞬《また》いていたりする、そんな記憶の断片と同じ。

　僕はすぐに彼女から視線を逸《そ》らし、食事を続けた。

「知ってるよ。大学祭のときに、演劇を見たんだから。木元《きもと》君でしょう?」

　僕は演劇部の二軍部員だった。観客を五十人ほど集めるマイナな劇団で、いてもいなくても良いような役を二ヵ月まえに担当したばかり。彼女が見たというのはそれのことだろう。コピィして作った粗末なパンフレットに、手書きの小さな文字で僕の名前が書いてあった。でも、そんなことに目をとめ、僕の名を覚えているなんて、ちょっと気持ち悪い。

　舞台なんていえるほど立派じゃないけど、とにかく演じているときの僕は、まったくの別人だ。日頃出したことのないような高い声でしゃべり、呼吸もできないほどの速度で話すことができる。表情も仕草も、ショールームのマネキンみたいに作りもので、本当の僕からは完全に離脱した状態。独立した存在。だから、面と向かって舞台のことを言われるのが、僕、好きじゃない。これは恥ずかしいという感情とは少し違う。もっと異質なものだ。見られたくない箇所をこっそりと覗かれたみたいな一種の恐怖に近い。もっとも、この恐怖感が刺激的だからこそ演じているのだろうか、と思うことはある。

「今日の午後、時間空《あ》いてない?」彼女は黙っている僕に言った。ラーメンを箸でかき混ぜている。まだ一口も食べていないようだった。

「何の話?」再び宇宙的タイムラグを経《へ》て、僕は尋ねた。

「秋子の話」彼女は即答し、遅れて微笑《ほほえ》んだ。喉から吹き出そうとする空気を必死で押し止めている表情。

「誰、秋子って?」

「知らない?」

「知らない」

「あのね……、私だよ」彼女は自分の鼻先に指を当てると、白い歯を見せて、ぷっと吹き出し、周りの連中が振り向くほど高い声で笑った。「驚いた?」

壊れてるんだろうな、と思った。

クリームがはみ出して、売れなくなったドーナッツと同じくらい、壊れている。

生まれつき壊れてる奴もいるし、意図的に壊れていく奴もいる。だいたい、どっちかだ。

大差はない。

　僕は黙って食事を続ける。関わり合いにならない方が良いかな、と思った。馴れ馴れしい連中は嫌いだし、自分も馴れ馴れしく振舞いたくない。少なくとも、僕の過半数はその意見で、残りは、最初から関心がなくて無効票だった。

「ラーメンって熱いよう」秋子は箸で持ち上げた麺に口を尖《とが》らせて息を吹きかけている。

「食べものって、だいたいが熱過ぎるんだぞって、腹立たない？　私、猫舌だから、わりと迷惑してるんだよなあ、これが。思わない？」

「じゃあ、そんなの食わなきゃいい」僕は低い声でそう言ってやった。聞こえなかったかもしれない。本当は、「黙って食えよ」と言いたかったのだけど、喉から出た瞬間、別の台詞《せりふ》になってしまう。アドリブの才能もないくせに、台本どおりにはいかない。練習不足かな。

「あのさ、木元君、午後は暇？」

「授業。もう始まってる」

「何の授業？」

「瀬田《せた》先生の」

「ああ、多国籍企業のなんたらかんたらってやつだね？」

「たぶん、そう」

「大丈夫、大丈夫。私なんか、あれ一度も出席しなかったもんね」

「それで通った?」

「もちろん落ちたよ。でも、大丈夫なのよ。あんなの落したって平気、平気。全然関係ないんだから」

平気という意味がよく理解できなかった。何に関係がないのかも不明だ。ただ、彼女が同学年じゃないことがわかって、僕は少し驚いた。

「何年生?」

「私?」秋子は目を丸くして顎《あご》を引く。それから約二秒後、にやりと笑った。「何年生に見える?」

こういう疑問形って苦手というか、脱力するんだ。僕を黙らせたかったら、この疑問形攻めが効果的だ。

馬鹿馬鹿しくなって、僕は短く息を吐いた。不毛な話をしたいんなら、他に沢山《たくさん》相手がいるだろう。女の子と無意味な会話をするだけで一日の目的の大半が達成されたと勘違いできる、そんな特技を持った連中がいるんだ。しかも、それで人生の目的の大半を忘れられる特典付きの連中がいるはずだ。この食堂にだって五十人はいるだろう。もっといるかもしれない。

他の席へ行けよ、と僕の台本には太ゴチで書いてあるのに、発声できなかった。練習不足だと思う。

「木元君、現役だよね？　私、木元君よりか、二歳上かなあって、はは……。本当なら、もう四年生なんだけどさ、まあ、いろいろあってねえ……、これが……。聞きたい？」

「あんまり」精いっぱい抵抗して僕は首をふった。

何か言い返してくると予測していたのに、彼女はそのまま下を向いてラーメンを食べ始めた。もう笑っていなかった。僕の方はとっくに食べ終わっていたから、トレイを持って立ち上がりさえすれば、それで良かった。それで終わりだったんだ。

そう、さようなら、秋子……。

そう言って、食器を返して、食堂を出て、途中で煙草を一本吸ってから教室に行きさえすれば、それですべて終わり。いつもの軌道に戻って、また地球をぐるぐる回る。

何事もなく、平和に……。

でも……。

僕は立ち上がれなかった。

どうして？

さあ、どうしてかな。

曖昧なんだけど、やっぱり、それが、秋子って子の魅力だったんだと思う。

熱そうにしてラーメンを食べている彼女を、僕はしばらく眺めていた。彼女はたまに目を上げて、僕をちらりと見る。何度か、小声で「ごめんね」と言った。

何度かじゃない、五回だ。

全部違う「ごめんね」だったかもしれないけど、僕には区別がつかない。

彼女が食べ終わるのを僕が待っている、そう勝手に思ったみたいだった。それを謝っているのだろう。

僕、何を待っていたのかな？

どういうわけか、そのラーメンの温度が僕は気になった。

早く冷めてやれよ、と思った。

それに、どうして秋子がここにいるのかも、知りたくなった。

2

秋子の勇猛果敢な進言に敬意を表して、午後の授業はパスすることにした。僕は彼女と二人で東山《ひがしやま》公園まで歩いた。そこには、大学から二番目に近い地下鉄の駅がある。馬鹿でかい動物園と、それよりさらに馬鹿でかい植物園なんだけど、僕は二、三度しか行ったことはなかった。もちろん、このときも動物園が目当てだったわけじゃなくて、地下鉄の駅のコインロッカに、秋子がバッグを預けてあると言ったから、そちらに向かったのだ。どうして、そっちの駅なのだろうって、思ったけど。

　彼女は僕のことで沢山の質問をした。質問が多過ぎて答えられないくらいだった。どんな家庭環境だったのか。どんな子供だったのか。小学校は楽しかったのか。そう、みんな過去のことばかり。でも、未来のことを尋ねられるよりは、多少は気が利《き》いている。それに、あとで気がついたんだけど、秋子のしゃべり方って、そもそも疑問形を基本としているんだ。疑問形以外で会話を区切れないみたいな。

「兄弟は？」

「今はいない」

「え？」歩きながら秋子が首を傾《かし》げる。「どういうこと？」

「姉貴がいたけど、死んだから」

「ふうん……」秋子はちょっと不自然に微笑んで頷く。「いつ頃？」

「僕が、高一のとき」

「どんなお姉さんだった？」

　さあ、どんな姉貴だったかな。

　そんなこと、とっくに忘れていたから面食らった。

　姉貴は交通事故で死んだ。夜中に友達の車に乗っていて、トラックと衝突。だけど、即死だったそうだから、それは良かったと思う。

　あまり記憶していない。

死に方のわりには、綺麗な死体だった。ちゃんと綺麗にしたのかなって思ったことだけ覚えている。

それくらいか。

六つも歳《とし》が離れていたから、お袋二号みたいな存在だった。死んだときには確かに悲しかったけれど、急速にそんな感情が薄れることも経験した。今は何も思い出せない、といって良い。どこかで生きている、と思えばそれで同じことなんだ。外国で幸せに暮らしているとか。宇宙船に乗って移民したとか。たとえ近くで暮らしていたって、そうそう頻繁《ひんぱん》に会えるわけじゃないんだし、お互い大人になったら、それぞれの生活に深く干渉することもない。つまり、死別との差なんてとても僅かだ。

僕は、歩きながらいろいろ考えて、何をどう話そうか迷っていた。

「私もね、兄貴が死んでるの」

秋子が思いついたみたいにそう言ったんだ。舞台の上の女優みたいに彼女は立ち止まった。公園の入口に近いところだった。彼女は金網の柵《さく》にもたれかかった。

「聞きたい？」と、小首を傾げて、また疑問形。

「話したいなら、聞くよ」

「知らないかな……、東海市《とうかい》で工場がガス爆発したの。新聞で見なかった？」

「いつ？」

「五年まえね」

「そんなの覚えてないよ」

「十何人も怪我人が出て、凄かったんだよう」秋子は頭の後ろに両手を回し、金網を摑んでいる。「死んだのは、私の兄貴だけだったけどね。失明した人もいたし、今でも意識が戻っていない人も一人いるよ。あ、あとで兄貴の写真見せたげる。バッグに入っているから……」

「別にいいよ」

「こういうときって、見るものじゃない?」

「こういうときって、どういうとき?」

「秋子が兄貴の写真を見せるって言ったとき」

「見てもいいよ」

「さっ……」飛び跳ねるようにして、彼女は歩きだし、僕の前方でくるりと振り返る。「ま、それだけの話だけどさ」

それだけの話か……。

冗談みたいに言うな、と思う。

でも、姉貴の事故の話だって、きっと冗談みたいに聞こえただろう。高一のときの僕だって、やっぱり冗談みたいに思えたんだから……。

姉貴は友達の車の助手席に乗っていた。この友達というのが男だとわかったのは、葬式が終わってからだ。深夜に男の車に乗っていたなんて、きっとお袋も親父も、僕に話したくなかったんだろう。そんなこと考えもしなかった僕も子供だった。でも、聞いても特に何とも思わなかった。

死んだとき、何をしていたのかなんて、それほど意味のある重要なことだとは思えなかったし、そもそも、まだ生きている人間と、もう死んでしまった人間の差が、どれほど大きいものなのかも、僕にはよくわからなかったからだ。

「工場が爆発して、それで火事になって、隣にあった寮まで全焼しちゃったんだよう。私、燃えているとこ見にいったもの。兄貴は、そこの寮にいたんだけどね」

「あ、じゃあ、火事で亡くなったの？」

「ううん、そうじゃなくて。その寮に住んでたの。うち、貧乏で部屋がなかったから、兄貴が出ていってくれて、初めて私、自分の部屋がもらえたんだよ。あ、爆発のときはね、兄貴は工場にいたの。爆発したタンクに一番近かったって。だからさ、私、死体を見せてもらえなかった。見たのは骨だけ。骨の山」

奇妙なことに、ここで秋子はにっこりと微笑んだ。

澄んだ笑顔だった。

「寮の兄貴の部屋もすっかり燃えちゃったからね、何も残ってないってこと。それが言いたかったの。兄貴、自分のものは全部持っていったから。残ったのは車だけ。ぶっといタイヤ履《は》いてる恥ずかしい車なんだ、これが……。で、その車も半分は黒こげだったのに、中身はけっこう無事なものがあって、それが警察から戻ってきたわけ。だけど、半分黒こげの車なんか、仏壇に飾っとけないよう。置いとくとこもないもん。うち、庭なんてないし……。思い出の品にしては、でか過ぎるんだよ。あ、でさ、テープがあったの。うちの母さん、その車の中に残ってたカセットテープを聴くために、ラジカセ買っちゃったんだよ。ね……、可哀想でしょう?」

「何のテープ?」

「ビリー・ジョエル。大昔に流行《はや》ってたやつ。知らない? もう、毎晩、それ聴いてるのよ。こっちが、まいっちゃう。いいかげんテープが伸びちゃってるし、音が割れてるもんだから……。こないだ、私、同じテープ買ってきて、母の日にプレゼントしちゃった」

そう言って、また秋子は微笑む。

公園の中では子供がブランコに乗っていた。秋子の後ろの金網の向こう側だ。ポプラの樹が真っ直ぐに高い。その下を小さな犬を連れた老人がゆっくりと歩いている。僕は、しばらく秋子から視線を逸《そ》らしていた。

面白い話じゃない。

秋子の母親が、毎晩繰り返し聴いているカセットテープ。それが、息子の形見だという。秋子がプレゼントした新しいテープでは、代わりにはならないのではないか、と僕は思ったけれど、どんなものだって、結局のところ何かの代わりなんだ。代わりの代わりの代わり、ってずっと続く存在ばかりなんだから、同じことさ。

「それって、嘘だろう?」僕は煙草に火をつけながらきいた。

「何が?」

「プレゼントしたって話」

「わかっちゃった?」秋子はそう言う。

でも、彼女は首を小さく横にふっていた。

一瞬の感情だった。

そのときの秋子の表情といったら、背筋がぞっとするほど恐かった。まるで、死刑囚が最後の願いで聴かせてもらった一時間もの交響曲を聞き終わったときみたいに、堆積《たいせき》した謝罪の念が漏《も》れ出る、屈折した過去からの時間が染《し》み出る、そんな一瞬だった。

僕は背筋が寒くなって、息を止める。

次の瞬間、秋子は無邪気に微笑んだ。

弾《はじ》き飛ばされたような気がした。

「まったく嫌んなる……。同じ曲ばっかかけてんの。だから、私さ、わざとビリー・ジョエルの別のアルバムを買ってきたわけよ。うん……、最初は同じのにしようかなって思ったよ。でもさあ、それじゃあさ、なんていうの、進歩ってものがないじゃない? 無駄だってことはわかってる。まあ……、そうね、なんだかんだいっても、骨壺に縋《すが》りついて泣かれるよりか、音楽がんがんかけてる方がまだ健康的ってやつ？　ねえ、人間の骨って、いくつあるか知ってる？　けっこう山になるくらいあんのよう。木元君知ってる？」

「いや……」

秋子は上を見て、目を細めた。

何が眩《まぶ》しかったのだろう？

「伸びたテープだって、骨の山よりか、ましよね」

3

秋子が動物園の池でボートに乗りたいと言いだした。今まで一度も船というものに乗ったことがない、なんてオーバなことを言う。

「高校の修学旅行でフェリィにみんなは乗ったの。私、お金がもったいないから、病気になってずる休みしちゃったんだ。あれが、私の人生で船に乗る最後のチャンスだったわ」

そうまで言われると、乗せないわけにいかない。彼女の小さな夢を叶《かな》えるために、一緒に一時間ほど水面に浮かんでいた。オールを漕《こ》いだのはほとんど彼女の方だった。

「凄《すご》い！　ねえねえ、見て見て、池の底が見えるよ。ここって高いね」

「深い」僕は言い直す。

「底は深いけど、私たちがいるところは高いよ」

その会話しか覚えていない。

とても暑かった。

池の上までオーバハングした大木の枝の陰に、ボートを泊《と》めて、何度か休憩した。どうして、この子と一緒にいるのだろうって不思議な感じがした。彼女はずっとしゃべっていたけれど、僕は黙っていることが多くて、この状況の理由を考えていた。木陰の水上というのは、いつもそんな不思議を思い出させる場所みたいだ。

そのあと、ソフトクリームを食べた。お金を出したのは僕だ。ボート代も僕が払ったと思う。秋子ははしゃいでいた。それが彼女の本来の姿なのかどうか、僕にはわからないけど、客観的に見て、僕よりは楽しそうだった。生まれて初めて船に乗ったのだから、これくらい、しかたがないかな。でも、そんなこと、僕は本気にしていなかった。

ひょっとして誰でも良かったのかな、と当然のことに思い至る。誰か一日だけつき合ってくれる男を探していたのだろう。あるいは、本命とのデートで行き違いがあったのか。もしかしたらふられた直後だったのか。きっと、どれかだ。そんな想像をいろいろした。彼女の明るさは、失恋のリバウンドかもしれない。何故か、それが近い、という感じもする。それにしても、僕ではなくて、もっと適当な男がいただろうに、と思った。

地下鉄の駅まで戻ると、秋子はコインロッカから特大の紙袋を取り出した。これには僕も驚いた。今日、本命とデートの約束があったのではないか、という仮説は少なくとも消し飛んだ。

「重くて、紐《ひも》が切れちゃったんだ」そう言って秋子は口を尖らせる。

飾り気のない紙袋だった。中を見ると、分厚い雑誌が何冊も入っている。ファッション雑誌とか、インテリア雑誌の類《たぐい》だ。

「なんで、こんなもの持ち歩いてるの?」僕は大いに不思議に思って尋ねた。

「いつでも、どこでも見たいときってあるから」秋子は答える。「勝手なんじゃない?」

「そりゃ、まあ……」

「嘘……」彼女はにやりと口もとを上げる。「本当はね、うちに置いておけないの。捨てられちゃうのよ……。だから、持ってきたんだよ」

そちらの方が嘘っぽい。

しかし、どちらにしても、女性にその荷物を持たせたまま並んで歩くのは、どうも見てくれが悪い。そう思ったから、僕は自分のショルダ・バッグを彼女に預け、代わりに重い紙袋を抱《かか》えて持ってやることにした。

「あ、そうだ。面白いところへ行かない?」彼女は上目遣いで僕を見る。

「どこ?」

「栄町《さかえまち》だけど」

バイトのない日だったから、つき合うことにした。まだ四時だ。カラオケだろうか、程度に思った。その頃には、僕はきっと、少しばかり気分が良くなっていたのだろう。秋子の微妙な壊れ方にも慣れて、腹が立たなくなっていた。興味というには、大袈裟だけど、彼女のことが、わりに面白いかなって感じられるくらいには、変化していたみたいだ。今さら分析しても遅いけど。

栄町で彼女に案内されたのは、繁華街の裏通りの薄汚い小さなビルの二階だった。幅の狭い階段を上って、ドアを入るとき、一瞬だけど、これ、何か危険な状況かもしれない、と警戒した。だけど、そんな心配は無用だった。

なんていったかなあ。名前は忘れた。思い出せない。とにかく、なんとかっていうイラストレータの男。そこは、そいつの仕事部屋で、髪を後ろで縛ったヒッピィみたいな中年の彼が一人で出迎えた。秋子のことをよく知っている様子だった。

「この人、木元君っていうの。演劇やってる人」秋子は僕のことを簡単に紹介してくれた。

「ああ、君が……」男は小声で呟き、頷いた。

僕はその意味がわからなくて、秋子を見る。

「まえからさ、私……、木元君のこと彼に話してたのよ」秋子が説明する。「カッコいい子がいるって」

これは嘘だろう。

いったい何を話したというのだ。

もし万が一、本当なら、秋子の趣味は普通じゃない。

煙草の吸殻が溢《あふ》れそうな灰皿が、散らかった机の上で威張《いば》っていた。今日は吸殻記念日だろうか。古いシールが貼られている本箱には、ＣＯＭとかガロとかってマイナな漫画雑誌がずらりと並んでいる。姉貴が好きだったから、僕も少しは知っていた。

男が座っていた椅子も机も小さくて古い。小学校の入学時に買ってもらったものに違いない。机の上にカラーの原画があって、描きかけだった。その横、山積みの本の上に、絵の具のパレットが使い込まれた感じで渋い色に染まっている。部屋中の床が、机の上と同様に、無数の漫画雑誌で散らかっていて、足の踏み場もない。本をどけて、山を高くして、僕らは座る場所を作った。

秋子は自分の紙袋から分厚い雑誌を取り出して、次々にページを捲《めく》る。「これは、どう？」「こんなの描いてよ」と男に見せていた。それは、洒落《しゃれ》た雰囲気のロッジの内装だったり、明るい窓辺に立つ色白の少女の写真だったりする。気に入ったページに彼女は折り目をつけているようだった。

僕は黙って、二人のやり取りを聞いていた。秋子とこの男の関係を想像したくなかった。でも、秋子がどんな意図でここへ来ているのか、それに、どうして僕を連れてきたのか、まだ判然としない。
「コーヒーを飲むかい？」僕の方を見て、男がきいた。きっと、黙ってつまらなさそうな顔をしていたので、気を遣ったのだろう。彼は、僕をじっと見据えて待っている。
「ええ、じゃあ」僕は遅れて頷いた。
インスタントコーヒーだった。小さな冷蔵庫から出したネスカフェで、賞味期限が気に
なった。流し台が部屋の隅にあったから、秋子がそこでカップを洗った。男はアルミの薬缶《やかん》
で湯を沸かし、洗ったばかりの濡れたカップに注《そそ》ぐ。もちろん砂糖もミルクもなかった。
「あのさ、ちょっとは掃除したらどう？」秋子が流しに溜まったゴミを指さして言う。歳上
の男に言う台詞にしては実に馴れ馴れしい、と僕は思った。けれど、彼女は誰に対してもそ
うなのかもしれないし、それ以上は想像したくない。
「奥さんは？　どうしたの？」秋子はカップを手にして、息を吹きかけながらきいた。
「うん……」男は生返事をする。
「うんじゃわかんないよう」秋子はわざとらしく部屋を見回した。「奥さん、ここんとこ来
てないみたいね」
「ああ……、最近な」男は煙草に火をつけて答える。
「また、喧嘩？」
「さあ……」

秋子は自分のカップを両手で持ったまま、僕の横に座った。男は机の椅子に座っていたが、僕ら二人は床に直接腰を下ろしている。

「この人の奥さん、めちゃめちゃ美人なんだよ」僕の耳もとで秋子が囁く。彼女はそう言って、さも嬉しそうに首を竦《すく》める。「本当はね、めろめろなのよ。カッコつけてるけどさ」

男にも聞こえただろう。でも、彼は黙っていた。

男は僕を盗み見るように一瞥《いちべつ》した。

秋子を見ると、彼女はまだ嬉しそうだ。

何が、どうして、そんなに嬉しいのだろう。彼の奥さんが美人だからって、秋子には関係のないことじゃないか。ひょっとして、婦人雑誌のグラビア写真を見るように、彼女は他人の幸せが嬉しいのだろうか。人の人生を自分の人生に重ねて見ているのだろうか。それだけで、幸せになれるのだろうか。

たぶん、そうに違いない。

そんな秋子を、このとき可愛いと僕は思った。

でも、それは、一瞬で消えてしまうくらい自然な、そして必然的な幻影だったのだ。

お祭りの屋台で買ってもらった雛《ひよこ》みたいに……、

儚《はかな》い……。

砂浜で拾ったラムネの瓶《びん》のように、

儚い……。
目を瞑《つむ》った瞬間にだけ見える、
あの変な模様と同じだ。

そのイラストレータの仕事場を出て、地下鉄の駅まで秋子と並んで歩いた。重い紙袋は僕が抱えている。五時半頃だったと思う。

「ね、面白かった？」

「うん」僕は社交辞令で頷いた。

「あの人、兄貴の親友だったの」

彼女が紹介してくれた男が、特に面白いとは思わなかった。どちらかといえば、秋子の方が面白い。

駅のホームで僕は秋子と別れた。彼女は、どこかで一緒に食事をしようと言ったが、僕はそれを断った。このまま深入りすることに尻込みしたのだ。僕は、冒険家ではない。

彼女もあっさりと引き下がった。

持ち物を交換して、重い紙袋を腹に抱えて、彼女は反対方向の電車に乗り込んだ。ドアが閉まってから、僕の方を見て、笑って片手を振った。

もう一度会えたら良いな、と僕は思ったけれど、もう遅い。

まあ、いつだって、こんなもの。

遅いんだ。

だけど……、どうして僕だったのだろう？

理由など、ないのかな。

それが少し気がかりだ。

電車に乗り込んでから、写真を見せてもらわなかったことに、気づいた。秋子の死んだ兄貴の写真だ。

忘れていたのだろうか。

それとも、そんな写真、最初からなかったのかもしれない。

きっと全部、でまかせだ。

もう会うことはないだろう。僕はそう思った。

4

四、五日あとの日曜日の朝。まだ七時頃だった。

僕はもちろん下宿で眠っていたのだが、ドアを叩く音がして、名前を呼ばれた。起き上がってドアを開けてみると、大家《おおや》の婆さんだった。

「木元さん、電話」

「僕にですか?」

「女の人から」

「誰です?」

婆さんは首を横にふる。階段を下りて、庭を横切って大家の家の玄関に上がった。

「もしもし、木元ですけど」僕は受話器を耳に当てる。

「だーれだ?」明るい女の声だ。

「誰ですか?」

「秋子だよう! おはよう。寝てた?」

僕はようやく目が覚めた。廊下の奥で、婆さんがこちらを見ている。僕は表情を見られないようにさりげなく反対側を向く。

欠伸《あくび》が出た。きっと、「落ち着け」という信号だと思う。

「どうして、ここの電話番号を知ってるの?」

「学生係できいたんだよ。凄いだろう」

「いつ?」

「えっと、一昨日《おととい》」秋子は笑っている。

今日は日曜日、まだ早朝だ。昨日は土曜日、大学の事務は開いていない。一昨日とは、準備が良い。

「ねえねえ、木元君。私さ、今どこにいると思う？」

何でも疑問形にしたがる彼女のしゃべり方だ。

「どこって……、自分の家じゃないの」

「星《ほし》ヶ丘《おか》のドーナッツでーす」

星ヶ丘といえば、僕の下宿からすぐだ。

「へえ……、それで？」

「木元君、出てこれない？」

「今、何時？」

「七時」

「七時ぃ……」僕は顔をしかめる。もう婆さんも見ていなかったから、誰のためでもない。

「あのさ、言っときますけどね……」秋子の声が高くなった。「私、これでも一時間は我慢したんだぞう。六時じゃちょっと迷惑かなって……。これってさ、すっごい分別《ふんべつ》ある常識人ってやつだと思わない？」

「七時でも充分迷惑だよ」

「怒った？」

「いや……。全然」

大家の婆さんには丁重に礼を言って、僕は部屋に戻った。それから急いで服を着替え、顔も洗わないで出かけることにした。婆さんが庭でさつきの鉢に水をやっていた。僕の方を見ていたと思う。ちょっと恥ずかしかった。

自転車で星ヶ丘まで出る。ミスタ・ドーナッツの一番奥の席に秋子が座っていた。頬杖《ほおづえ》をついて、涅槃《ねはん》を眺めるように澄ました顔で、煙草を吸っている。

「おはよう」僕は席につく。

「ごめんね」

「謝るくらいなら、電話しなけりゃ良いのに」早朝に起こされた不機嫌さと、自転車で坂道を上った息切れのためか、珍しく台本どおりの台詞が言えた。

「厳しいなあ……。寝起き機嫌悪いの？　あ、コーヒーかドーナッツは？」秋子はきく。

「奢《おご》ったげるから」

「じゃあ、コーヒーだけ」

彼女はTシャツにジーンズだったけど、青いビーチ・サンダルを履いていた。カウンタに行く彼女の後ろ姿を見て、僕はそれに気がついた。だから、彼女がコーヒーを持って戻ってきたとき、サンダルのことをきいてみた。

「よくぞよくぞ、きいてくれました」座りながら秋子は微笑む。「ああ、もうね……、語るも涙、聞くも涙の物語だよう、これは。もうどうしよう、って感じ……。泣いても知らないから」

もちろん、涙なんて出なかったけど、確かに面白い話だったのだ。

「私んち、ちょっと厳しいんだ。門限とかさ。母さんがねえ、ほら、風紀委員並みなのね……、被害妄想っていうか、うん、病的って感じ。このところさ、私が夜出歩いてばかりいるもんだから、もうかんかんに怒っちゃって。で、どうしたと思う？　凄いよう……。私の靴を全部隠しやがってさ、これが。敵もさるものでしょう？」

「靴を？」僕はコーヒーを飲みながら少し噎《む》せた。

「そうそう、靴よ靴。マイ・シューズよ。考えたわよねえ。私、夜になるとこっそり抜け出す習慣だから、それを阻止しようとしたわけなんだ。ね、おかしいよね？」

靴を隠す母親もおかしいが、それよりも、夜にこっそり抜け出す習慣の娘の方がおかしい、と言ってやりたかったけれど、黙って話の先を聞くことにする。

「でさ、昨日の夜はその靴封じで、出られなかったの。もう、私、家中探したんだけど、靴どこにもないわけ。たぶんもう、母さんの寝てる部屋以外にないわね。癪《しゃく》じゃない？　ここまでされると、むらむらっとくるものがない？　だけどね、考えたの。ぴんときちゃったよう。盲点があったんだ。キャラバン・シューズがあることを思い出したの。高校のときに買って一度だけ使ったやつ」

「キャラバン・シューズ？　登山靴みたいな？」

「そうよ、それそれ！　高校のとき、私ね、憧《あこが》れの彼氏がワンゲル部だったから、一回だけ無理いって連れていってもらったのよ。三重県の藤原岳《ふじわらだけ》っていう山だったわ。靴はそんときに買ったやつで、もう思い出のシューズなわけ」

そう言いながら、秋子は隣に置いてあったバッグから、本当にキャラバン・シューズを取り出した。これには、僕もびっくりした。

「え、ホントの話？」思わずきき直してしまった。

「これ、高かったのよう。私んち貧乏でしょう。こんなの買ってもらえないじゃない。でも、私を山へ連れていって、って一心だよね。学校サボってバイトしてさ、やっと買ったんだ。そういう汗と涙のシューズなの。ね、いくらだと思う？　高くついたわね、だって、結局、一回しか使わなかったんだもん」

「なんで？　その彼氏とうまくいかなかったの？」

「まあ……、ちょっとね。その山でいろいろ不本意なことがありましてね……。聞きたい？」

「いや」僕は首をふる。

「あそう……。意地悪！」

「で、その靴、履いて出てきたわけ？」

「あ、うん。もちろん、そうよ。だから、これしか履くものがなかったの。夜だからさ、少々おっきな靴履いてても、目立たないでしょう？　窓から抜け出して、ずっと、ここまで歩いてきたわけ。えっとね、出たのは十一時頃だったかしら」

「十一時って……、家はどこ？」

「だからあ、東海市だってば……。このまえ言わなかった？」

「ああ、東海市のガス爆発の話なら聞いた」

「あ、そうかそうか……。言ってない？　家も、そのそばなの」

「ちょっと待って」僕は一呼吸おいて、彼女を見る。「東海市から、ここまで歩いて来たの？」

「そう言ってるでしょう？」

「嘘だ」

「ホ・ン・ト」

「タクシーとかじゃなくて？」

「あのね、私、はっきりいって超貧乏なんだよう。それにもまして、キャラバン・シューズ履いてんだから、歩いてあげるのが礼儀ってもんでしょう？」

何がましているのか……。僕は吹き出した。

「本当に歩いてきたの？」

「たまに走ったよ」秋子も笑いだす。「でもこの靴さ、重いんだぞう。底に鉛《なまり》が入っているみたい。履いてみる？」

東海市といえば、車なら一時間ほどのところだが、三十キロ近くあるだろう。歩いたら、平均時速四キロとして七時間。夜中の十一時に出れば、六時に到着。そうか、だいたい辻褄《つじつま》が合う。しかし、とても信じられない。そんなことをする精神が信じられない。

「六時にここに着いたけどね、さすがにすぐ木元君とこに電話するのはねえ……。とまあ、躊躇《ちゅうちょ》した私です」冗談っぽく秋子は目を一度瞑《つむ》った。「あーあ、眠いし、足が棒になってる。じんじんしているの。触ってみる?」

「どうして、躊躇したの?」

「変な奴だって思われたくないもん」

「あそう……」僕はまた吹き出した。

「ああ! 変な奴だって、思ってるな!」秋子は僕を指さして睨んだ。頬を膨らませて、目は少し寂しげだ。

「なんで、こんなことするわけ?」僕の質問は当然だろう。

「会いたかったからよう」

「誰に?」

「木元君に」

「信じられない」僕はそう言って、また欠伸をした。

「信じてくれなんて言ってないぞう」低い声で秋子は言う。テーブルの下を見ていた。不機嫌そうな表情で、脚を組み直す。「いけないか？」

いけない、ことはない。

返す言葉もない。

だけど、会いたかったというのは本当に僕のことだろうか。もしそうなら、昨晩にでも電話をすれば良いじゃないか。先日と同じで、また誰かと会うつもりだったのに当てが外れたのか、何かの行き違いがあったのか……、とにかく、その代わりで僕が呼ばれたんじゃないだろうか。そう勘ぐったりもした。いくらなんでも、徹夜で三十キロも歩かなくても……。

「でもさ、私、キャラバン・シューズってやつを買い被り過ぎてたね。こいつを履いてりゃ天下無敵、どこまでも歩いていけるって信じてたもん。ところが、これって平地走行には向いてないいんだなあ。もう足が痛くなっちゃって、めろめろ」

「靴の問題じゃないよ。そんなに歩けば痛くなるのが普通」

秋子はテーブルの下で脚を伸ばす。僕の膝の上に片足をのせた。

「見て見て、酷いでしょう？　ほら、踵《かかと》んとこと、小指んとこ、豆ができちゃって。それが、また潰れて……。私ね、歯を食いしばって頑張ったんだけど、最後はもう駄目。歩けなくなっちゃったよ。でさ、癪《しゃく》だったけど、どうにも我慢ができなくなって、コンビニでサンダルを買った。妥協したの。これがそう」

今度はもう片方の脚を横に伸ばして青いサンダルを見せる。確かに新しいビーチ・サンダルだった。

「無駄遣いしちゃった。だいたい、ブルーって大嫌いなんだ。普通なら死んでも買わないけど、運悪くこの色しか置いてなかったのよう」

そちらの足にも豆ができていた。

白い小さな足が、痛々しい。

嘘ではなかった。

話はどうやら本当らしい。

第一、嘘だとしても、意味がない。僕一人を騙《だま》したところで、彼女には何の得もないのだ。

しかし、その話がすべて本当なら、異常だ。

夜中の十一時に家を抜け出して三十キロも歩いてくる女の子は普通じゃない。それも、ほとんど見ず知らずの関係に等しい人間に会うために、そこまでするなんて……。はっきりいって狂っている。

けれど、目の前にいる彼女は、とても明るい。とても楽しそうだった。もしかしたら、そんな異常な、いや、平均的でない行動が、彼女の趣味なのかもしれない。あるいは、人を驚かすことが、楽しいのかもしれない。他人の趣味をとやかくいう権利はないだろう。

「この時間だったら、いると思ったし」

「僕が？」

「うん」秋子は小さく頷いた。「あのね……、兄貴の写真見せるって言っといて、このまえ、忘れちゃったでしょう？　それが気になって……」

秋子はバッグから写真を取り出す。

写っていたのは、サングラスをかけた男だった。彼の前に立っている少女。彼女の肩に、男の両手がのっていた。秋子の兄さんと彼女だ。どれくらいまえのものだろう。彼女はあまり変わっていない。どちらかというと、今の秋子よりも写真の少女は多少ふっくらとしている。

「いつの写真？」

「えっと、私、そんとき小六かな。十年まえ？　もう、十年になるんだ。その写真が一番新しかったの。案外、兄貴とツーショットなんてないのよ」

秋子の兄さんは、角刈《かくが》りにサングラス。少し恐そうな感じだ。爆発を起こした工場で働いていたのだから、きっと工員だったのだろう。

「歳はいくつ違うの？」

「私と兄貴？　十一歳」

「十一歳？　へえ……、離れてるね」

「うん、いろいろ不本意な事情がありましてね」

「どんな事情？」僕は吹き出して尋ねた。

「私たち、父さんが別々なの」秋子は写真を大切に仕舞いながら答えた。

「ああ、そういうこと」僕は慎重に平静を装《よそお》って頷く。

「そういうこと」秋子はにっこりと微笑んで頷く。「うちの母さん、兄貴の父さんとも別れたし、私の父さんとも別れちゃった。子供だけは自分のものにしてね」

「今は？」

「毎晩、ビリー・ジョエルだよ」

「靴を隠して？」

「そう……」真面目《まじめ》な顔をして秋子は頷く。「もう、私もさ、こんときの兄貴と同じ歳なんだよね。いい加減に働かなくちゃあなあ……、て思ってはいるんだけどね」

「就職したらいい」

「そう……、奨学金も授業料免除も、もう今年限りだしね。大学卒業できないのに就職って厳しいけど、まあ、しかたがないか」

「どうして卒業できないの？」

「わからない」秋子は首を横にふった。「私、怠け者だからかな。バイトし過ぎで、ついつい大学の方は怠けちゃったし」

「怠け者は三十キロも歩かないよ」

「三十キロ？　そんなにある？」

「とにかく、怠け者には無理な距離だと思うよ」

「ううん、それは違う。三十キロくらい歩く怠け者は沢山いるんだよ。木元君、それは覚えておいて。私ね、ちょっといかがわしい店で働いてたことあるんだけど、みんなみんな、もの凄くよく働くのよう。一生懸命仕事するのよう。でもね、駄目。みんな脱落者なんだ。怠け者なんだもん。三十キロ歩けてもさ、一ページの文字を読もうとしない。何より、自分を怠け者だって信じているし」

　僕はコーヒーを飲んでから、煙草を忘れてきたことに気づいた。秋子の煙草を一本もらおうとする。

「あ、これあげる」テーブルの上で箱を滑らせて彼女が言った。「煙草って、私どうも躰《からだ》に合わないから」

「じゃあ、どうして吸ってるの？」

「堕落しようと思って……」悪戯っぽい目つきを僕に向けて、秋子は言う。「それ、木元君のためのお土産で買ったやつなんだけど、途中で、ちょっと何本かもらっちゃった」

　また無邪気なでまかせを言う。

　まったく、どこまでが本当の話なんだろう。

　結局、その店で一時間ほど潰してから、地下鉄に乗って、科学館へ行くことになった。秋子がプラネタリウムを観《み》たい、と言いだしたのだ。子供のとき観たきりで、大人になっても観られるなんて望外の幸せだ、と彼女はオーバに語った。

科学館の開く時刻までさらに一時間ほどあったので、僕らは、屋外展示のジェット戦闘機の前で、ずっと話をした。彼女は今日も紙袋を持ってきていたけど、分厚い雑誌が一冊だけしか入っていなかった。さすがに何冊もは持ってこられなかったのだろう。彼女は、折り目をつけたページを順番に僕に見せる。こんな部屋に住みたい。こんな庭が欲しい。こんな服が着てみたい。こんなところで泳いでみたい。たぶん全部嘘だ、と僕は思った。

プラネタリウムを三回も観たあと、栄町まで歩いて、地下街でハンバーガを食べた。それから、二つのデパートの全フロアを回る。合計したら十キロくらいは歩いたかもしれない。

夕方、鳩がいっぱい集まっている噴水の前で、僕らは別れた。

「また、会える？」これは僕が口にした言葉。

自分でも信じられないアドリブだった。

秋子は微笑んだだけ。

返事をしなかった。

5

それっきり、秋子には会わない。

電話番号も住所も知らないから、連絡のしようもない。

てっきり同じ大学だと思っていたのに、その後、キャンパスで彼女を見かけることはなかった。他の大学から聴講しにきていただけかもしれない。いや、大学生だということ自体、怪しいと思えてくる。ひょっとしたら、名前だって実名ではなかったのかも……。

いったい、彼女の目的は何だったのだろうか。

僕と一緒だった十数時間で、彼女は何を得たのだろう。

何を得ようとしたのだろう。

彼女が話してくれたことは、どこまでが本当だったのだろう。

ガス爆発で死んだ兄さんの話だって、作り話かもしれないじゃないか。僕の姉貴の話に合わせて、即興で口から出たでまかせかもしれない。きっと、ちゃんと生きているのだ。いや、そもそも兄さんがいるのかどうかだって怪しい。

キャラバン・シューズを持っていたこと。足に豆ができていたこと。それに、真新しいビーチ・サンダルを履いていたこと。どれもこれも、彼女が用意した小道具で、僕だけが秋子の演出劇の観客だったのではないか。
ああして、一人一人に見せている寸劇なのかもしれない。
一人芝居を楽しんでいるのだろうか。
そう思えば……、彼女は魅力的な女優だった。
妙に純粋で……、
妙に恐くも、あった。
暴走しそうな異常さが、いつも透明な容器の中でぼんやりと光っていた。
それが、彼女の光だ。
直接目にすれば、きっと剃刀《かみそり》みたいに危ない光。
だから、ガールフレンドとか、恋人とかに、つながらない。
将来を共有できない存在なのだろう。
つまり、
僕が尻込みしたのは、そんな卑屈《ひくつ》で情けない、
動物としての防御本能だったのに違いないのだ。
これは言い訳だけど……。
今さらになって、僕は秋子を美化しようとしているわけではない。
そんなつもりはない。

美化したくなんか、全然ない。

けれど……。

何年かして、僕は知ることになる。

結婚して、子供もできたあとだ。

親父の定年で実家が引越をすることになって手伝いにいった。そのとき、死んだ姉貴の古いアルバムを偶然見つけた。親父もお袋も僕には見せたくなかったのだろう。だから、僕は隠れてそれを見た。

びっくりしたのは、その中にあった二枚の写真。

一枚は、姉貴が所属していた美術部の仲間たちが写ったものだった。裏にそうメモされていた。その中に髪の長い男が一人いて、栄町であったあのイラストレータだとわかった。ずいぶん痩《や》せていて、今よりいかしている。木元という僕の名前に彼が示した反応の理由も理解できた。

もう一枚は、全然別の写真だ。ガードレール越しの海をバックにして、姉貴と男が二人で写っている。二人とも楽しそうに笑っている。角刈りでサングラスの男だった。太いタイヤの白い車も写っていた。

姉貴と同じ美術部の先輩だったのが、あのイラストレータで、そのまた親友が秋子の兄さんか……。

この車で、二人は死んだんだ。
なるほど……。
ガス爆発だなんて、とんでもない嘘をついたものだ。
秋子の兄さんも、トラックとの衝突で死んだ。
別に、死に方なんて、どうだって、良いのだけれど……。
ビリー・ジョエルは、姉貴のテープだったかもしれないのだ。
どうでも、良いことだけれど……。
僕は、姉貴のテープを聴いていない。
骨の山？
どうでも、良い？
僕は、アルバムを閉じた。
そっと、段ボール箱に戻した。
もう見たくなかった。
見ない方が良い、と思った。
何も考えないことに決めた。
でも……。
以来、秋子のことを思い出すたびに、僕は想《おも》うんだ。

あのとき、とても綺麗なものを、僕は見たのかもしれないって……。

それは、
秋子のことだ。

たとえば、東山のてっぺんの赤いライトを目指して、秋子は一人で、一晩中暗いアスファルトの道を歩いている。キャラバン・シューズの足は、本当に痛かっただろう。

たとえば、ロマンチックなインテリア、綺麗な外国の海、白い花柄のワンピース、そんな写真が載っているページに折り目をつけて、その分厚い雑誌を何冊も紙袋に入れて持ち歩いている。紐さえ切れていなかったら、彼女はあの重い紙袋をずっと持ち歩いていただろう。

秋子の心は、ひょっとしたら、本当に綺麗で、本当に純粋で、本当に、あの小六のときのままだったのかもしれない。

本当に、ブルーのサンダルなんて、大嫌いだったのに違いない。

ビリー・ジョエルのテープも、靴を隠してしまう母親も、
全部、本当のことだったのだろう。

それなのに……、
どうして、彼女はあんなに自然に、素敵に、微笑むことができたのだろうか？

僕は、どうして信じてあげられなかったのだろう？

そう思い出すだけで、自分の不純さに涙が出るほど悔しい。

ラーメンを食べながら、秋子は「ごめんね」と五回繰り返した。
「許して下さい」と言い続ける人間が、世の中に存在することを、僕は初めて信じた。
僕は三十キロ歩けるだろうか。
僕は怠け者ではないのか。

秋子に謝りたい。
それは、きっと夏の日の夕立みたいな、ときどきの激しい感情だ。
赦免《しゃめん》を求める真っ直ぐな感情。
だから……、
綺麗なんだ、と思う。

ただ……、
僕は願う。
骨の山よりも、ずっとずっと沢山の……、
ずっと沢山の幸せよ、秋子にあれ。

本書に収録された「石塔の屋根飾り」は、著者が小寺武久博士の講義で拝聴した研究上の実話を基にしたものです。また本作に関し、野々垣篤博士より貴重な御助言を頂きました。ここに付記して、謝意を表します。

解説

冨樫義博

ちなみに私のお薦めは「小鳥の恩返し」と「石塔の屋根飾り」と「僕は秋子に借りがある」である。以上、私の解説終了。

本気である。

ここから先は全て余談だと思ってもらって差し支《つか》えない。解説を参考にして本を買うという④の方々、誠に申し訳ない。

依頼を受けてから痛感したのだが、人の作品に対して、しかも好きな作家の作品に、あれこれと講釈を打《ぶ》つのは非常に性に合わないようだ。何より恥ずかしい。辞書に載っている、ありとあらゆる意味で恥ずかしいのだ。したがって私はこれを書いている最中、ずっと正常な精神状態ではない。それをふまえた上で、寛容な心でもって読んでいただけると幸いである。

さて。

小説を購入するにあたり、人それぞれその本を選んだ理由があるはずである。その理由は、その本の評価に深く関わるものであろう。そこで私は入手動機を九つに分けてみた。こういう作業は好きだ。

①作家のファンだった。

②評論や前評判を見聞きし、もしくは以前に読んだその作家の作品が面白かったから。

③友人・知人の薦め。

④解説を読んで。

⑤帯の煽《あお》り文句（〇〇賞受賞‼とか）で。

⑥本の装丁が気に入った（いわゆるジャケ買い）。

⑦タイトルに惹《ひ》かれて。

⑧あとがきや本の裏表紙などにつくあらすじ、または本編の最初の数ページを読んでみて面白そうだった。

⑨その他（本編を全て立ち読みして面白かった。拾った。もらった。間違って買ってしまった。など）。

漫画本の話だが、ごくまれに私は嫌いな作家の作品を、嫌いであることを再確認するために買うことがある。これなどは⑨に相当するであろう（それとも①の奇形だろうか）。他には、③に入ると思うのだが、その作品の話の内容が全てわかった上でないと安心して読めないし読まないという変わり種もいた。私など映画でも小説でも、見たい作品の前情報などなければない程いいタイプなので、こんな人が信じられない。例えば映画の場合、「ラストにあっと驚くどんでん返しが!!」なんてCMで言われてしまったら逆に結末がわかってしまうではないか。そのせいで、見る前から最後のオチが想像できてしまった作品が結構ある。その時の徒労感たるや半端ではない。まぁでも小説の場合、叙述トリックとわかってて読んでも結局だまされちゃうなんてしょっ中なのだが。

前置きが長くなってしまった。

私が森氏の本を手にしたきっかけは⑦である。タイトルは『すべてがFになる』であった。「お?」と気になり、⑧へと移行。そのままレジへと持って行った。家に帰って早速読んで、それから森作品に関しては基本的に①である。

森作品のどこに惹かれているかを簡潔に述べるならば、私の場合やはりタイトルである。ふらりと本屋に立ち寄り、平積《ひらづ》みの本をながめ、「お!?」と思う題の本を手にとり作家名に目を移すと「森博嗣」とある。①で買うと決めてからもそれは続いている。ないものねだりとはよく言ったものだ、とその度《たび》に思う。タイトルに集約された森作品の魅力。それは理系の匂いとでもいうべきものだ。ファンならば網膜にマメができるほど目にした言葉であろう。理系ミステリィという、森作品評。しかしそうだと思うんだからしかたない。自分の印象と違うことを強引にひねり出して書いてもしょうがないではないか。

森氏本人が著書で指摘されているが、この世には理系人間と文系人間（と思い込んでいる人）が存在する。そして文系人間（と思い込んでいる人）は、理系人間を含めた理系の匂いのするもの全てに対して大なり小なり劣等感を抱いている。本人が言《い》うのだから間違いないのである。そう、私は文系人間だ。理系全般に対し、憧れと嫉妬と畏怖《いふ》とが入り混じった、負い目に似た薄暗いものを感じながら生きてきた。大袈裟《おおげさ》に表現してみた。本当はそんなに悲愴なものではない。トンデモ本の研究本を読んで、つっこみの内容が理解できるかどうかで一喜一憂する程度の症状である。あと妻が薬科大出身で、薬剤師の資格を持ってることに軽いジェラシーを覚えたりもする。

こうした負の感情を持つのは、文系を自覚するきっかけが挫折だからだ。私の場合は因数分解だった。もっと早い人は分数計算で理系と決別しているだろう。こうして文系人間が出来上がり、その多くは理系を毛嫌いし、またそれと同じくらい多くの文系人間が理系に対して憧れているのだ。

だから私と同様、森作品のタイトルが放つ理系の匂いに誘われて読み始めた文系人間は多いはずだ。そして（私を含めて）その人達はページをめくり続けるのである。なぜならその匂いは本編の此所彼所《ここかしこ》に薫り立っているからだ。そこは舞台設定だったり情景描写だったり登場人物の台詞だったりする。

なかでも犀川創平《さいかわそうへい》と西之園萌絵《にしのそのもえ》シリーズにその芳香は顕著だ。前述の『すべてがFになる』は犀川&西之園シリーズの第一弾である。本作にもこの二人が登場する話が二編載っており、「石塔の屋根飾り」はその一編だ。なにしろ主人公の犀川創平が国立大学工学部の教官なのだ。屈折した文系人間からしてみれば、挑《いど》まずにはいられない理系的設定といえよう。

さて、本著『地球儀のスライス』についてである。全体を通しての印象は、前述した私が森作品に対して持つ固定観念を覆《くつがえ》すものであった。非常に文系的なものを感じたのである。小説を読んでるんだから、文系的で当り前だろうと思う方、全くその通りなのではあるが、そう感じるのだからしかたないのである。

それに「文系」・「理系」というこの言葉、とても曖昧《あいまい》であり人によって定義も違うであろうから言いたいことが正しく伝わらない危険性も高い。しかしあえて使用した。なぜなら、『地球儀のスライス』を含め、私が森氏の作品を読んで出した結論に、どうしても欠かせないキーワードだからである。

結論を述べるにあたり、森氏本人の言葉を引用させていただく。「文系は理系の一部と捉えることができる」これに私は賛成だ。

ここで私なりに「理系」と「文系」という言葉を定義付けてみたい。ここからは「理系」と表記した場合は私の定義による意味をもつ。ただ理系と記した場合は、辞書に説明されている通りの意味で使用しているので、ややこしいけど宜《よろ》しく。

私の定義では、「理系」とは「この世のすべてのもの」を指す。

そして「文系」とは、「理系」の中の特に「人と人との関わりによって生じる事柄」を指す。殺人は「文系」だ。凶器は「理系」。トリックは「理系」で、それを使った者と見破ろうとする者との駆け引きは「文系」なのである。

人によって答えが違ったり、正しい答えがなかったりするのは「文系」の醍醐味《だいごみ》といえる。森氏はそんな「文系」的作品もこの本に納めている。読んでいただければ、どの作品のことかわかるであろう。何度か読み返したが、頭がくらくらした。

私がこの本で感じたのは「文系」の匂いだったのである。それによって私の森作品に対するイメージも様変わりした。

私のイメージを絵にすると次の通りである。

まず「理系」という大きな円があり、その中に「文系」の円が納まっている。「文系」の円の直径は「理系」の円の半径に等しく、「文系」の円は、その外周の一点が「理系」の円の中心点と交わる形で、「理系」の円の中心点から右斜め上に存在する感じだ。なぜその位置かとか、「文系」に対する「理系」のべらぼうな大きさなどは私の勝手な感覚なので具体的に説明できるだけの根拠はない。

で、ここに森氏の作品から受けたイメージを円として加えてみる。その円の中心点は、「理系」の円の中心点と等しい場所にある。大きさは…皆さんの御想像におまかせする。「おいおいそれじゃイメージの説明にならないだろうが」と思われる方も多いと思うが、問題ない。重要なのは位置なのだ。そう。皆さんが森氏の円をどのくらいの大きさに思い浮かべたとしても、その円の中心が「理系」円のそれと等しく在る限り、私のイメージした森作品の円は、「理系」と「文系」それぞれの円に重なる面積の対比率をほとんど変えない。これは非常に文系的表現だが。

結論を述べよう。

本作品は絶妙のバランスで理系と「文系」とをブレンドした短編集だ。

理系の人である森氏は「文系」にも長《た》けていたのだ。

うーんやっぱり面白くも何ともない結論に達してしまった。申し訳ない。

初めて森氏の作品を手にして、解説を参考にして本を買うかどうか決めているという人で、たまたま開けて目にしたページがここだったという貴方。私のお薦めは「小鳥の恩返し」と「石塔の屋根飾り」と「僕は秋子に借りがある」である。以上、私の解説終了。

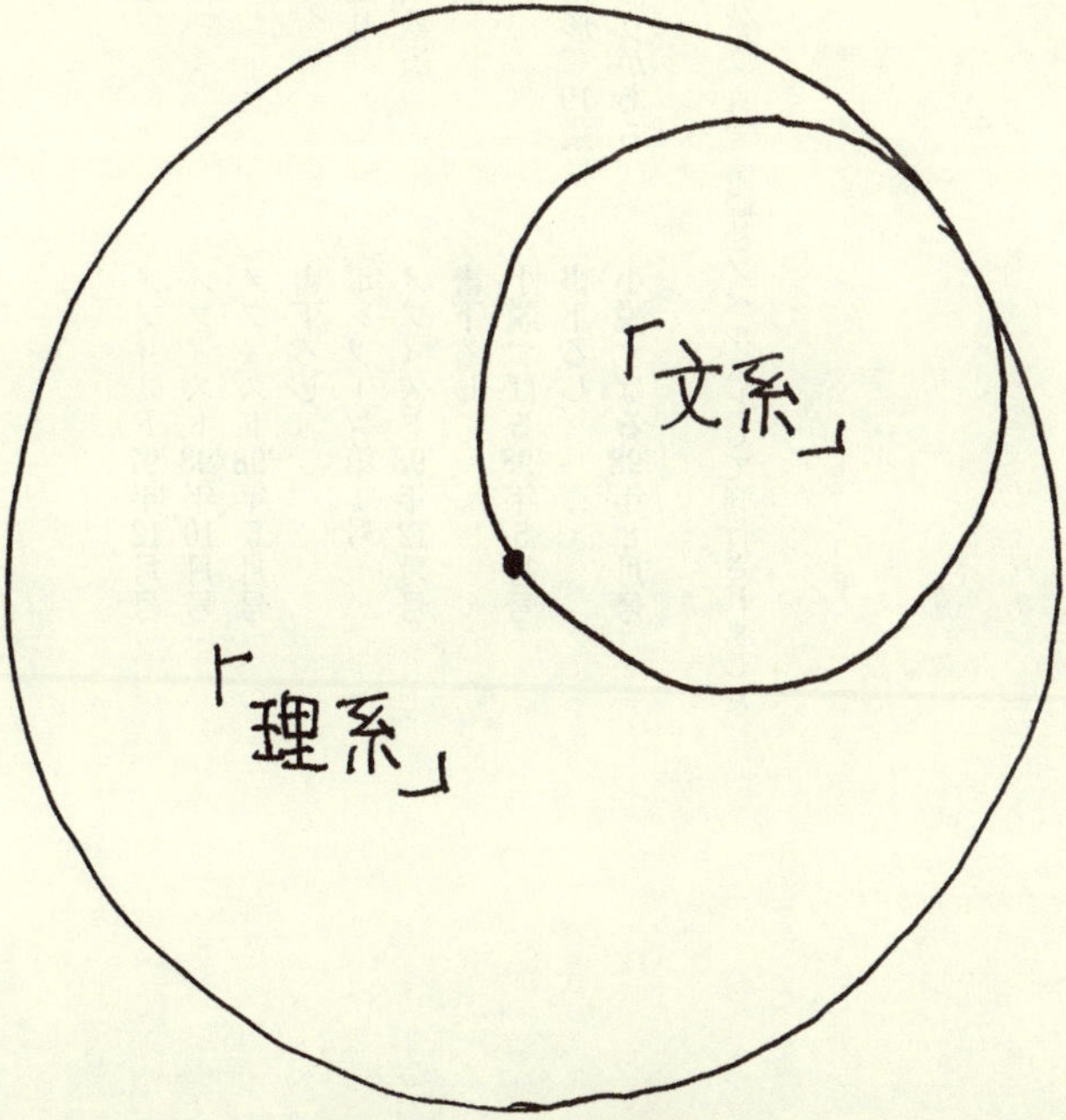

イメージ図

初出一覧

小鳥の恩返し　メフィスト'97年12月号
片方のピアス　メフィスト'98年10月号
素敵な日記　メフィスト'98年5月号
僕に似た人　書下ろし
石塔の屋根飾り　ポンツーン第1号
マン島の蒸気鉄道　メフィスト'98年12月号
有限要素魔法　書下ろし
河童　小説すばる'98年5月号
気さくなお人形、19歳　書下ろし
僕は秋子に借りがある　小説すばる'98年8月号

本書は一九九九年一月、講談社ノベルスとして刊行されました。

|著者|森 博嗣 作家、工学博士。1957年12月生まれ。名古屋大学工学部助教授として勤務するかたわら、1996年に『すべてがFになる』(講談社)で第1回メフィスト賞を受賞しデビュー。以後、続々と作品を発表し、人気を博している。小説に『スカイ・クロラ』シリーズ、『ヴォイド・シェイパ』シリーズ(ともに中央公論新社)、『相田家のグッドバイ』(幻冬舎)、『喜嶋先生の静かな世界』(講談社)など、小説のほかに、『自由をつくる 自在に生きる』(集英社新書)、『孤独の価値』(幻冬舎新書)などの多数の著作がある。2010年には、Amazon.co.jpの10周年記念で殿堂入り著者に選ばれた。ホームページは、「森博嗣の浮遊工作室」(https://www.ne.jp/asahi/beat/non/mori/)。

地球儀《ちきゅうぎ》のスライス A SLICE OF TERRESTRIAL GLOBE

森《もり》 博嗣《ひろし》

講談社文庫
定価はカバーに
表示してあります

2002年3月15日第1刷発行
2024年8月28日第23刷発行

KODANSHA

発行者——森田浩章
発行所——株式会社 講談社
東京都文京区音羽2-12-21 〒112-8001
電話 出版 (03) 5395-3510
販売 (03) 5395-5817
業務 (03) 5395-3615

デザイン—菊地信義
製版——株式会社広済堂ネクスト
印刷——株式会社KPSプロダクツ
製本——株式会社KPSプロダクツ

Printed in Japan

ISBN4-06-273387-0

講談社文庫刊行の辞

二十一世紀の到来を目睫に望みながら、われわれはいま、人類史上かつて例を見ない巨大な転換期をむかえようとしている。

世界も、日本も、激動の予兆に対する期待とおののきを内に蔵して、未知の時代に歩み入ろうとしている。このときにあたり、創業の人野間清治の「ナショナル・エデュケイター」への志を現代に甦らせようと意図して、われわれはここに古今の文芸作品はいうまでもなく、ひろく人文・社会・自然の諸科学から東西の名著を網羅する、新しい綜合文庫の発刊を決意した。

激動の転換期はまた断絶の時代である。われわれは戦後二十五年間の出版文化のありかたへの深い反省をこめて、この断絶の時代にあえて人間的な持続を求めようとする。いたずらに浮薄な商業主義のあだ花を追い求めることなく、長期にわたって良書に生命をあたえようとつとめるところにしか、今後の出版文化の真の繁栄はあり得ないと信じるからである。

同時にわれわれはこの綜合文庫の刊行を通じて、人文・社会・自然の諸科学が、結局人間の学にほかならないことを立証しようと願っている。かつて知識とは、「汝自身を知る」ことにつきていた。現代社会の瑣末な情報の氾濫のなかから、力強い知識の源泉を掘り起し、技術文明のただなかに、生きた人間の姿を復活させること。それこそわれわれの切なる希求である。

われわれは権威に盲従せず、俗流に媚びることなく、渾然一体となって日本の「草の根」をかたちづくる若く新しい世代の人々に、心をこめてこの新しい綜合文庫をおくり届けたい。それは知識の泉であるとともに感受性のふるさとであり、もっとも有機的に組織され、社会に開かれた万人のための大学をめざしている。大方の支援と協力を衷心より切望してやまない。

一九七一年七月

野間省一

講談社文庫　目録

虫眼鏡　東海オンエアの動画が6.4倍楽しくなる本〈虫眼鏡の概要欄　クロニクル〉
森村誠一　悪道
森村誠一　悪道　西国謀反
森村誠一　悪道　御三家の刺客
森村誠一　悪道　五右衛門の復讐
森村誠一　悪道　最後の密命
森村誠一　ねこの証明
毛利恒之　月光の夏
森　博嗣　すべてがFになる〈THE PERFECT INSIDER〉
森　博嗣　冷たい密室と博士たち〈DOCTORS IN ISOLATED ROOM〉
森　博嗣　笑わない数学者〈MATHEMATICAL GOODBYE〉
森　博嗣　詩的私的ジャック〈JACK THE POETICAL PRIVATE〉
森　博嗣　封印再度〈WHO INSIDE〉
森　博嗣　幻惑の死と使途〈ILLUSION ACTS LIKE MAGIC〉
森　博嗣　夏のレプリカ〈REPLACEABLE SUMMER〉
森　博嗣　今はもうない〈SWITCH BACK〉
森　博嗣　数奇にして模型〈NUMERICAL MODELS〉
森　博嗣　有限と微小のパン〈THE PERFECT OUTSIDER〉
森　博嗣　黒猫の三角〈Delta in the Darkness〉
森　博嗣　人形式モナリザ〈Shape of Things Human〉
森　博嗣　月は幽咽のデバイス〈The Sound Walks When the Moon Talks〉
森　博嗣　夢・出逢い・魔性〈You May Die in My Show〉
森　博嗣　魔剣天翔〈Cockpit on knife Edge〉
森　博嗣　恋恋蓮歩の演習〈A Sea of Deceits〉
森　博嗣　六人の超音波科学者〈Six Supersonic Scientists〉
森　博嗣　捩れ屋敷の利鈍〈The Riddle in Torsional Nest〉
森　博嗣　朽ちる散る落ちる〈Rot off and Drop away〉
森　博嗣　赤緑黒白〈Red Green Black and White〉
森　博嗣　四季　春～冬
森　博嗣　φ《ファイ》は壊れたね〈PATH CONNECTED φ BROKE〉
森　博嗣　θ《シータ》は遊んでくれたよ〈ANOTHER PLAYMATE θ〉
森　博嗣　τ《タウ》になるまで待って〈PLEASE STAY UNTIL τ〉
森　博嗣　ε《イプシロン》に誓って〈SWEARING ON SOLEMN ε〉
森　博嗣　λ《ラムダ》に歯がない〈λ HAS NO TEETH〉
森　博嗣　η《イータ》なのに夢のよう〈DREAMILY IN SPITE OF η〉
森　博嗣　目薬α《アルファ》で殺菌します〈DISINFECTANT α FOR THE EYES〉
森　博嗣　ジグβ《ベータ》は神ですか〈JIG β KNOWS HEAVEN〉
森　博嗣　キウイγ《ガンマ》は時計仕掛け〈KIWI γ IN CLOCKWORK〉
森　博嗣　χ《カイ》の悲劇〈THE TRAGEDY OF χ〉
森　博嗣　ψ《プサイ》の悲劇〈THE TRAGEDY OF ψ〉
森　博嗣　イナイ×イナイ〈PEEKABOO〉
森　博嗣　キラレ×キラレ〈CUTTHROAT〉
森　博嗣　タカイ×タカイ〈CRUCIFIXION〉
森　博嗣　ムカシ×ムカシ〈REMINISCENCE〉
森　博嗣　サイタ×サイタ〈EXPLOSIVE〉
森　博嗣　ダマシ×ダマシ〈SWINDLER〉
森　博嗣　女王の百年密室〈GOD SAVE THE QUEEN〉
森　博嗣　迷宮百年の睡魔〈LABYRINTH IN ARM OF MORPHEUS〉
森　博嗣　赤目姫の潮解〈LADY SCARLET EYES AND HER DELIQUESCENCE〉
森　博嗣　馬鹿と嘘の弓〈Fool Lie Bow〉
森　博嗣　まどろみ消去〈MISSING UNDER THE MISTLETOE〉
森　博嗣　地球儀のスライス〈A SLICE OF TERRESTRIAL GLOBE〉
森　博嗣　レタス・フライ〈Lettuce Fry〉
森　博嗣　僕は秋子に借りがある I'm in Debt to Akiko〈森博嗣自選短編集〉
森　博嗣　どちらかが魔女 Which is the Witch?〈森博嗣シリーズ短編集〉
森　博嗣　喜嶋先生の静かな世界〈The Silent World of Dr.Kishima〉
森　博嗣　そして二人だけになった〈Until Death Do Us Part〉

森　博嗣　つぶやきのクリーム〈The cream of the notes〉
森　博嗣　ツンドラモンスーン〈The cream of the notes 4〉
森　博嗣　つぼみ茸《きのこ》ムース〈The cream of the notes 5〉
森　博嗣　つぶさにミルフィーユ〈The cream of the notes 6〉
森　博嗣　月夜のサラサーテ〈The cream of the notes 7〉
森　博嗣　つんつんブラザーズ〈The cream of the notes 8〉
森　博嗣　ツベルクリンムーチョ〈The cream of the notes 9〉
森　博嗣　追懐のコヨーテ〈The cream of the notes 10〉
森　博嗣　積み木シンドローム〈The cream of the notes 11〉
森　博嗣　妻のオンパレード〈The cream of the notes 12〉
森　博嗣　カクレカラクリ〈An Automaton in Long Sleep〉
森　博嗣　DOG&DOLL
森　博嗣　森には森の風が吹く〈My wind blows in my forest〉
森　博嗣　アンチ整理術〈Anti-Organizing Life〉
萩尾望都　森　博嗣　原作　トーマの心臓〈Lost heart for Thoma〉
諸田玲子　森家の討ち入り
森　達也　すべての戦争は自衛から始まる
本谷有希子　腑抜けども、悲しみの愛を見せろ
本谷有希子　江利子と絶対〈本谷有希子文学大全集〉

本谷有希子　あの子の考えることは変
本谷有希子　嵐のピクニック
本谷有希子　自分を好きになる方法
本谷有希子　異類婚姻譚
本谷有希子　静かに、ねぇ、静かに
茂木健一郎　「赤毛のアン」に学ぶ幸福《しあわせ》になる方法
森林原人　セックス幸福論〈偏差値78のAV男優が考える〉
桃戸ハル編・著　5分後に意外な結末〈ベスト・セレクション〉
桃戸ハル編・著　5分後に意外な結末〈ベスト・セレクション　黒の巻・白の巻〉
桃戸ハル編・著　5分後に意外な結末〈ベスト・セレクション　心震える赤の巻〉
桃戸ハル編・著　5分後に意外な結末〈ベスト・セレクション　心弾ける橙の巻〉
桃戸ハル編・著　5分後に意外な結末〈ベスト・セレクション　金の巻〉
桃戸ハル編・著　5分後に意外な結末〈ベスト・セレクション　銀の巻〉
森　功　高倉健〈隠し続けた七つの顔と「謎の養女」〉
森　功　地面師〈他人の土地を売り飛ばす闇の詐欺集団〉
望月麻衣　京都船岡山アストロロジー
望月麻衣　京都船岡山アストロロジー2〈星と創作のアンサンブル〉
望月麻衣　京都船岡山アストロロジー3〈恋のハウスと檸檬色の憂鬱〉
桃《もも》野《の》雑《ざっ》派《ぱ》　老虎残夢

森沢明夫　本が紡いだ五つの奇跡
山田風太郎　甲賀忍法帖〈山田風太郎忍法帖①〉
山田風太郎　伊賀忍法帖〈山田風太郎忍法帖③〉
山田風太郎　忍法八犬伝〈山田風太郎忍法帖④〉
山田風太郎　風来忍法帖〈山田風太郎忍法帖⑪〉
山田風太郎　新装版 戦中派不戦日記
山田正紀　大江戸ミッション・インポッシブル〈顔役を消せ〉
山田正紀　大江戸ミッション・インポッシブル〈幽霊船を奪え〉
山田詠美　晩年の子供
山田詠美　A《エイ》2《トウ》Z《ズイ》
山田詠美　珠玉の短編
柳家小三治　ま・く・ら
柳家小三治　もひとつま・く・ら
柳家小三治　バ・イ・ク
山口雅也　落語魅《ミ》捨《ステ》理《リ》全集〈坊主の愉しみ〉
山本一力　深川黄表紙掛取り帖
山本一力　牡丹酒〈深川黄表紙掛取り帖(二)〉
山本一力　ジョン・マン1　波濤編
山本一力　ジョン・マン2　大洋編

講談社文庫　目録

講談社文庫　目録

2024年6月14日現在